JN038996

ブラックノイズ 荒聞(こうぶん)

Black Noise

Chang Yu-Ko

張(ちょう)渝歌(ゆか)

倉本知明 訳

文藝春秋

新たな火さえあれば、すでに死したる灰燼を燃え上がらせることができる。

——楊華『黒潮集』（一九二七年）

目次

Original Complex Chinese edition published by
Titan Publishing Co., Ltd.
Japanese translation rights arranged with Emily
Publishing Company, Ltd.
through 太台本屋 tai-tai books, Japan

Sponsored by Ministry of Culture, Republic of
China(Taiwan)

装画　ミヤタジロウ
装丁　関口聖司
DTP制作　エヴリ・シンク

ブラックノイズ

荒聞（こうぶん）

【主な登場人物】

呉士盛（ウー・シーシェン）……………台北のタクシー運転手

郭湘瑩（グオ・シャンイン）……………呉士盛の妻

婷　婷（ティンティン）…………………呉士盛と郭湘瑩の娘　本名・呉彗婷（ウー・ホイティン）

呉盛帆（ウー・シェンファン）…………呉士盛の弟

呉振鑑（ウー・ジェンジェン）…………呉士盛の父

郭宸珊（グオ・チェンシャン）…………郭湘瑩の姉

胡叡亦（フー・ルイイー）………………台北退役軍人病院のソーシャルワーカー

阿　芬（アフェン）………………………台北退役軍人病院の看護師

ズーズー…………………………………ブヌン族の女性　台北退役軍人病院の入院患者

ミナコ……………………………………？

第一章　声

何かが足の指を噛んでやがる。

ゴキブリか……。

そう思ったが、アルコールのせいで頭が痺れ、身体の感覚は鈍かった。呉士盛（ウーシーシェン）はただアアウといった譫言（うわごと）を口にしながら、冷たいコンクリートの床で横になっていた。数日前には御節介な隣人がチャイムを鳴らし、彼のゴミ捨てについて意見してきた。答えることも面倒に思った彼は、すぐにバタンと扉を閉めてしまった。相手を罵倒する気力すら使いたくなかった。それによくよく考えてみれば、これは何も彼一人の問題ではないのだ。この路地全体がゴキブリの巣窟のようなもので、もし仮に排水溝のなかに飛び込む者がいれば、きっと滝のように流れるバイク通勤者たちにも似たゴキブリの群れを目にできるはずだった。

厳密に言えば、ここら一帯を路地と呼べるのかどうかすら怪しかった。道路標識には確かに「一四〇巷」と書かれてあったが、実際には坂道の下に広がるプレハブ小屋の集落に過ぎなかった。近所にはユンボやトラックが停められてあったが、いったいそれで何を掘っているのかは分からなかった。もしかしたら、いま住んでいるこのプレハブ小屋もいずれ政府から違法建築とみなされ、あのユンボに取り壊されてしまうのかもしれなかった。そうなればここのゴキブリたちも一網打尽にできるわけだ。

考えれば考えるほど心が躍った。そんなことを考えるだけで、自分の生活がずいぶんと楽になるように感じたからだ。しばらくぼんやりしていると、コンクリートの床に張りつけた耳にカンカンカンという音が響いてきた。

ユンボが来やがったぞ。この犬のクソ溜めをきれいに掻き出しやがれってんだ……。

だが、ユンボは来なかった。音はすぐに止み、もう片方の耳にピューピューと風の音が流れ込んできたのだ。あの疫病神が来やがった。てめえが俺のことを見てることくらい知ってら。でも、だから何だってんだ？

他人の皿を片付けることはできるのに、俺の散らかした空き缶を片付けるだけの体力はないってか？　バカ野郎……。

床には昨晩飲み散らかした台湾ビールのアルミ缶が転がっていた。酔いにくい体質の彼は、なけなしの小銭を集めて買ってきた酒を飲んでも酔えなかったが、幸運にも昨日はタクシーの売り上げがよかった。もともとギャンブルに出かけて、それまでの敗けをいくらかでも取り返そうと思っていたのだが、酒への欲望がギャンブルのそれに勝って、どうにかようやく酔いがまわってきていたのだ。カカアの干からびた顔なんぞ見たかねえや。

鼓膜を突き破るほどの大声を上げると、呉士盛の憤怒の炎は一瞬で燃え上がった。ぼやけた眼を見開き、ほとんど錆びついた鉄の扉に向かって罵詈雑言を放った。あらゆる人間に聞こえるように、肺のなかにある空気をすべて怒りに変えて吐き出した。

それから、再び床に寝転んだ。割れたプラスチックの雨よけとペンキの剝げた窓枠から外を見ると、お日さまはすでに空高く昇っていた。辺りは暗かったが、太陽の光を見ると安心できた。何かを思い出したようにその場に座り込んだ彼は左手をこぼれたビールの染み込んだ床の上に置くと、視線をやや遠くに定めながら右手を後ろにある乾いた盆栽のなかへと伸ばして、黄色い長寿ラベルのタバコを取り出した。タバコを一本抜き取って口に咥えると、それを再び盆栽のなかへと押し戻してライターで火をつけた。

　赤い火が点ると灰色の煙が浮かび、口のなかにためた煙を吸い込んだ。この二つの異なる煙を混ぜ合わせることが、タバコを呑む楽しみのひとつだった。煙は肺から血液へと染み込み、その身体を目覚めさせていった。肩や首、そして腰の疼きが一時的に消え、かすかに痺れた指も機敏に動き出した。

　鉄の扉を開くと、山から吹く涼しい風に混じって、プラスチックを燃やしたような匂いが吹き込んできた。勢いよくタバコの煙を吸い込み、門の外に一歩足を踏み出した。突然差し込んできた日の光に痛みを覚えた彼は、思わず手で目を隠した。何度か目を擦ると、痛みは前にも増して激しくなっていった。よくよく見れば手にはビールのべたつきだけでなく、どこから湧いて出たのか真っ黒なとろみ醤油のような汚れまでついていた。彼は慌ててそばに停めてあった車まで駆けて行くと、水垢のせいで青から黄色に変色したミネラルウォーターのペットボトルを手に取って、昨日飲み残した水でごしごしと目を洗った。

　このトヨタのアルティスZは彼が唯一大切にしているもので、タバコも酒も金もすべてはこの戦友が彼に与えてくれたものだった。不潔だと思われて客から乗車拒否をくらわないように、毎日車内を清掃するように心がけていた。少なくとも、外観は黄色くピカピカ輝いていなければならなかった。それだけでなく、数枚の着替えも車に載せていた。家に帰りたくないときに、直接「建国（ジェングオ）ホテル」でシャワーを浴びて眠れるように、車内には小さな枕と掛け布団まで備えつけてあった。

目の痛みが落ち着いてくると、鉄の門の前に広がるコンクリートの坂道まで戻って、最初のタバコの火を二本目に移し替えてモクを吹かし続けた。目を細めた彼は、そうして青く澄んだ空をぼんやりと眺めていた。

*

郭湘瑩（グオシャンイン）は台北メトロ淡水（ダンシュイ）ライン下の舗装された石畳を南へ向かって自転車を走らせていた。こんなにもいい天気なのに、あの旦那（クズ）のせいで楽しい気持ちが台無しになってしまった。

デパートの開店時間は午前十一時だが、早番の際には必ず七時には到着するようにしていたので、遅くとも六時半には家を出なければいけなかった。タイムカードを押した後、清掃用具を受け取って、開店までに七階と八階にある売り場とトイレの清掃を終えなければならない。仕事の範囲は六階と七階、それに七階から八階に続く八つのエスカレーターの清掃に十六個のゴミ箱の分別と回収まで含まれていた。他にも、お客さんには見えないような事務室やスタッフ用トイレの清掃も担当にされていたために、ぐずぐずしていてはすべて終えるのにお昼までかかってしまう。お昼時には多くのお客さんが八階にあるレストランで食事をとるためスピーディに、そして正確に清掃を仕上げなければならなかった。さもなければ、制服についた名札を外しておく必要があった。なぜなら、お客さんからクレームでも入れられたら最後、罰金を支払うだけではなく、派遣会社からクビを宣告される可能性すらあったからだ。

残業がなく四時に退社できた場合、郭湘瑩は急いで台北の退役軍人病院近くにあるバイキング店に自転車で向かって料理の盛り付けの仕事をし、九時頃になってようやく家に帰り着くことができた。しかし、今日は遅番の担当だったので、めずらしく遅くまで眠ることができた。慌てて店に行くこともなく、気持ちよくデパートで一日冷房の冷たい風を浴びることができるのだ。

スタッフ用のエレベーターで七階までやって来ると、スーパーのレジ袋から制服を取り出して着替えた。そのとき、清掃業務を監督している郭チーフが事務室から顔を出し、郭湘瑩の乱れた髪の毛を見て眉をひそめた。チーフが自分と同じ郭という名字だということは知っていた。しかし、それ以外については何も知らず、また知りたいとも思わなかったし、尋ねる勇気すらなかった。だが、似たような問題を抱えている人間というのはどこか同じ匂いをもっているもので、何となくではあるが、チーフがしょっちゅう奥さんとケンカしていることは分かっていた。今朝もひと悶着あったようで、後で何か言いがかりをつけられるような気がしていた。

「君の服はいったいどうなってるんだ。この黄ばみは？」

チーフは襟についた汚れを指さして言った。そのときになって、郭湘瑩はハンガーの錆が自分のシャツに色うつりしてしまっていたことに気づいたのだった。

「すいません。すぐに洗い落とします」

頭を下げた郭湘瑩は、彼の革靴に視線を落としながら何度も頭を下げた。相手が自分のことをジッと見つめているのが分かった。

「こんなことじゃ、お客さまは君を見て食欲が湧かなくなるだろ。もう少し身なりに気をつけたらどうなんだ？」

「申し訳ございません。今後注意いたします」

「ふん」

少し言い過ぎたと思ったのだろう。チーフもそれ以上は言わずに、トイレへ向かって行った。

ホッと一息ついた郭湘瑩は慌てて車を掃除する雑巾にアルコールを染み込ませると、服にうつった錆を力いっぱい擦り落とした。しばらくすると、トイレから出てきたチーフが再び口を開いた。

「明日、阿美（アメイ）が休みを取るそうなんだが、シフトに入れるだろ？」

郭湘瑩には毎月三日間の休暇があって、臨時スタッフの阿美に手伝ってもらっていた。阿美が休暇を取るとなると、それは郭湘瑩が明日の朝七時から夜十時まで連続十五時間勤務することを意味していた。明日の夜はバイキング店に手伝いに行くことになっていた。郭湘瑩はか細い声で尋ねてみた。

「あの、阿美はまた休暇ですか？」

チーフは煩（わずら）わしげな表情を浮かべながら、「入れるのか入れないのか、どっちなんだ？　入れないなら別の人間を探さないとならないんだ」

「あの、実はもうバイキングのお店に手伝いに行くことを約束していまして。だから……」

「バイキングの店？　こっそり副業してるなんて知らなかったな。君は長期派遣社員なんだよ！会社からひと月一万九千七百元（七万二千円ほど）もらってるんだろ？　報奨金だってあるんだ！　それでも足りないってのか？」

基本給に報奨金を合わせてひと月にもらえる額は二万一千元だったが、労働・健康保険に福利厚生費、団体保険費、それにクレームによる罰金などを引かれて、最後に残るのが、実際手にできる金額だった。

「あの、会社の方には内密にお願いできないでしょうか……」

「ふん」と鼻を鳴らしたチーフは手を腰にあてながら、身体を斜めに傾けて郭湘瑩を見つめた。

「まったく分かんないもんだよな……女ってやつは金のためだったら何だってやっちまうんだから」

捨て台詞を吐いたチーフは、そのまま身を翻(ひるがえ)してスタッフ・ルームへと消えていった。

その背を見送っていた郭湘瑩は、突然身体が先週、尿道炎を患ったときのようにカッと火照っていくのが分かった。耳元でブンブンという音が響き、「ビィー」という音が左耳から右耳に突き抜けたかと思うと、「バチバチバチ」といった何かが爆(は)ぜるような雑音へと変わっていった。

清掃車をスライディングドアのストッパーのある場所から外に押し出すと、叫び出したい衝動を何とか抑えながらレストラン街の一番奥まで進んでいって、お皿やトレイを収納するカートで身体を支えながら懸命に深呼吸をした。

（ジジ――うん――ええ――年(ニー)――）

（澄み切って(チェンベン)……働きに出た人たちの心は、(ツーグアイラン)いつも落ち着かず(ホーボーシンイウヅアウ)……）

（落ち着かないから(シンツアウファンリアウ)……家族への思いは湧き上がってくる(チウススエスエスエスエタウ)……）

柔らかい台湾語の歌声が耳にこびりついたが、それを歌っている者のアクセントはどこか奇妙で、どうやら現代の歌手ではないようだった。目いっぱい頭を振ると歌声は一瞬消えて、デパートに流れるBGMへと変わっていった。だが、両手で耳を塞ぐと歌声は再び現れた。大きくはなかったが、歌声はそれでもはっきりと聞こえた。身体を起こして、レストラン街を見渡してみた。歌っている者などどこにもいないはずなのに、どうして歌声なんて聞こえるのだろう？

疑問に思ったちょうどそのとき、遠くからチーフがこちらに向かってくる姿が見えたので、慌てて食器を片付けに行こうとした。

しかし、足を踏み出そうとしたときに身体が言うことを聞かず左へ大きくよろめき、右足を本能的に一歩前へ踏み出した。だが、踏み出した右足に力が入らず、ただ自分の視界が後ろへ向かって流れていくことだけが分かった。周囲の人たちが驚いた様子で自分を見つめていた。ふと我に返ると、ちょうど目の前に熱く煮えたぎる豆腐鍋を手にもった女性客がいるのに気づいた。次の瞬間、真っ赤に煮えた豆腐鍋の汁が飛び散って、件の女性客が悲鳴を上げた。

床に転んだ郭湘瑩が顔を上げると、女性客が狂ったように顔をかきむしっていた。周囲にいた客が女性を近くの洗面台まで連れて行って顔を洗い流してやろうとしたが、水が火傷で爛れた皮膚に触れた瞬間、女性客は再び叫び声をあげた。その声を聞いた郭湘瑩はまるで自分の心臓を殴られたように感じたが、それは呉士盛に殴られるよりも痛かった。

耳鳴りはますます激しさを増し、歌声は徐々に話し声へと変わっていって、そこには時折郭湘瑩には聞き取れない言葉が混じっていた。突然激痛が耳元からこめかみへと広がっていった。ブレーカーが落ちたように目の前が真っ暗になって、やがて何も見えなくなった。

*

　午後一時過ぎ、ハンドルを右に切った呉士盛は、建国北路（ジェングオベイルー）の高架橋下にある「建国ホテル」へ入っていった。建国タクシー休憩所は台北市の中心部に近く、多くの運転手たちがこの場所で休憩をとっていた。この時間帯はなかなか場所が取れなかったが、今日の彼にはどうもツキがあるようで、二百近い駐車スペースはほとんど埋められていたが、隅にひとつだけ空きがあった。椅子を並べて顔に濡れタオルをかけた運転手たちが、雷のような鼾声（いびきごえ）をたてながら眠っていた。

　呉士盛も彼らを真似ることにした。駐車場に車を入れると、彼はガソリン代を抑えるために冷房はつけずにドアを開けた。グローブボックスから路上でもらったプラスチックの団扇（うちわ）を取り出すと、さきほど買ったばかりの冷えた台湾ビールを飲みながら、スマホの操作法を調べることにした。弟にインストールしてもらった「台北大車隊（註：タクシーの配車アプリ）」のアプリを開くと、慣れない手つきであれこれと触ってみた。しかしすぐにあきらめて、そっとスマホをコンソールボックスに納めた。頭痛で眠れそうになかったので、頭を枕に圧しつけて眠ったふりを決め込むしかなかった。

　このiPhone6sは、ギャンブルで得た戦利品だった。夜になると、ここで眠る運転手たちは輪になってカードゲームに興じていた。彼らはプラスチックの椅子の上に置いた将棋盤をテーブル代わりに、ボロボロになったトランプで様々なギャンブルを行っていた。ある者は金、ある者は家電製品、またある者は乗客の忘れ物を元手に賭けに興じた。何であれ、価値のあるものならそれでよかった。呉士盛は運転手をはじめて最初の三か月はさすがに参加しなかったが、やがて定期的にこのイベントに参加するようになっていった。酒やタバコを除けば、ギャンブルは彼の人生で唯一の楽しみだったのだ。

　ふと、隣に停めてある車の窓ガラスがひどく汚れていることに気づいた。厚く積もったホコリからみて、ずいぶんと長い間放置されているらしい。車から降りて調べてみると、どうやら白タクのようだった。車をここに捨てたか、あるいは取り締まりにあって、免許を取り消されてしまったのかもしれない。けどいまは罰金さえ払えば何とかなるんじゃなかったのかな？　頭を働かすのが面倒になってきた。他人が運転しようがしまいがどうでもいいじゃないか。自分だって、二日酔いのせいでしょっちゅう運転しない日があるんだ。ドアに手をかけると、鍵すらかけられていなかった。

　車内はひどくかび臭かった。金目のものがないかと車内を漁ってみると、グローブボックスからカセット式の録音機が出てきた。

　ずいぶんと懐かしいもんが出てきやがったな！　ふと小さな頃に、父親と弟と一緒にラジオや「土砲（トゥパオ）」と呼ばれるＣＢ無線機やＣＤラジカセといった電子機材を組み立てていたことを思い出した。車庫を改造して建てた家では電波状態が悪かったが、共産主義者（アカ）のスパイだと疑われてしまうことが怖かったので、車庫の裏に隠れながら、自分の体重ほどもあるＲ３９０の無線機器を抱えて一日中遊んでいたのだ。中学生のときには父親や弟と一緒に五球式のラジオまで作った。それは五つの真空管によって作られた中波変調のラジオだった。当時の真空管は管制品で、購入したければ身分証を登録しなければならなかった。どうしてそんなものを手に入れられたかと言えば、父親と中華商場の「忠」エリアの階下で電子部品を売っていた店長が、軍隊時代の戦友だったからだ。

再生ボタンを押すと、ガガガといった雑音が無数の小さな穴から流れ出した。

（ガガ――ガ――ミナコ？　……ジジ……俺は……ジジジ……）

男の声はひどい鼻声で、しかも声が途切れ途切れになっていて、何かが爆ぜるような音が響いていた。おそらく、録音する際に手でスイッチに触っていたせいだろう。呉士盛は録音機をグローブボックスの中に戻した。

結局、運転席の後ろにあった袋から十元玉一枚だけしか見つからなかった。彼はこの十元を使って、この場所にひとつだけある自動販売機で紅茶を買った。もしかしたら、二日酔い後の頭痛が少しでもおさまるかもしれないと期待したのだった。どうせ寝られやしないんだ。呉士盛は思い切って外を散歩することにした。タバコを咥えながら、彼は駐車場の北側にある涼糕（リャンガオ）（もち米のようかん）店に向かって歩き出した。

＊

退役軍人病院の待合室から何度も電話をかけてみたが、呉士盛には一向につながらなかった。チーフは病院に行くことを許可してくれたし、派遣会社も医療費を負担してくれた。ただし、臨時スタッフを緊急派遣してもらったために、自分が騒ぎを引き起こしたことはきっと会社側も知ることになるだろう。体調不良を口実にすることはできても、自分のミスでひとりの女性客の顔を傷つけてしまったことに変わりはない。これほど大きな過ちをいったいどう補償すればいいのか分からなかった。解雇云々以前に、会社が自分に賠償を要求しなかっただけでも幸いだった。

ここまで考えると、郭湘瑩は自分が誰かに呪われているのではないかと思えてきた。以前五、六階の清掃を担当している阿菊（アジュ）が、小鬼（シャオグイ）を育てて他人の運気やら金運やらを盗んでいる人間がいるのだと話していたことを思い出した。あたしの友だちのなかには、そのせいで交通事故に遭って死んじゃった子だっているんだから。阿菊はそんなふうに言っていた。しかし、初めてこの話を聞いた郭湘瑩は別の気持ちで聞いていた。

二年前は呉士盛がタクシーの仕事をはじめてちょうど半年が経とうとしていた時期で、ようやく路上の状況を確認してタクシー待ちする客がいるかどうかをチェックできるようになった頃だった。しかし、不注意から人をはねてしまい、はねられた相手が頭蓋内出血を起こして、手術をするはめになってしまったのだ。被害者は呉士盛の暮らしぶりを考慮した上で、五百万元（一千八百二十五万円）の医療費と介護費を要求し、それが支払えないなら和解はしないと言ってきた。当時、呉士盛はちょうど自動車部品を輸入する会社をクビにされ、いやいやながらタクシー運転手として生計を立てようとしている最中だった。まさか先方があれほど過大な要求をしてくるとは思わなかったので、一も二もなく和解を拒否して高額な弁護士費用をつかったが、それでも賠償金は四百万元にも上った。そこで彼らは苦労して買った小さなマンションを売って、ひと月三千五百元（一万三千円）のおんぼろプレハブ小屋に引っ越して、いまでもそのときの借金を返し続けているのだった。
　もし阿菊の言っていることが正しいなら、呪われたのは交通事故に遭った人間なのか、それとも交通事故を起こした人間なのか。苦労して働いてきたのに、ちょっとしたミスでひどい貧困状態に陥り、泣きたい気持ちすら起こらなかった。泣いたところで、四百万元が湧いて出てくるわけでもなかったからだ。

（ビ、ビ、ビ――）

　まただ。耳元で再びおかしな音がした。音はまるで遠い荒野ではぜる爆竹のようで、エコーもせずにただ「バリバリ」という雑音だけを響かせていた。
　音は徐々にピントを合わせるように、やがて女性の声となっていった。

（堤に沿って流れる谷川を歩けば（スンデォケファラウエケアッギャア）……竹林が広がって（ジッドゥアピエディッツナア）……）

　郭湘瑩はその言葉を少しだけ聞き取ることができたが、知らない言葉が所々に挟まっていた……ああ、そうだ。これってラジオ放送に似てるんだ。郭湘瑩は思わず小さな声をあげた。
　隣に座っていた女性が訝（いぶか）しげな視線を自分に向けていることにもかまわず、郭湘瑩は瞳を閉じてしっかりとその声に耳を傾けた。

（ビビ――下町（ラオゲデゥン）を……二歩進めば（グェギャノンボォ）……）

（更に進めば（グェツァイギァ）……道に出て（ゲアロ）……タイヘイチョウ……）

脳内に響くその声にのめり込んでいた郭湘瑩は、看護師から四度名前を呼ばれてからようやく我に返った。

「郭さん！　郭湘瑩さん！」

看護師について診察室に入っていくと、指示されたとおり椅子に座って診察を待った。

「もうしばらくお待ちください。先生はいま隣で別の患者さんを診ていますので」

郭湘瑩は頷いた。そして、なるほど診察室というものはこんなふうにつながっていて、別の診察室に移動することができるのかと気づいたのだった。いつしか、例の声は止まっていた。

いったいどれほど経ったのか、白衣をまとった医者が診察室に入ってきた。医者は炭鉱労働者がつけているヘッドライトに似たヘッドミラーを外すと、それを机の上に置いた。

「郭さんですか？」

医者は郭湘瑩を見ながら言い、彼女は頷きながら「ええ」と答えた。

「で、今日はどこが悪いんですか？」

「頭が痛いんです」

「頭？　喉はどうですか？」

「喉は大丈夫です」

「鼻水は出ますか？」

「いえ、痛いのはここだけです」郭湘瑩は指で耳を差すと、それをこめかみの位置まで滑らせていった。「ここまで痛むんです。しばらくすると、痛みは引くんですが。でもしばらくすると、また痛み出すんです。どんどん痛くなっていって」

「おそらく偏頭痛でしょうが、うちは耳鼻科なので、ただ頭が痛いだけならば神経内科にご案内しますよ」

「いえ、問題は耳なんです。耳鳴りがするんです。ずっとおかしな音が聞こえて」

医者は不審げな表情を浮かべながら郭湘瑩を見つめた。

「なるほど、耳鳴りですか。それではとりあえず、耳の中を検査してみましょうか」

医者は錐（きり）のようなものを取り出すと、それを郭湘瑩の耳の中に突っ込んで、注意深く観察をはじめた。

両耳の観察が終わると、パソコンの前に座り直した医者は文字を打ち込みながら検査結果について話しはじめた。

「今のところ特に異常はありません。ただし、耳鳴りの原因というものは非常に複雑でして、一応聴力検査もしておきましょう。もし必要なようであればコンピューター断層撮影（CT）と核磁気共鳴画像法（MRI）も撮っておきましょうか」

「ＣＴとＭＲＩ？　聴力検査もしないといけないんですか？」

「ええ」

「でも、聴力に問題があるわけじゃないんです。誰かの話している声が聞こえるだけなんです」

医者はタイピングの手を止めると、郭湘瑩を振り返って見た。

「誰かの話している声が聞こえる？」

「ええ、女の人の声です。私には意味の分からない言葉をずっと喋っていて」

「確かにそれは人の声ですか？」

「はい。ほとんど台湾語で話しているんですが、分からない言葉もあって。たぶん、日本語だと思うんですが」

医者は何かを考えているようだったが、しばらくして口を開いた。

「生活のストレスが大きすぎると、こうした症状が出ることもあります。心療内科で診てもらえるように手配しておきます。ストレスをコントロールできればよくなる可能性もありますので、それでいかがでしょうか？」

「心療内科って精神科ですよね？　私が精神病患者だって言うんですか」

「郭さん、考えすぎですよ。心療内科はただあなたのストレスを緩和するのが目的であって、あなたが考えているような怖い場所ではありません」

医者は笑みを浮かべて話していたが、郭湘瑩はその表情をひどく恐ろしく感じた。

精神科だなんて……私はどこもおかしくないのに。ありえない！

「いやです。私は正常なんです」

「郭さん、いいですか——」

診察室を飛び出した郭湘瑩の背中からは冷や汗が流れていた。看護師が後ろから追いかけてきたのは、自分を捕まえて病室に閉じ込めるつもりなのかと思った。

「郭さん！　健康保険証をお忘れですよ！」

恥ずかしげに保険証を受け取った郭湘瑩は何度も頭を下げた。看護師の顔を見るとその表情はまるで一本の丸太のようで、その目からは「ほら、やっぱり頭がおかしいじゃない」といった気持ちが滲み出ているように思えた。ひどく狼狽した様子で外来病棟から逃げ出すと、金網の柵で囲まれた歩道を立農街（リーノンジェ）の交差点まで歩いた。向かいにはガチョウの肉と饅頭を売る店があった。ひどく空腹だったが、ガチョウは高すぎたので葱花捲（ツォンファジェン）（ネギ入り饅頭）をひとつだけ買うことにした。ポケットの中にあった携帯が鳴った。呉士盛だ。

今日一日色々あって、さすがに疲れ切っていた。いまさら電話を折り返してきたことに、はらわたが煮えくり返るような思いがした。のっけから罵倒するのも悪いと思ったので、今日一日に起こった不幸の経過を詳しく話したが、電話の向こう側にいる呉士盛はひどく冷たい声でただ一言、「で、いくら賠償しないといけないんだ？」と言った。

「分からない。もしかしたら会社が出してくれるかも」

「会社が出してくれる？　冗談も休み休み言えよ。金持ちたちがなんでお前みたいに顔面の歪んだババアのために金なんて出してくれるんだ。もし賠償しないといけないんなら、金持ちのお前のねえさんにでも頼んでみるんだな」

「ねえさんに出してもらう？　貸しがあるわけでもないのに？」

「なら、俺には貸しがあるってのか？」

「あのとき、私は貯金を取り崩してあんたの賠償金を払ってあげた。それに、あんたと一緒にあのおんぼろの部屋に引っ越してあげたじゃない」

郭湘瑩は足をはやめた。泣いている姿を他人に見られたくなかった。

「ふん、いくら助けてもらったからって、俺からはびた一文出ねえよ」

「ちゃんと仕事をして、ギャンブルさえしなきゃ、私たちにもまだチャンスは――」

「チャンス？　俺の羽振りがよかった頃、お前みたいな疫病神と結婚したことがそもそもの間違いだったんだよ！」

「あんたが賠償金を払わなくちゃいけなくなったとき、私があんたのとこから消えた？　なんでそんなひどいことを言えるわけ！」

「俺が毎日何を食ってるか考えてもみろってんだ。冷蔵庫のなかはどれも腐ったもんばっかりじゃねえか。臭くてたまんねえよ！」

「お金があるなら自分で買えばいいじゃない。バイキングのお店でただでもらえるものなんだから、ありがたいと思ってよ。あんた、自分が選り好みできる身分だと思ってるの？　お金ができればすぐにお酒に換えちゃって、ちょっとはそれでまともなものでも買ってくればいいじゃない！」

　鍋が床に放り投げられ、皿が割れる音が響いた。

「あんた家にいるの？　ねえ、ちょっと！」

　返事はなかった。郭湘瑩は怒りのあまり電話を切った。

「電話代を払うお金がないって知ってるくせに、わざと無駄使いさせて……」

　呉士盛は確かに憎らしかったが、東華街（ドンファジエ）にある黄昏市場を通り過ぎる際目にする色鮮やかな加工食品を見ると、彼は彼でかわいそうな人間なのだと思えてきた。自分はバイキングのお店で余った食べ物を食べることができるし、鶏もも肉のような食材を口にできる機会もあった。しかし、呉士盛はいつも夜遅くまでタクシーを走らせていたので、余った野菜は冷蔵庫のなかで腐るまで放置されていることが多かった。

　店の人にお弁当を作ってくれるようにお願いした郭湘瑩は、三十五元する鳥もも肉も入れてもらった。弁当を目にした呉士盛の表情を思うと、少しだけ嬉しくなった。

　ところが家に帰ると、まさか再び酒を飲んでいる夫を目にするとは思ってもみなかった。

「あんた、夜にまた運転しないといけないんでしょ？」

　郭湘瑩は彼の手にある酒の缶を奪い取ろうとした。

「お前の知ったことか。どけよ！」

　呉士盛に突き飛ばされた郭湘瑩は、ドアノブにしたたかに腰を打ちつけた。激しい痛みが骨盤まで染み通り、その場にしゃがみ込んでようやく呼吸ができるほどだった。

　再び怒りが込み上げてきた。部屋の外に飛び出した郭湘瑩は枯れた盆栽を押しのけて、廃棄された自転車のタイヤの山の中から枝切り用の巨大なハサミを引っ張り出して大声で吼(ほ)えた。

「これ以上飲まないで！」

　男としての権威に挑まれたと思った呉士盛は腰掛けから跳び上がると、郭湘瑩の顔に向かってビンタを喰らわした。郭湘瑩はまるで彫刻が倒れるようにその場へ倒れ込んだ。

　ハサミを蹴飛ばした呉士盛は力任せに郭湘瑩の腹を何度も蹴り上げた。力が入りすぎていたせいで、蹴り上げようとした足が郭湘瑩の持ち帰った弁当の袋を破いてしまい、鳥もも肉と青菜が床に散らばって、郭湘瑩の髪と辺りのホコリをベトベトにしていった。

「ふざけやがって！　この疫病神が」

車のキーを摑んだ呉士盛は、そのまま部屋を飛び出していった。

*

ＧＰＳを使うタクシーグループに加盟するメリットは、警察がグループの運転手に対して色々と難癖をつけてこないことだった。もしも運転手が自分のスマホのアプリを使って仕事を取っていれば、客を乗せるのにわずかの酒だって飲む気にはならなかった。

ＧＰＳシステムを使って忠孝東路(ジョンシャオドンルー)にあるスポットで何度か客を探せば、ディーラーに支払うお金を除いても何とか酒代くらいは稼ぐことができた。元々今夜は阿強(アチャン)と一緒に飲む予定だったが、あの疫病神が騒いだせいで、北投(ベイトウ)の家に帰る気が失せてしまった。今夜は建国ホテルで寝ることにするか。呉士盛は憎々しげに思った。

車を馴染みの雑貨店の前に停めると、台湾ビールを二ダースまとめ買いした。

この時間帯の休憩所には、朝と比べると半分に満たないほどの車しか停まっていなかった。車をこの前来たときと同じ場所に停めると、椅子を倒して慣れた手つきでシャツとチョッキ型制服のボタンを外し、それを汚れないように後部座席へと放り投げた。明日もまたこれを着なければならないのだ。

冷えた台湾ビールを三缶続けて喉の奥に流し込んだ彼は、それで不快な気持ちを打ち消した。季節はすでに十月で、夜は肌寒かった。肌着を身に着けているくらいがちょうどよく、この時間帯が一番心地よかった。夜が更に更けてしまえば、寒くなりすぎた。

グローブボックスからタバコの箱を取り出して揺すると、カラカラと音がした。残りは二本だけだった。タバコを一本ふかした彼は、車から降りて浴室前でギャンブルに興じる男たちのもとへと向かった。

「タバコあるかい？(リンガムウーフン)」

呉士盛は自信なさげに下手くそな台湾語を使った。仲間に溶け込むためには、無理にでも台湾語で話す必要があった。それというのも、彼の父親は四歳のときに祖父とともに中国東北部にある長春(チャンチュン)で暮らし、戦後になってようやく台湾に戻ってきたのだった。東北で十一年も暮らしていたために台湾語はからきしダメで、中国語のアクセントもおかしかったが、日本語だけはしっかりした教育を受けた日本人同様に流暢だった。祖父が家族を連れて台湾に戻って来てすぐに、二・二八事件が起こった。警察と軍隊は次々と人々を逮捕しては秘密裡に処刑し、多くの罪のない本省人たちが街頭で銃殺されていった。台北には戒厳令が敷かれ、本省人と外省人の対立は日に日に悪化し、彼らは家に閉じこもって外を出歩かないようにした。もちろん、東北で買った中国服など着られるはずもなかった。

中学を卒業した後、呉士盛は自動車の修理工場で修理工の仕事をはじめた。工場で働く人間はみんな台湾語ができたが、彼一人だけが話せず、そのアクセントを聞くと周りの人間は眉をひそめた。そこで、自分は確かに台湾人だが、小さな頃に外国で生活していたために台湾語が喋れないだけなのだと嘘をつくしかなかった。しかし、十数年間勉強してきたおかげで、訛りこそあったが、コミュニケーション上は問題ないほどまでに上達していた。

「さあ、賭けた賭けた(ライボアジッデュ)！」

エロ助(シャオニャオ)が呉士盛に向かって、長寿ラベルのタバコの箱を揺らしながら言った。

「そうだ(デョア)、猫背(キャオグ)！　スマホを賭けろよ(ヨンチュギアライボア)！」

「ダメだ(ベサイラ)。今月は借り越してるんだ(チッグウエイッギュンタッタオア)。一本貸しにしてくれよ(シエンジエウワジッギラ)！」

「貸しだからな(リッキャンワンエ)」

エロ助(シャオニャオ)が長寿の箱を呉士盛に向かって放り投げた。

「悪いな(ドーシャ)」

タバコの箱を受け取った呉士盛は、すぐにそこから一本抜き出して咥えた。タバコに火をつけるとそのまま車に戻って横になって、静かに苦い煙がもたらす覚醒状態を楽しんだ。

ほんの一瞬のことだったが、呉士盛はそれに気づいた。

——右の車……運転席に女の子がいた。

しかしはっきりと見ようとすると、その子は姿を消してしまった。二層になったガラス窓の反射か、あるいは屈折が生み出した幻か何かだったのか？　けどここにいるのは野郎ばかりのはずだ。何だって女の子の影なんて映るんだ？

そのときふと、右側にあるあの車はこの前自分が漁った廃棄された白タクなのだと気が付いた。車から降りて調べようと思ったその瞬間、その女の子の影がこちらを振り向いていることに気づいた。

彼は反射的に後ろへのけぞった。足で車体を蹴とばしたせいで、車外へ転がり落ちてしまった。

何だったんだ……？

何とか己を奮い立たせて立ち上がったが、尾てい骨のあたりがひどく痛んだ。腰を撫でつつ、勇気を振り絞って白タクの運転席の傍まで歩いていくと、バッとドアを開けた。

誰もいない。

ホッと胸を撫で下ろそうとしたその瞬間、彼は驚くべきものを目にした――。

あの録音機。グローブボックスに入れたはずなのに！

震える手で運転席に置かれた録音機を取り上げると、再生ボタンを押した。


（ガ――ガガガ――ミナコ？　……ジジ……俺は……ジジ……）


ミナコ？　日本語か？

俺は確かに仕舞ったはずだぞ……なのにどうしてさっき録音を聞いた場所に戻ってるんだ……。

恐ろしさのあまり、思わず録音機を地面に落としてしまった。

録音機は再生を続けた。


（ミナコ……ジジ……見逃してくれ……ジジ……）


自分の耳が信じられなかった。録音機を摑むと、エロ助（シャオニャオ）のいる場所まで駆けていって、録音された音を皆に聞かせた。

「なんだ、エロい録音でも聞いてたのか？」

エロ助（シャオニャオ）の言葉に周囲の人間が爆笑した。きっと疲れてたんだ。あるいは、本当に録音機を元に戻すのを忘れてしまっていたのかもしれない。だからバカみたいに「ビビッて（ポァダァ）」しまったんだ。

白タクのある場所まで戻った彼は録音機をグローブボックスに放り込むと、力任せにドアを閉めた。

*

郭湘瑩は床の上でうずくまっていた。あごとお腹が鈍く痛み、起き上がることができなかった。腫れあがっていない右目で床に落ちた鳥もも肉を見つめていると、思わずすすり泣きしてしまった。

なんでこんなふうになっちゃったんだろ？

目の前のリビングがあるはずの場所を見つめながら、郭湘瑩は尊賢街（ズンシェンジエ）にある小さなマンションに住んでいた頃のことを思い出していた。

あの頃は住宅ローンの支払いもあって生活が大変だったが、いずれは自分のものになる家に住んでいた。それに、婷婷（ティンティン）も自分の傍にいた。婷婷はとても親孝行な子供で、父親が会社をクビになったことを聞くと、クラスメイトたちが高校に進学するなかで自ら夜学に進学すると言ってくれた。

その上、昼間はアルバイトに出かけてその金を家計の足しにしてくれていた。郭湘瑩はひどく後悔していた。あの頃の家が懐かしくて仕方なかった……かわいいあの子がまだ遠くに行っていないと自らを慰めるために、郭湘瑩は婷婷が残した鞄や「呉彗婷（ウーホイティン）」と刺繍された制服、それに小さな飾り物などをすべてこの家に持ち込んでいた。しかし、それもみな呉士盛に捨てられてしまった。こんな場所、本当に家だなんて言えるのかな？　ここにあるのは腰掛け二つだけで、机すら置かれていなかった。床の上には路地で回収をやっているばあさんのところから拾ってきた小型テレビが一台あって、緑と黒の電線が散乱していた。電波をキャッチするために、アンテナとしてそれを窓に貼りつける必要があったからだ……。

後悔しかなかった。

もしもあのときにあの人がクビになっていなければ、もしもあのときに事故を起こしていなければ、もしもあのときに婷婷に苛立ちをぶつけていなければ……いったい何度同じ問題を考えたか分からない。仕事に出ていないとき、ケンカをしていないとき、婷婷を思わないことはなかった。婷婷はこの世にひとりしかいないのに、どうしてあのときはそんなことも分からなかったのだろう。

身体を起こした郭湘瑩は、一匹のネズミが鳥もも肉のそばで鼻をひくつかせていることに気づいた。慌ててネズミを追い払い、鳥もも肉をトイレの水道で洗った。ほんの二、三口で肉の部分をかじり終えると、脚の筋の部分まできれいに平らげてしまった。

キッチンまで歩き、湯沸かし器のスイッチを入れると、湯が沸くまでに床に散らばったおかずと砕け散ったお皿を片付けることにした。うずくまると、腐った臭いに思わずえずきそうになった。デパートで出る残飯よりもひどい臭いだった。新聞紙を使ってようやく汚れを拭き取ったが、コンクリートに染み込んだ揚げ物やら野菜の汁やらのすえた臭いは洗剤を撒いて掃除しなければとれない気がした。

郭湘瑩は狭い木造の階段を上っていった。階段は幅三十センチほどしかなく、足を踏み出せば「ギシリ」と音がしたが、その表面は滑らかで温かく、このプレハブ小屋で一番気に入っている場所でもあった。

階段を半分ほどまで上ったところで、突然お腹が痛み出した。肉が腐ってたのかな。そう考えながら、服をめくりあげて身体を確認した。ヘソの上のあたりに大きな痣(あざ)ができているようだったが、階段の上の方は日が当たりにくくなっていたので、それが果たして痣だったのかはっきりしなかった。

ギシ。

頭上から伝わってきた音に、ふと顔をあげた。

誰かいる？

目を細めて見てみたが、階段の突き当たりには闇が広がっているだけだった。

まさかまた例の声？

眉を顰(ひそ)めた。いや、違う。あの声はこんなにもはっきりとは聞こえないはずだ。

その瞬間、何かが爆ぜるような爆発音が、ラジオのチャンネルをひねったときのような「ジジジジ」という音とともに響いてきた。

(ジジ——年(ニー)——ジジ——)

(堤に沿って流れる谷川を歩けば(スンデオケファラウエケアッギャア)……竹林が広がって(ジッドウアピエディッナア)……)

(ガガ——ガガガ——ミナコ？　ミナコ？　……)

（ジジ——私（ワシ）は巧舍（こうしゃ）……ジジ——）

強烈な痛みが耳元からこめかみにかけて伝わってきた。今度は両耳から同時に襲ってきた。郭湘瑩は両手で手すりにしがみついた。身体を折り曲げて息をすることで痛みを和らげようと思ったが、まるで効き目がなかった。両の目が心臓の鼓動と同時に眼窩から押し出され、いまにも破裂しそうな気がした。まさかこのまま目が見えなくなっちゃうのかな……無理に両目を見開いて、ちゃんとものが見えているかどうか確かめようとした。すると、真っ暗だった階段に唐突に光が差し込んできた。どうやらそれは寝室から漏れているようだった。

這い上がるように階段を上りきると清々しい香りが立ち上り、かすかに水が流れるような音が聞こえてきた。顔を上げると、そこには青々とした竹林が広がっていて、そよ風が竹林特有の淡く甘い匂いを運び、琴を弾くような音を響かせていた。竹林の中央にはおよそ十二、三歳と思しき女の子が立っていた。真っ白なシャツに濃い色のジャンパースカートを身に着け、子供用のペタンコ靴を踏み鳴らしながら近づいてきた。頭はおかっぱで、髪の毛は耳のそばで切りそろえられていた。遠目には、自分に笑いかけているように見えた。

その瞬間、頭がフリーズしてしまった。これって……小学生だったときの婷婷そっくりじゃない。

手を伸ばしてきた女の子は、鈴が鳴るような声で笑った。

（年（ニー）……落ち着かないから（シンツァウファンリアウ）……）

（｜堤に沿って流れる谷川を歩くと《ランスンディケファラウエケアヤギャ》……）

「あなたは……誰？」

女の子はそれに答えることなく、身を翻して竹林の奥深くに向かっていった。

慌てて立ち上がった郭湘瑩も、竹林へと向かった。

白い影は風のように竹林を突き抜けてゆき、右へ駆けて行ったかと思えばそこには影が残っているだけで、今度は左に向かって駆けて行った。慌ててあとを追ってゆくと、空気中には徐々に鼻をつく硫黄の臭いが満ちてゆき、濃い霧が行く手の小道を阻み、二歩先すら見えないほど視界が制限されていった。

（｜竹林を通り抜けて行くと《セグエジッドアピエディッナア》……）

足元の石畳には苔が生え、滑りやすくなっていた。郭湘瑩は声を頼りに一歩ずつ前進していった。渓流の音が次第に大きくなってゆき、竹林の背後、山の近くまでやって来たようだった。

（｜さらに進めば《グエツアイギャ》……｜駅は目の前《チャタオデュディタオジン》……）

竹林を走り抜けると、遠くに外壁のない透かしの西洋式トラス構造の建築物が見えてきた。入母屋造の屋根には、突き出した天窓が三つ作られていた。

これがあの子が言っている「駅（チャタオ）」？　何だかずいぶん昔の建物みたいだけど……。

郭湘瑩は女の子のあとについて歩き続けた。抑揚のある南管（なんかん）（註：琵琶や三弦などを使った台湾音楽）の楽曲や台湾語の歌謡曲がぼんやりと聞こえてきた。人の数もどんどん増えてゆき、和服を着た白い顔の女の子たちがカタカタと下駄を鳴らしながら歩き、洋服や軍服を身に着けた男たちが得意げに笑っていた。道の両側には数えきれない数のレストランや旅館が立ち並んでいた。

（さらに進めば（ラングェザイギャ）……見えた（キンデョオア）……目の前に見えた（タオジェンデェオエダンクアデョ））

路上を行き交う観光客のなかには、話し込んでいる者もいれば、笑っている者もいた。自分が異世界に迷い込んでしまったように思った。記念館に療養所、倶楽部に静養所、営林署など、どの場所にも楽しそうに笑っている人たちが溢れていた。デパートでお皿の片付けをしているときにもこうした光景を見たことがあったが、そのときはただそれが羨ましいだけだった。しかし、いまは自分がそうした景色の中に溶け込んでいたせいもあって、楽しげな雰囲気が伝わって来た。観光客たちが一軒の浴場を右に曲がると、やがて路面は勾配を増していき、その道は丘まで続いていった。

女の子は二階建ての木造建築物の前で足を止めた。二階は一階よりも一回り小さく、多くの人たちはその二階の集会所の外にある廊下に立って、眼下に広がる景色を眺望しながらおしゃべりをしていた。日本式の瓦で葺いた屋根とよろい張りされた外壁は清潔でおしゃれだった。しかも、建物の周囲には広い日本庭園が造られ、名前の知らない草花が深い霧の中に浮かび上がっていた。

そう遠くない場所には小さな滝まで流れ、硫黄独特の卵の腐ったような臭いを発していた。
女の子が振り返ると、ようやくその素顔を見ることができた。傷跡とシワが広がった顔には目と鼻と口のようなものが浮かび上がっていたが、石膏(せっこう)像と同じようにそこに生気はなく、火傷を負った病人といった感じがした。
木造の建築物を指さした女の子は、身体のどこかから声を発した。

(ミナコ!)

「え?」

(ミナコ、知ってる(ンバッ)?)

「知らない(ンバッ)……」

(ミナコ、日本語の歌を教えてくれた(ガワンリッギグア)んだ。聞かせてあげようか(チュホリティア)?)

「………」

(障子開ければ……湯煙けむり……七星おろしが……そよそよと)

（ドントダイン……トロントな……雲に抱かれて……夢うつつ）

韻律に満ちた美しい歌声が、お面のような顔の下から流れた。郭湘瑩はまるで催眠術にかかったように、少女の歌う古い韻律の歌声に酔いしれていった。歌詞の内容こそ聞き取れなかったが、歌声からこの異世界のすべてが理解できたような気がした。きっとこの子はこれほど楽しい思いを長らくしてこなかったのだ。

少女が再び手を差し伸べてきた。どうやら宴会に参加するように促しているようだった。

（いま（ジンマ）……私と一緒に来てくれる（リーワンイーデウエワギャマ）？）

郭湘瑩は伸ばした手を少女の柔らかな手のひらの上にのせて、軽く頷いてみせた。

山道を登っていくと、竹林はますます深みを増してゆき、丘の下で響いていた歌声も空虚でつかみどころなく消えていった。

少女に手を引かれながら、竹林の奥深くへ進んでいった。太陽の光が差し込んでこなかったので、そこはひどく涼しかった。

（ミナコ、私を無視して（ンツアシャオワア）……逃げちゃった（ダーツアオア）……新高郡（にいたかぐん）の蛮人たちの住む場所に（エファアンナデエ））

突然足を止めた少女が泣き出した。

「ミナコ？　誰のこと？」

（ミナコはミナコ……私を無視して……新高郡へ逃げちゃった……）

「あなたを無視した？　新高郡っていったいどういうこと？」

思わず舌がもつれた。気が付けば、少女の下半身から真っ黒な血が流れ出していた。深い色あいのジャンパースカートの下から流れ出した血はやがて太ももの内側からくるぶしまで流れ落ち、靴の中にまで染み込んでいった。

（恥ずかしい、恥ずかしいよ……）

目も鼻も口も耳もなかったにもかかわらず、その顔から、異常なほどに大きな泣き声が発せられた。泣けば泣くほどその声は大きくなっていき、抱きしめて慰めてやろうとしたが、少女は身を翻して竹林の中へと逃げ込んでしまった。

郭湘瑩はそのあとを追ったが、少女はまるで空気のように密集する竹の間をするすると抜けて行った。竹と竹の隙間から少女が地面にうずくまって顔を両足の間に埋めてすすり泣いている姿が見えた。

竹をかき分けて前に進もうと思ったが、目の前の竹はびくとも動かなかった。
まるで鉄。
そのとき、長い髪を肩まで伸ばした和服を着た女性が、ゆっくりと少女の後ろから近付いてきた。竹林を挟んでいたので、その髪の長い女性の表情をはっきり見ることはできなかったが、その殺気だけは感じ取ることができた。

（ミナコ？）

顔を上げた少女はお面のような表情ですすり泣きながら、その髪の長い女性を見上げた。
すると、女性はその白く長い指で少女の首を絞めた。

「待って！　やめて！」

少女はもがいていた。小さな手が必死に髪の長い女性の力に抵抗していたが、その脚は力なく足元の泥と落ち葉を蹴り上げていた……。
近くに何か落ちていないかと探してみたが、見つかったのは熊を捕まえるためのトラバサミと千切れたロープだけで、どれも役に立ちそうになかった。落ち葉と折れた枝をかき分けながら、他になにか使えるものがないか探し続けていると、工具箱が見つかった。おそらく、そそっかしい猟師が持ち帰るのを忘れてしまっていたのだ。工具箱を開けてかなのこと金槌を取り出すと、それで目の前の竹を挽いたり叩いたりして、ようやく三十センチ四方ほどの大きさの突破口を開くことができた。が、少女はすでに髪の長いその女に縊り殺されていた……自分の皮膚や髪の毛が鋭利な竹で切り裂かれ引きちぎられていくのにもかかわらず、郭湘瑩はそれでも血を流しながら竹やぶから這い出してきた。

しまった。

突然脚下から激痛が伝わってきた。
熊を捕獲するために仕掛けられた罠を踏んでしまったらしく、自分の身体が深いふかい穴のなかへと滑り込んでいくのが分かった……。

第二章　裂け目

さきほど流した冷や汗と不快な気分を洗い落とすために、呉士盛は着替えをもって浴室へ向かった。浴室には白い裸電球がひとつしかなかった。一番明るいのは二つ目の仕切りのシャワールームで、その他の場所はひどく薄暗かった。特に一番奥にあるシャワールームではほとんど真っ暗闇の中で身体を洗わなければならなかった。二番目のシャワールームに人がいないことを確認すると、彼はカビの生えたプラスチックのカーテンを引いた。

タイルの床はまるで精液が撒かれたようにヌルヌルしていた。水道をひねると、冷たい水がシャワーのノズルから湧き出してきた。石鹸を泡立てて、ざっと身体と頭を洗い、水ですぐに洗い流した。こんな場所でシャワーを浴びてもリラックスすることはできなかったが、いまとなってはお金を十分稼いでいたときのようにゆったりとした気分でシャワーを楽しむこともできなくなっていた。婷婷と妻を連れて新北投にある高級旅館で温泉を楽しんだのも、ずいぶんと昔のことになっていた。

真っ白な石鹼水はシャワールームの黄色く汚れたタイルの上を流れ出し、排水口へ流れ込んでいった。真っ白なタイルがこんな気持ち悪い色に変わってしまったのは、きっとシャワーを浴びながら小便するやつが多いからだろう。しかし、それよりも気持ち悪かったのは排水口に積み上がった数十匹ものゴキブリの死骸だった。こいつを目にした人間は吐きそうになっただろうが、かと言って片付けようとする者もいなかったに違いない。あるいは、遠目に見ればその死骸の山は髪の毛が集まった毛玉のように見えるために、何度も見ているうちに慣れてしまったのかもしれない。

タオルで身体を拭きながら、呉士盛はふとさきほどの録音機のことを思い出していた。

声の主は助けを求めているようだった。同僚たちはそれをアダルトテープの一種だと思ったようだったが、決して性的興奮のときに発するふざけあう声などではなかった。その声は日本語のようだった。「ミナコ」とはどういう意味なのだろうか？　小さな頃にある日本人の女優に熱を上げたことがあったが、確かその名前は夏目雅子（シャムゥヤーツ）といった。雅子の日本語の発音は「マサコ」だったはずだ。ということは、「ミナコ」も女性の名前なのだろうか？

頭を拭きながら浴室から出てきたちょうどそのとき、浴室のなかから誰かが自分を見つめている気がして振り返った。

何も目には入らなかったが、うっすらと何か異様な、周囲とは違った空気がそこには流れていた。高さはおよそ彼の腰のあたりだろうか。何か人をひどく不快にさせる雰囲気が漂っていた。

これまでシャワーを浴びている際にこんな感じを受けたことはなかった。エロ助（シャオニャオ）たちはまだギャンブルに興じていて、時折素っ頓狂な笑い声をあげていた。これまでと何も変わりはなかったが、自分だけがいつもと違っていた。いったいどういうことなのだろうか？

頭を振って、脳裏に広がるネガティブな考えを打ち払おうとした。車の傍まで戻って来ると、濡れた肌着とタオルを駐車スペースに設置されている鉄骨にかけて、飲み終わった台湾ビールのアルミ缶をコンクリート柱の傍にあるゴミの山に向かって放り投げた。右の拳骨を突き出すと、人差し指と中指の関節部分が腫れあがっていた。郭湘瑩（グオシャンイン）を殴ったせいで。

疫病神のようにムカつくあの顔を思い出す。目じりが垂れ下がり、まつ毛は焦げたように短く、口元は常に何かぶつくさ言うために吊り上がっていた。鼻筋が通っていればそこまで見られないものでもなかったのだろうが、あいつの鼻梁は発育不良のせいか、鼻の穴がぽかんと顔の上に二つ浮かんでいるようで、いつもどこか人を馬鹿にしているような感じがした。呉士盛は不思議だった。若い時分、あいつは美人で通ってたんじゃなかったのか？　あいつを連れて出歩けばずいぶん鼻が高い思いをしたから結婚したはずだ。何だってあんなふうになっちまったんだ？

車に乗り込んだ彼はバックミラーの位置を低く調整して、鏡に映った己の姿を見て驚愕した。ハンサムであか抜けた自分はどこに行ってしまったのか？　目じりはひどく垂れ下がって、頬の皮膚もガサガサだった。以前は得意になって「毎日いくら酒を飲んでも男前に変わりはねえよ」などと言っていたのに、いまではすっかりビールっ腹が板についていた。それに、長時間車を運転しているために背中も丸まっていくばかりで、「猫背（キャオグ）」なんてあだ名までつけられていた……。

いったい何をやらかしたから、こんなふうにお天道さまにいじくられちまったんだ？

タバコに火を点け、新しい台湾ビールを一缶取り出した。

買ってきたビールを全部飲み終えても、眠気は一向に訪れなかった。姿勢を変えて枕を背中の後ろに入れると、両足をハンドルの上にのせた。掛け布団で煩わしい蛍光灯の光を避けると、ようやく睡魔がやって来た。

しかし、眠りに就いて幾ばくもしないうちに携帯が鳴った。

携帯に起こされてしまった呉士盛はむかっ腹が立って、話す言葉は自ずと乱暴な台湾語になってしまった。

「なんだよ（ツォンシア）？」

「こちらは、呉さんの携帯でしょうか？」

電話から聞き覚えのない女性の声が聞こえてきたために、頭の中が一瞬凍り付いてしまった。いったいどのくらい妻以外の女性と話していないのか覚えていないくらいなのに、向こうから電話をかけてくるなんてことがあるものなのだろうか？　もともとすぐに切るつもりだったが、女性が言葉を続けた。

「奥さんが飛び降りて怪我をしました。現在は台北退役軍人病院の緊急救命室にいますが、すぐにこちらに来ることはできますか？」

「………」

思わず吹き出しそうになった。飛び降りときやがったか。いまどきの詐欺はこんなお決まりのパターンを仕掛けてくるのか？

「呉さん？」

「さきに言っとくけどよ、俺には金なんかねえんだ。別の人間をあたりな」

「はい？」思ってもみなかった答えに電話口の女性は怪訝（けげん）そうな声を出した。「え？　あ、いやそうじゃないんです！　どうも誤解されているようですが、奥さんの怪我の状態がひどく、すぐにでも来てもらいたいんです。手術するための同意書にサインしてもらいたいので」

なんだ、本当に病院の看護師だったのか。

「手術の同意書？」

「そうです。すぐご足労願えますか？　病院は石牌路（シーパイルー）にあります。タクシーで来られるようなら、運転手に聞けばすぐに分かるはずです」

「俺がその運転手だ」

「え？　ああ、なんだ。じゃ、いまから来られます？」

またそれだ。俺がタクシー運転手だからなんだってんだ？　人をバカにした口の利き方しやがって。

「いくらかかるんだ？」

「それは私にはちょっと。手術が終わってみなければ何とも言えません」

「金がねえんだ」

「いやでも……」

自分の腫れあがった拳を見ると、何だかひどく申し訳ない気分になった。もしかして、俺が殴ったせいで飛び降りなんてしたんじゃないだろうか。

「分かったよ」

「では、一刻も早くおいでください」

そう言って、看護師は電話を切った。呉士盛はシートを起こした。他の運転手たちは皆眠っていて、自分とぎらぎらと輝く蛍光灯だけが、建国（ジェングオ）ホテルで眠っていなかった。

＊

闇夜にたたずむ台北退役軍人病院の医療ビルの外観は救命を象徴する白で塗られていたが、呉士盛はどこかそれを恐ろしいと思っていた。ある夜、ずいぶん遅い時間帯にタクシーを流していたときに、肉親の死に立ち会おうとする五十歳ほどの客を乗せてこの病院に来たことがあった。また病院にある立体駐車場を通り過ぎようとしたときに、ある乗客から病が長引いて世を儚(はかな)んだ病人がそこで飛び降り自殺をした話をきいたこともあった。それからというもの、台北退役軍人病院は人がたくさん死ぬ場所だというイメージがついてしまったのだ。

タクシーを病院の向かい側にある振興街(ジュンシンジエ)に停めると、道路を渡って右前方の明々とランプの灯った救急外来へと向かった。深夜二時の救急外来は朝市のようににぎやかで、酔っ払いがくだを巻いていたかと思えば、順番を待ちきれない家族が大声で怒鳴ったりしていた。ふとマイクを手にした人間が二、三人、誰かを待っているように入り口に立っていることに気づいた。彼らは呉士盛の姿を見るとすぐに彼を取り囲んでマイクをその口元に押し付けてきて、病院に入れなくなってしまった。頭にきた呉士盛が怒鳴り声を上げると、記者たちは一歩引きさがったが、再びすぐに彼を取り囲んでぺちゃくちゃと何かを話しはじめた。

救急室まで入ると、さすがにガードマンが記者たちを抑え、中に入れなくしてくれた。受付に滑り込んだ呉士盛の口からはアルコールの匂いが漏れ、資料をタイプしていた看護師は思わず小鼻にシワを寄せた。

「悪いな。呉士盛ってんだが、うちのカカアがどうしたって？」

受付の看護師は彼の名前を聞くと、振り返ってもうひとりの看護師にボールペンで彼を指しながら言った。

「エミリー！　あんたの患者だよ」

エミリーと呼ばれた看護師は両手いっぱいに資料を抱えながら走り寄って来た。

「呉士盛さん？　どうぞこちらにいらしてください。奥さんは六十一番ベッドにいます。ご面倒ですが、同意書にサインをお願いします」

「おう。ところで、いくらかかるんだ？」

「CTを見る限り、かなりひどい骨折ですね。二階から落ちたようなのですが、右足が直接地面にぶつかったようで骨が飛び出しています。左足もひどく腫れあがっているので、いますぐに手術が必要です。さもないと――」

「けど、俺には手術させてやるだけの金がねえんだ。入院させてやることもできねえよ」

歩みを停めたエミリーが、振り返って呉士盛を見つめた。そして、しばらく沈黙した後に口を開いた。

「ご家族で助けてくれる方はいらっしゃらないのですか？」

「あいつの家族はどいつもこいつも身勝手なクソやろうなんだ」

エミリーは一瞬その口ぶりに驚いたようだったが、すぐにまた平静を取り戻して言った。

「そうですか。なら、他の方はどうですか？　呉さん自身にご家族はいらっしゃいますか？」

「うちはみんな貧乏なんだ」

「では他に方法があるか、ソーシャルワーカーに連絡してみます」

呉士盛はてっきり病院が郭湘瑩の入院を拒否するものだとばかり思っていた。まさか看護師がこれほど我慢強く、親切に対応してくれるとは思いもしなかった。

「悪いな」

「ではまず、ここにサインをお願いします。お金のことは後で何か方法を考えてみましょう。他にも患者がいるので、ここでしばらくお待ちください。奥さんの緊急オペの手続きはすでにしておきましたから」

同意書とボールペンを呉士盛に手渡すと、エミリーは身を翻してその場から立ち去っていった。

包帯を厚く巻かれた郭湘瑩の両足を見つめた。腕と顔にもゾッとするような擦り傷があった。

……いったい何をどうやったらこんなふうになるんだ？　飛び降りたってのが正しいのなら、なんだってまたこんな怪我をしちまうんだ？

「娘を、娘を助けて……」

まぶたの下、郭湘瑩の眼球はぐるぐると素早く動き、何やら譫言のような言葉を繰り返していた。その言葉を聞いた呉士盛は思わず鼻で笑ってしまった……婷婷はどこぞのチンピラと一緒に消えちまったよ。まだこんなくだらねえことを言ってやがるのか。だが待てよ……彼は頭に浮かんだその考えを打ち消そうとしたが、一旦浮かんできた考えはまるで根が生えてしまったようにその脳裏から離れなかった。

――もしいま連絡すれば、婷婷だってさすがに電話に出てくれるかもしれない。

かけてみるか？

ポケットから携帯を取り出した呉士盛は、数えるほどしかない連絡リストを婷婷の名前がある場所までスクロールしてゆき、そこで指を止めた。

やめた。

きっと、電話に出てはくれないはずだ。

タバコが吸いてえなぁ。

しかし、例の記者たちがまだ入り口のところで彼を待ち受けていたので、病院の奥に向かって進んでいくしかなかった。

救急外来室の奥には自動ドアがあって、階段の踊り場へとつながっていた。病院でタバコを吸えないことは知っていたのでそのまま階段を下ってゆき、駐車場の標識が見えると非常ドアを押して外に出た。

駐車場はゴムとガソリンのような匂いが満ちていた。柱の後ろに身を隠すと、そこでタバコに火を点けた。

何口か吸ってみたが、いつもほど爽やかな気持ちにはならず、むしろ苦みが増して渋いばかりだった。その場にうずくまり、柱にもたれかかった。連絡しなければならない人間がたくさんいて、やるべきことも同じようにたくさんあるはずだった。なのに、恨み言に満ちた頭はコンクリートが流し込まれたように動かなかった……もし死んじまったら？　もし死んじまったら俺の人生はいったいどうなっちまうんだ？　俺が生きてる意味は何なんだ？　チクショウ……なんでこんなことになっちまったんだ？　クソ不味いタバコだ。

苛立つ呉士盛は、タバコを冷たいコンクリートの地面に押し付けた。赤く燃えたタバコがジュッと小さな音をたてた。

救急外来室まで歩いて戻った彼は郭湘瑩の枕元に腰を下ろすと、携帯を取り出して「婷婷」の名前を押した。

電話が通じた。

「プ、プ、プ」といった電話の発信音が響き、彼の心臓はその音にしたがって起伏を繰り返した。

「プ、プ……お電話を録音メッセージにお繋ぎいたします――」

電話を切った。失望のあまり頭が自然に垂れ下がった。分かってはいたことだったが、婷婷が電話をとってくれることを心のどこかで願っていたのだ。「弟」と書かれた項目を探し出すと、再び画面をタップした。

発信音が切れかかった頃になって、呉盛帆（ウーシェンファン）がようやく電話をとった。

「もしもし、兄貴？」

その声はひどくはっきりしていて、どうやらまだ眠っていたわけではないようだった。

「おう。まだ寝てなかったのか？」

「客を降ろしたところなんだ。いま東区のあたりだけど、なんか用？」

「ずいぶん必死だな」

「必死こかなきゃ金なんて稼げないだろ……夜はナイトクラブから客がたくさん出てくるから稼ぎ時なんだ」

「そっか」

「何だよ」

「お前の義姉（ねえ）さんがな、二階から飛び降りたんだ。それで、手術が必要なんだが金貸してくれねえか？」

「は？　飛び降りたって、まさかまた兄貴がなんかやったのか？」

「……………」

「いったい何やってんだよ！　昔羽振りがよかったからって、いまは失敗していいわけじゃないんだぜ。それを義姉さんに当たり散らして。運転手の仕事もまともにできねえのかよ」

「別にそういうわけじゃねえって。貸すのか貸さないのかどっちなんだ」

「貸すよ。貸すけど条件がある」

「条件と来たか」

「休憩所にはもう行かないこと。それから、一緒に親父に会いに行くことだ」

「なんで休憩所に行っちゃダメなんだ？」

「ギャンブルするからに決まってるだろ！　俺が知らないとでも思ってるのか」

「してねえよ。今日だって誘われたけど、断ったんだ」

呉士盛は内心ひどくびくついていた。本当は酒を買ったために賭けるだけの金がなかっただけなのだ。

「とにかく、二度と休憩所には行くなよ。それから、一緒に親父に会いに行くこと。この条件をのむなら金を貸してやる」

「なんで親父に会わないといけないんだ？」

「どのくらい実家に戻ってないか考えてみろよ。何だってそんなに親父を避けるんだ？」

「あのボケジジイと何を話せってんだ。顔を合わせりゃケンカにしかならないんだ。会う必要なんてあるのか？」

「そりゃ、兄貴が口を開けば皮肉ばっかりだからだよ。他人は自分を見下してるとしか思ってないんだろ？」

「けど、あのジジイは本当に俺のことを見下してんだ」

「親父は兄貴がそんなふうに自暴自棄になっちまってるのを見てられないだけなんだよ。親父本人だって車庫の中で暮らしてるんだ。兄貴の稼ぎが少ないからって見下したりするもんか」

「会うのは別にいいけど、ケンカをしないって保証はできないぜ。お前の義姉さんはこれから手術で、たぶん入院もしなきゃいけないから、だいぶかかるはずだ。お前、いくらまで出せる？」

「十五万元（五十四万七千円）、これで足りるか？　いま俺の通帳にある全額だ」

「足りるさ。明日、時間を見つけて取りに行く」

「ああ、なら明日の夜に親父と飯を食う約束をしておくよ」

「ちぇっ」

呉士盛は電話を切った。明日の夜、年寄りからああだこうだ言われると思うと悩ましくて仕方なかった……チクショウ、酒が飲みてえな。

立ち上がろうとした瞬間、誰かがその上着の袖をつかんだ。

郭湘瑩だ。自分を斜（はす）に見上げる郭湘瑩は、口の中で何かブツブツとつぶやいていた。

「何だよ？」

「………」

「聞こえねえ。酒を買いに行ってくるからここで待ってろ」

「あんた……助けて……ミナコが私と婷婷を殺しに来るんだ……」

その言葉を聞いた瞬間、呉士盛の尾てい骨から背中にかけて寒気が駆け抜けた。

「おい、いま何て——」

「ミナコ！」郭湘瑩は肺の中の空気をすべて絞り出すように叫ぶと、必死に呉士盛の服の袖をつかんだ。ギシギシとベッドがきしむ音がした。「助けて！」

両目をカッと見開き、血の跡が残るその顔に浮かんだ取り憑かれたような郭湘瑩の表情を見た呉士盛は、思わず反射的にその手を振り払ってしまった。偶然だ……ミナコなんてもんは、妄想の類に過ぎないんだ。そんなもんは存在しない……。

「お前、頭がおかしくなっちまったのか？　おかしなことばかり喋りやがって！」

郭湘瑩の目頭に涙が光った。そして、今度は懇願するように声を絞り出して呻いた。

「あんた、ホントなんだよ……ミナコがやって来るんだ……」

彼は無意識のうちに後ずさりしていた。宙に浮かんだ郭湘瑩の手は、彼が強く握り返してくれるのを待っていたが、後ずさりした彼は郭湘瑩を一人ベッドに残したまま、捨て台詞を吐いて去っていった。

「明日も仕事なんだ。さきに帰るぞ」

背を向けた呉士盛は急ぎ足で救急外来室から逃げ出すと、通りの向かいにあるタクシーへ戻っていった。

あの疫病神……とうとう頭がおかしくなっちまったんだ……。

両手に顔を埋めると、様々な思いが波のように襲ってきて、心はその波に揺られるように頼りなげに浮き沈みした。

ミナコ……こんな偶然、ホントにあるのか。

あの録音機、確かにあの録音機から似たような言葉が聞こえてきた。それにありゃたぶん日本人の女の名前だ……ミナコがあいつと婷婷を殺しにやって来るだって……これは間接的に俺の考えを裏付けてしまったことになるんだろうか？　それにあの怪しい女の子の影だってそうだ。

……いやいや、そんなことあるわけないだろう。ただの偶然、考えすぎなんだ……。

エンジンをかけると、呉士盛は左へハンドルを切って石牌路へ車を走らせた。

*

家に戻った呉士盛はそのまま二階へと駆けあがっていった。階段がギシギシと鈍い音を立て、真っ暗で狭い空間にチャルメラをふくような音が響き渡った。寝室に入ると、床の上に以前家族三人で遊園地に行ったときの写真が散らばっていて、婷婷の使っていた学習ノートもあった。ノートは開かれた状態でいい加減に書きなぐられた落書きがびっしり並んだマス目の上に描かれていたが、薄暗い部屋でははっきりと分からなかった。そこで、白熱電球をつけて黄色い灯りの下で何が書かれているのか調べてみた。

灰色の鉛筆が雑然と草むらのようなスケッチを描き出し、その草むらの背後に更に暗い色をした何かの塊が描かれていた。雑草の生えた巨大な石か、髪の毛に隠れた人の顔のようでもあった。そしてそのすぐ傍には「新高」という文字がたくさん書かれてあったが、筆圧が強すぎて紙が破れている箇所もあった。

　マジでおかしくなっちまったんだ。

　異常な証拠を目にしてしまったが、それでもなかなかその事実を受け入れることができなかった。そう言えば、何か声が聞こえるとか言ってたな……いったいいつからだ？　確かここ一、二週間のことだったはずだ。人間ってやつはこんなにも短い間におかしくなっちまうものなのか？

　ふと、郭湘瑩の母親もまた頭がおかしくなったことを思い出した。親父が別の女と逃げちまってから、あいつのおふくろの頭はおかしくなっちまったんだっけな。結婚前、郭湘瑩から母親が再三自殺を試みたこと、そして最終的にはそれに耐えられなくなった姉の郭宸珊（グオチエンシャン）によって精神科の病院へ送られ、そこで六十一歳の生涯を終えたことを聞かされていた。しかし、当時の彼はじゃんじゃん金を稼いでいて、自分の人生に自信を持っていた。まさか今日のような局面にぶちあたるような日が来るとは思いもしていなかった。

　結局、あいつもおかしくなっちまったってことか……。

　呉士盛は心のなかで思った。もし俺の人生が順風満帆だったら、婷婷が俺たちのもとを離れなければ、それでもあいつは同じようにおかしくなったんだろうか？　俺たち家族三人、幸せな人生ってやつを送れたんじゃないか？

　やめだ、やめだ。いまさらこんなこと考えて何になるんだ？　いま考えなきゃいけないのは、精神科の病院に長期間入院しなくちゃいけなくなるようなら入院費と医療費をどうやってひねり出すかってことだ。それにあいつがデパートの客の顔を傷つけた賠償金もあったんだ。あいつが死んじまえば、このクソみてえな借金も帳消しになるのかな……自分が妻の死を期待していることに驚いた呉士盛はうっかり学習ノートを床に落としてしまった。

すると、一枚の写真が飛び出してきた。

それは彼と婷婷のツーショット写真だった。親子二人、淡水河畔（ダンシュイ）の長椅子に腰を下ろしていた。彼の手にはトルコアイスが握られ、そのアイスを一口食べた婷婷が冷たさのあまり天を仰いで叫んでいる様子が写っていた。

彼は再び写真を床に落としてしまった。写真は廃棄された木材を使って作ったベッドの骨組みの下へと滑りこんでいったが、拾い上げる気すら起こらなかった。

頭を上げると、夕陽がベランダの鉄格子に差していた。

なんだ？

山から吹き付ける風を防ぐために立てていたプラスチックの板が外されて、五十センチほどの隙間ができていた。板を左によけてベランダに踏み出した。普段家の中には金目のものなどなかったが、それでもコソ泥が家賃を払う前日に忍び込んでくるのを防ぐために、拾ってきた鋼の棒にネジと針金を使って鉄格子を作っていたのだ。その鉄格子がかなのこで切り取られ三十センチ四方ほどの空間ができていた。切りとられたあとの鋼の棒には黒く褐色に染まった肉片と血の跡がべったりとこびりついていた。

てことは何だ、あいつはこの穴から這い出して外に飛び出していったのか？　ありえないだろ?!

なんでわざわざこんなことする？　頭がおかしくなくちゃこんなことできないだろ。

いや、頭のおかしい人間だってこんなことできやしない。

彼は自分の妻がどんな人間か分かっていた。あいつはそんな意志の強い人間じゃない……鉄格子の切り口で皮膚を引き裂きながらこの小さな穴を潜り抜けるなんて、あいつが飛び降り自殺なんてするはずないんだ。しかもかなのこで鋼の棒を切断してまで？　あいつなら鉄格子を目にした時点であきらめたはずだ。それから自分に言い聞かすように大人しく仕事場に向かって、借金を返して、そんで帰ってこない婷婷を待ち続ける……これこそがあいつがしそうなことじゃないか！

彼の脳裏に、再び病床にいる郭湘瑩の表情とそのときの様子がよみがえって来た。

どう考えてもおかしい。

いったい何を聞いたんだ。

それに車を休憩所に捨てて行ったあの白タクの運転手、あいつはまた何だって録音機を持っていた？

何を録音しようとしてたんだ？

肌寒い山風が鉄格子を通り抜け、部屋に満ちていった。

彼はタバコを吸いながら、夜通し眠らずにこの問題について考えた。

ベッドの板に寄っかかって床に座っていた彼は、窓の外の空が黒から徐々に灰色へと変わってゆき、灰色から淡い青い色になって、紺碧色に変わるのを待ってから立ち上がると、階段を降りて車のキーを取り出した。

GPSアプリを開くと、いくつか仕事が入っていた。近くですでにタクシーを待っている客がいるのだ。チェックボタンを押すと、ピンが乗客のいる場所を表示した。少し北にいった奇岩(チーイェン)コミュニティエリアのあたりで、ここから五分ほどの距離だった。

　エンジンをかけると、呉士盛は台北メトロ淡水線に沿ってタクシーを北へと走らせた。

＊

　奇岩コミュニティエリアは奇岩駅の後背地にあって、北投と新北投の温泉地区を合わせたひとつのエリアを形成していた。磺港路(クァンガンルー)を右折すると、公館路(ゴングァンルー)の小さな路地を突っ切って、車を指定された場所に停めた。

　助手席の窓の外には、赤レンガの住宅街が広がっていた。周囲にはタクシーを待っている様子の人間は見当たらず、呉士盛は軽くクラクションを二度鳴らした。ガチャリと鉄の門が開き、そこからヘルメットをかぶった若い男が出てきた。バックミラー越しにその男の動作を観察していたが、男はバイクにまたがると、手慣れた感じでエンジンをかけてそのままバックミラーの外側へと消えていった。

　誰がタクシーを呼んだんだ？

　呉士盛が首をかしげていると、真っ黒な中国服を着た女道士が左前方の歩道に立っているのが見えた。不自然に頭をグラグラ揺らすその姿はひどく奇妙だった。女道士の口元が鉄条網に囲まれた原っぱに向かって大声で何かを話しているように動いていることに気づいたが、その両手はだらりと下がっていて、携帯で誰かと通話しているのではなく、また耳元にブルートゥースのイヤホンをつけているというわけでもなさそうだった。車のウィンドーを下げて、女道士が何を話しているのか聞いてみることにした。

「帰れ！　あたしにゃ、あんたをこれ以上何とかできやしないんだ！」

女道士の背中が激しく揺れ、まるで誰かと言い争っているように見えたが、原っぱには人っこひとりいなかった。空は晴れわたっていて陽光が青々とした若葉に降り注ぎ、眩いばかりの光を反射していた。

それはほんの一秒ほどの間の出来事だった。

呉士盛がトランシーバーを取り出して、本部に客からすっぽかされたと伝えようとしたその瞬間、爆弾が破裂したかのように女道士がビクンと身を震わせ、突然その視線を彼へ向けてきたのだ。

呉士盛は女道士の反応に肝をつぶし、うっかり手を滑らせてトランシーバーをギアシフトにぶつけそうになってしまった。

脱兎のごとく歩み寄って来た女道士は、後ろのドアを開けるなり三歩引き下がって、誰もいない後部座席をジッと睨みつけた。

「あんたが車を呼んだのか？」

女道士の表情はひどくねじ曲がっていて、首の左側がまるで糊で貼りつけられたように歪に傾いていた。女道士は後輪のタイヤに向かって三度痰を吐くと、「はあ」と一声上げてドアを閉めた。

チクショウ……ここはおかしな人間しかいないのかよ。

乗車拒否をしようと思ったが、女道士はいつの間にか助手席に座ってシートベルトを締めていた。酸っぱい臭いが車内に広がっていくのが分かった。女道士は肩にかけていた湿った布の袋を膝の上に下ろすと、左手でそれをしっかりと摑みながら右手をその袋の中に入れていたが、そこで何をしているのかまでは分からなかった。

「烘爐地（ホンルゥディ）（註：新北市中和区にある山で南山福徳宮など道教寺院がある）まで行っておくれ」

「ちょっと遠いな」

タクシーを走らせたくなかったのでわざとエンジンをかけずにいたが、女道士はほとんど自分の世界に浸っているようで、彼の話を聞いていないばかりか乗車拒否したいというその気持ちなどまったく意に介していない様子だった。

「あたしはもう三日間も水を飲んでないんだ。口にしたのは自分の唾だけさ！　おかげでいまは唾さえ出ないよ」

「あ？」

「だから、蔡依林（ジョリーン・ツァイ）が歌ってる『呸（プレイ）』って曲があるだろ？　でもあたしは唾を『呸（ペッペ）』できないんだ」

「悪いけど、降りてくれねえかな」

呉士盛はこのおかしな女道士を睨みつけた。脅かして追い出してやろうと思ったのだが、女道士は意にも介さずに突然後ろを振り向いたかと思うと、ペッと唾を吐き出した。呉士盛は怒りのあまりその首根っこを押さえつけた。

「この野郎、何しやがる！」

女道士の顔はひどくねばついていた。しかもそこには独特の臭みがあって、何かの薬草の粘液を塗りたくっているのかもしれなかった。

「しばらくは離れたみたいだね。早く烘爐地までやっとくれよ」

「なんだって？」

「あんた、あの子を見たことあるんだろ？　まあ、あれは上手く隠れるからね」

「とっとと車から降りろ！」

「早くこいつをなんとかしないと、あんたの奥さん死んじゃうよ」

「……」

女道士の言葉に、呉士盛の身体はすっかり凍り付いてしまった。血眼になったその両目を見開いた女道士の表情は、ひどくゆるぎなく見えた。

「頼むから降りてくれ」

「あたしを訪ねたけりゃ、烘爐地の麓までおいで」

扉を開けた女道士は、車を降りる前にもう一度後部座席に目をやった。

アクセルを踏んだ呉士盛は猛スピードでその場をあとにした。バックミラーに映る女道士は、まるで木の幹のように硬く体を固まらせてもといた場所に立ち尽くしていた。何度も振り返って後部座席に異常がないか確認したが、そこには痰のへばりついた座席があるだけで、痰は徐々に座席から滑り落ちていった。

＊

手術が終わって唾の溜まった気管挿管を引き抜かれると、猛烈な咳が出た。手術室から運び出された郭湘瑩は、半ば眠った状態で自分が冷たいベッドの上に寝かされているのを感じた。冷蔵庫のような場所で寒さがひしひしと身に染みた。すぐそばでは看護師が人工蘇生器を使って、麻酔後に正常な呼吸ができるように手助けしてくれていた。自分の身体が運ばれ、持ち上げられ、多くの手が更に冷たいベルトコンベアーへと押し上げようとしているのを感じた。身体には包帯が巻かれてビニールの管がいくつも繋がれ、唇は乾き、また苦みを感じた。

（助けて（ギュウワ）……ミナコに殺される（ベタイシワ）……）

女の子の声を聞いた郭湘瑩は、突然腹の内側から熱いものが湧き上がってくるのを感じた。激しく身体をうねらせ、腕に貼りつけられていた点滴と布テープをはがそうとしたが、身体が言うことを聞いてくれなかった。

「放して……あの子を助けに行かないと……」

郭湘瑩は何度も同じ言葉を繰り返していた。彼女を術後回復室に連れていこうとしていた看護師は、ナースセンターに通報すると同時についさきほど手術を終えた整形外科の医者にも連絡を入れた。

「もしもし？　陳（チェン）です」電話はすぐに通じた。

「陳先生。さっきの患者なんですが――」

「郭湘瑩さん？　どうかしたの？」

「ええ、誰かを助けに行くとかなんとか言って、いま暴れているんです。もしかして麻酔が――」

「分かった、すぐに行く」

　およそ五分後、陳医師が家族の待合室の扉を開けて現れた。郭湘瑩は依然として激しく身体をねじらせ、ただアームバンドとレッグバンドでその行動が制限されているだけだった。郭湘瑩を担当している看護師がカルテを陳医師に手渡した。カルテをパラパラとめくった陳医師は眉をひそめた。

「目が醒めてからずっとこんな感じ？」

「ええ」

「以前幻聴が聞こえたとかで、耳鼻科を受診しているみたいだ。カルテにはずいぶん遠まわしに書かれてるが、患者には統合失調症状が出ていて、精神科で詳しく検査する必要があるとアドバイスされてる。ただその時は、患者には走って逃げられたそうだ」

「走って逃げた⁈　では、精神科の先生に来てもらいますか？」

「ああ。救急カルテには患者に精神的な問題があるかもしれないことが明記されていたんだが、緊急オペだったし、まだ精神科とは連絡を取っていないんだ。君、すぐに連絡してくれる？」

「分かりました。では、対診カルテを出しておいてもらえますか？」

　陳医師はそれに頷くと、すぐに回復室を出ていった。

　ナースステーションに戻った看護師は、パソコンで病院のシステムから精神科の医師たちの内線番号を探していた。ひとりベッドの上に残された郭湘瑩は大きな目を見開いて天井を見つめながら、その唇はぶるぶると震えていた。

「あの子が来る。今夜……」

＊

家に戻ると、呉士盛は雑巾に食器用洗剤を染み込ませて、車の後部座席をごしごしと擦った。クソ……朝っぱらから頭のおかしな女に会っちまった……。

だけど、あの女道士はもしかしたら何かを知っているんじゃないか？　なんとかできなきゃ死んじまうだって？　何を言ってやがる。なんとかするって言ったって何をなんとかすりゃいいんだ？　俺の車の後部座席に本当に何かがいたっていうのか？　まさか！　イカレちまってるだけだ。誰と話しているかも分からないのに、むちゃくちゃなことを話し続けやがって。誰かと話してるみたいなふりしやがってよ。

手を止めて、座席に残された痰のあとをジッと見つめた。

他人には聞こえない声が聞こえるか。あいつもそうじゃねえか。

ふと、郭湘瑩が昨夜言った言葉を思い出した。――「ミナコが私と婷婷を殺しに来る」――まるであの女道士の口ぶりとそっくりだった。

考えれば考えるほど不安になった。今日はもうあがるか。再びエンジンをかけると、ＧＰＳとトランシーバーの電源を切って、台北退役軍人病院へ向けて車を走らせた。

ちょうど病院の大ホールに着いたときに、病院から電話がかかってきた。看護師と思われる女性が、郭湘瑩の精神状態が不安定で精神科の急性病棟に移すことになったので、その病室の場所を教えてくれるということだった。

やっぱり、病院もあいつがイカレちまったと思ってるんだな。

長い廊下を抜けた呉士盛は指示に従って両側に車が停められた歩道を歩き、用水路を跨いで病院裏にある思源楼までやって来た。しかし、あまりにも病院が大きすぎたせいで、最終的には迷路のような病棟の中で迷ってしまい、ボランティアのスタッフに助けられて、ようやく精神科病棟の二人部屋の病室へとたどり着くことができた。

精神科の病棟は彼が思っていたような暗くジメジメとした場所ではなく、むしろひどく明るい場所だった。病人たちも病棟のエリア内であれば自由に活動することができ、食事エリアで椅子に座ってお喋りしている者もいれば、立ったまま足元の床をジッと見つめている者もいた。比較的元気のある患者は別の患者の病室まで遊びに行くこともあるようで、ずいぶんとにぎやかな感じだった。呉士盛をナースセンターまで連れて来てくれたボランティアスタッフはそこで去っていった。郭湘瑩の世話をしていたのは阿芬（アフェン）という若くて礼儀正しい看護師だった。阿芬は自己紹介しながら呉士盛を連れ、郭湘瑩のいる病室に向かって歩いていった。

「主治医の先生とのアポは取ってあります。先生はいま問診に出ていて、郭湘瑩さんの問診の順番はもう少しあとになります。郭さんは現在病状が現れたばかりの急性期なので、入院して診断・治療が必要になります。呉さんもすでにご覧になったとは思いますが、うちの病棟には多くの患者さんがいますが、皆さんとても馴染んでおられるのでご心配なさらなくても大丈夫ですよ」

そのとき、黒い皮膚をした丸い小鼻に鼻筋の通った女性患者が裸足を引き摺りながら、ちょこちょこと滑るように歩いてきた。その様子を見た呉士盛はふと、以前車の修理工場で働いていた際、同僚にブヌン族の男がいたことを思い出した。この患者はその男によく似ていて、きっとブヌン族の出身なのだろうと思った。しかしその患者は首を四十五度に傾けて、恐ろしい勢いで呉士盛を睨みつけていた。不気味なその視線に思わず身ぶるいした。

「あら、大丈夫ですよ。この子はズーズー。唇を嚙んだときにズーズーと音を出して唾を呑み込むのが好きなんです。ほら」

唇を嚙むズーズーの唇から二本の前歯が見えた。鼻の穴が膨らんだり縮んだりしてひどく滑稽な感じがしたが、病棟の雰囲気に馴染めなかった呉士盛は笑うことができなかった。

「ああ、そうだ。この子はちょうど郭湘瑩さんのルームメイトなんですよ。ズーズー、一緒に部屋に戻りましょうか。新しいお友だちを紹介するから！」

突然ズーズーが耳をつんざくような叫び声をあげ、阿芬の手をふりほどいた。

「いったいどうしたんだ？」

その様子に驚いた呉士盛は、阿芬に何事かと尋ねた。阿芬はズーズーを落ち着かせながら、次のように言い訳をした。

「ズーズーは他人が自分の空間に入ることをいやがるんです。今朝、郭さんが病室に入ってきたときも同じように抗議してたんです」

「ならどうすりゃいい？」

「どうしようもないですね。病床はたくさんあるんですが、患者の数はそれ以上に多いですから」

ズーズーに後ろからついて来られるのがいやだったので、呉士盛は歩みを緩めて、阿芬とズーズーを先に歩かせることにした。

郭湘瑩は病室のベッドで熟睡していた。深く眠ったその安らかな表情を見ていると、突然自分の妻がひどく遠い存在に思えてきたが、同時にある種の安心感が湧き上がってきて、今朝出遭った女道士のことなどすっかり忘れてしまっていた。もし入院してヒステリーを起こすようなことがなくなれば、それに若い頃みたいにささやくような口調で話すようにさえなってくれれば、あるいは夫婦関係を修復できるかもしれないと思った。

「では、特に問題がないようであれば、私は他の業務がありますので。呉さん、何かありましたら遠慮なく仰ってください」

阿芬の明るい態度とその口調は、小学生の頃の婷婷の様子を思い起こさせた。ふと彼は一家三人で楽しく夕食を食べ、街をブラつき一緒にテレビを見ていたあの頃に戻る魔法があるなら、何を犠牲にしてでもそれを習得したいと思った。二度と羽振りのいい生活ができなくてもいい。タクシーの運転手として他人から蔑まれたってかまわないとさえ思った。それなのに、あの頃の自分はどうして一人で腐っていたんだろう？　もう少し早くこのことに気づいていれば、結果はもっと違っていたかもしれないのに。

誰かの視線を感じて後ろを振り返ると、ベッドの脚の下に腹ばいになったズーズーが、巻きつけたシーツ越しに自分をこっそり見つめていることに気づいた。しかし、今度は不快に感じなかった。むしろ、ズーズーが妻と一緒の病室にいてくれることに安心感すら覚えた。

ハイヒールのコツコツという音が響いた。五十歳ほどの女性が病室の入り口に立っていた。女性は手元のカルテに目を落とし、資料の山を見ながら呉士盛たちに向かって歩いてきた。

「郭湘瑩さんのご家族の方ですか？」

「ああ」

「どうもこんにちは。この病院でソーシャルワーカーの仕事をしている胡（フー）です。叡智（えいち）の『叡』に亦師亦友（えきしえきゆう）の『亦』で、叡亦（ルイイー）と言います。失礼ですが、患者さんとのご関係は？」

「旦那だよ」

「失礼ですが、苗字は？」

「呉（ウー）だ」

　いくつか質問した後、胡叡亦は呉士盛が非常に警戒心の強い人間で、こちらから何か質問しないと決して自分からは話さないタイプだと判断した。胡叡亦はこれはおそらく「手のかかる案件」になると感じ取った。

「呉さん。ソーシャルワーカーがどのような仕事をしているかはご存じでしょうか？」

「知らねえな」

「ご存じでなくても大丈夫です。ただ私があなたのサポートをするためにいるのだということだけ分かっていただければけっこうです。ここにいる患者はあなたと同じで、突然の病気のせいで経済的な問題を抱えた人がたくさんいます。こうした問題に直面したことがある人は少ないので、政府から補助が出ることを知らない人も多いのです。私の仕事はつまりこうした人々を助けるもので――」

「補助が出る？　なら俺の代わりに申請しておいてくれよ」

　話の最中に口を挟まれたことはこれまでにもあったが、少し禿げ上がったおでこのせいか、あるいはその猫背が原因か、胡叡亦は彼の言葉にひどい不快感を覚えた。あるいは、他人をすべて敵とみなすようなその態度が原因かもしれなかった。気持ちを押し殺して説明を続ける胡叡亦はこの男がなぜ自分に不快感を与えるのか、その理由を考えてみた。するとすぐにしっくりくる言葉が浮かんだ。卑屈さから生まれた優越感、自分を守るために他人を攻撃する意気地なし。

「呉さん、補助金を申請するにしても、あなたご自身の協力が必要になります。一歩一歩一緒に進めていけば――」

「ああ、分からねえ。何言ってるか分かんねえよ。条件やら資格やら、あんたがやってくれればそれでいいじゃねえか」

「条件と資格は呉さんの方からご協力していただいて、ようやく申請できるものなんです。もちろん、こちらでまず簡単に資料を整理いたします。呉さんには奥さまとご自身の資料を提出していただければそれでけっこうです。それほど難しいものではありませんので」

「それを早く言えってんだよ」

「……さきほどお伝えしましたが」

胡叡亦は初めて患者の家族に感情を爆発させそうになった。

「かもしれねえな。けどよ、あんたはいっぺんに色々しゃべりすぎるんだ。だから何言ってるか訳が分かんねえんだ」

「そうですか――」胡叡亦は言葉を切り、心を落ち着けた。「ではもう一度お話ししましょう」

「で、金はいつもらえるんだ？」

「それは――」

「ああ、いいや。早く振り込んでもらえりゃそれでいい。あとは何があんだ？」

呉士盛は異常なほどに苛立っていた。胸のあたりがベルトで締め付けられているような気分だった。なんだって俺がこんなことをやらなくちゃいけないんだ？　どれだけクソみたいな仕事を片付けりゃいいんだ。政府も金をくれるんだったらごちゃごちゃ言わずに、さっさと寄こせってんだ。お上は、金が必要な人間ってのは人生に圧し潰されたかわいそうな虫けらだってことも知らないのか？　そんな虫けらに、規則やら条文やらを読めるだけの気力が残ってるはずないだろ。

「そうですね。では今日はここまでにして、続きは明日にしましょう。それから――」胡叡亦は白衣の胸ポケットから自分でデザインして印刷した名刺を一枚取り出すと、それを呉士盛に手渡して言った。「これは名刺です。何かあればここにご連絡ください」

名刺を受け取った呉士盛は、それをジーンズのポケットにねじ込んだ。

その行動を見た胡叡亦は、名刺を渡してしまったことをひどく後悔した。

渡すべきではなかったのかもしれない。こんな人間に名刺を渡しても、無駄になるだけだった。

ソーシャルワーカーの中には勤務時間外に連絡されるのがいやで連絡先を教えない者もいたが、胡叡亦は患者やその家族が突然サポートが必要となったときに適切に手助けできるようにと、特別にこの名刺を作っていたのだった。普通名刺を受け取った相手は感謝するものだが、まさか自分の好意がこのような形で踏みにじられるとは思わなかった。名刺は紙屑のように彼の手の中でくしゃくしゃになっていた。

考えれば考えるほど腹立たしくなってしまい、別れの挨拶もしないまま背を向けて病棟をあとにした。

立ち去る際に胡叡亦が見せた表情に、呉士盛は少し言い過ぎたかもしれないと思った。ちょうどそう考えていたとき、ポケットの携帯が音を立てた。弟からだ。彼はすぐに昨夜の約束を思い出して、チクショウと声を上げた。その声にズーズーがびくりとした。

「兄貴？　どこにいるんだよ？」

「ああ、忘れてた……まだ病院なんだ。お前は？」

「近くにいるよ……天母（ティエンムー）のロータリーのあたりだ。乗っけてこうか？　親父が外出したくないって言うんで、飯を買ってきたんだ。もちろん、酒もあるぜ――」

「家に帰らなくちゃいけないのか？」

「約束は約束だぜ……晩飯を一緒に食うだけだろ」

「ああ。そしたら、五分後に石牌路のタクシー乗り場に来てくれ」

「了解」

電話を切って、病棟をあとにした。阿芬はちょうどナースステーションでカルテの資料を打ち込んでいる最中だった。阿芬の印象は悪くなかったために、呉士盛はめずらしく彼女に向かって頭を下げた。呉士盛が存在しない扉のセンサーに向かって手を振り続けている姿を見た阿芬は、笑みを浮かべながら言った。

「ここは門限があるので、出て行くときにはこちらでお開けするようになってるんです」

呉士盛はバツの悪い苦笑いを浮かべた。

病棟から一歩外に出ると、迷路のような廊下と階段が迫って来たが、記憶力のよかった呉士盛は来た道に沿って右へ左へと曲がりながら、病院の大ホールまで戻って来た。

ちょうど、大ホールでは小さな演奏会が行われていた。慈善団体のイベントのようで、ピアノにリコーダー、バイオリンの音が天井の高い大ホールに木霊(こだま)し、人々を惹きつけていた。聴衆は演奏者たちを半円形に取り囲み、そこにはカップルもいれば子供を抱いた両親、それに車イスを押す外国人介護士と老人の姿もあった。ちょうど夕食の時間帯だったので、時折ホールをよこぎって右手にあるレストラン街に入っていく人の姿があった。レストラン街は人でごった返し、白衣を着た医者の多くがそこで弁当を買っていた。

ホールを出ると、入り口前のUターン道路を迂回して、街路樹の下に停めてあったタクシーへ向かった。頭の中はさきほど聞いたメロディでいっぱいで、後ろから近付いて来る者にまるで気づかなかった。

「おい、こいつだ！」

気づいたときにはすでに遅かった。前後左右を四人の男に囲まれたが、知っている顔はなかった。真正面にいた男が彼の襟首を摑むと、大声で怒鳴った。

「このクソ野郎！(ガンリラオスウレ) テメエのカカアのせいでうちのやつの顔は台無しになっちまった。(ウンボキホリムボッオンガッフィヨン) 飛び降り(ジンマゴ)なんてしやがって、責任逃れのつもりかよ？(シュベヨンテャオラウジッジャウシャンジャギンチリンマ)」

「ちょっ、ちょっと待ってくれ……あんたはいったい――」

呉士盛が台湾語を話せないことを知ると、男は中国語に切り替えて言った。

「イカレたふり(ツンシャウエ)なんかしてんじゃねえぞ！　間違いをおこせば賠償するもんだ。セコイまねすんじゃねえ！」

その言葉を聞いた呉士盛は、腹の底から怒りが込み上げて来た。

「あいつが飛び降りしたのがセコイまねだって？」

「だったら何なんだ？」

「あいつはついさっき手術が終わったところなんだ。そんでいまは精神科病棟に閉じ込められちまってる。これでもセコイまねだってのか？」

「うちのやつもさっき手術が終わったとこだ！」男はそう言いながら、頬の上を指でなぞって見せた。「右側の皮膚がな、全部取れちまったんだ。クソが！　もともとべっぴんだったんだ……つるつるの肌だったんだぞ！」

「賠償すべきはちゃんとするつもりだ。けど、いまこうして俺に突っかかってきてるのはどういうこった？」

　呉士盛は順々に他の三人の男に視線をやった。その表情はどれも話して分かるようなものではなく、さきほどの怒りもすっかりしぼんでしまっていた。

「よし、確かに言ったな。そのときになって知らないなんて言うんじゃねえぞ。おい、行くぞ！」

　二年間の路上暮らしの経験から、この手の輩と向き合うときには意地を張り合わずに道理を通す方がいいことを心得ていた。ただ自分よりも一回りも若い人間に指をさされて罵られるのはやはり耐え難く、無理やり頭を押さえつけられてクソを喰らわされたような、屈辱と羞恥に満ちた気分になってしまった。

　しばらくすると、呉盛帆が運転する車が彼の目の前で止まった。

　助手席のドアを開けると、呉盛帆が何かあったのかと尋ねてきた。

「何でもねえ。ただのチンピラだ」

「信号無視して飛び出しちまいそうになったよ……で、誰なんだ？」

「あの女の旦那だろ。人数連れて脅しに来やがった。賠償しろってよ」

「あの女？」

「お前の義姉さんのあれだよ」

呉盛帆は左にハンドルを切ると、石牌路に入った。タクシーに積まれたトランシーバーから時折雑談する声が聞こえていた。

「怪我させちまったっていうあれか？　……クソッたれ。これを機にたかってやろうって魂胆だろ」

「うるさいから切るぞ」

「ああ」

トランシーバーの電源を切ると、車内は静かになった。

車内で二人きりになると、呉士盛は黙り込み、車外を歩く若い学生たちが通り過ぎていく様子を眺めていた。

「ボスがなんで兄貴が出勤してないんだって聞いてきたから、義姉さんのことを伝えておいたよ」

「別にかまやしねえよ。仕事に行く行かないは俺の勝手だろ。会社にゃあれだけ車があるんだ。俺ひとり出勤しなかったからって何でもないさ」

「そんな言い方よせよ。心配してくれてるんだ。考えてもみろよ。会費と保証金、それに車内に設置されたクレジットカードの読み取り機に連絡用の機械を除いても、毎月千二百元払わないといけないんだ。それ以外にも乗客の保険費用やカスタマーセンターとの通話費用もかかるんだぜ。出勤しなきゃ、割を食うのは兄貴自身なんだ」

「俺が飢え死にしたって、他人さまに何の関係があるってんだ？」

「なんで兄貴はいつもそんなふうにしか考えられないんだ？　俺は何にも気にしちゃいねえって面して、それでかっこつけてるつもりかよ」

「別にかっこなんてつけちゃいねえよ。俺は本当に何も気にしちゃいねえんだ」

「それがかっこつけてるって言うんだ。自動車部品の輸入会社なんて、運転手や修理工とさして変わんねえだろ！」

「お前はあの頃の俺がどれだけ稼いでたかなんて知らないだろ。まあ、いまじゃいくらも残ってねえけど」

「カネカネカネ。金がすべてじゃないだろ。金持ちってのはそんなに偉いもんなのか？」

「少なくとも金さえあればお大臣さまさ！　金があった頃は何でも思い通りにいった。けどいまじゃ、乗客にあれこれ命令されるだけだ。やれ回り道しているだとかスピードを出しすぎてるだとか。いったい何さまだってんだ？　俺の車なんだ。いちいち偉そうに命令してんじゃねえよ」

「だからそれが考えすぎだって言うんだ。これはサービス業なんだ。兄貴だって、以前会社でペコペコ頭を下げてたことがあっただろ……それとも何か？　お偉い社長さんにへこへこするのは気にならないのか？」

「金さえあれば、好きな酒を好きなように飲むことができるんだ。それにあんなクソ野郎どもに街でからまれて、あれこれ言われることもない」

「ホントにカネ、カネ、カネだな。で、いくら賠償しないといけないんだ？」

「この前の裁判で決まった賠償金の四百万元もまだ払い終わってないんだ。それなのに、また同じような金額をどうやって払えばいい？　もしお前が俺の立場なら、心穏やかに車の運転なんてできると思うか？」

「……………」

呉士盛を言い負かすことができないと知り、呉盛帆は話題を逸らすことにした。

「義姉さんは？　手術は上手くいったのか？」

「ああ、けどいまは精神科病棟に入れられてる」

その言葉にうっかり気を取られてしまった呉盛帆は、あと一瞬ブレーキを踏むのが遅れていれば前方の車にぶつかってしまうところだった。

「精神科病棟?!　なんだよそれ」

「知らねえ。ずっと誰かの声が聞こえるって言うんだ。とにかく、何もかもがツイてねえんだ。まるで呪われてるみてえだよ」

「誰かの声が聞こえるって、気味が悪いな。まさか本当に何か聞こえてるんじゃないだろうな」

呉盛帆は背筋を伸ばして座り直した。

「どういう意味だ？」

「どういう意味って、本当に声はしてるんだけど、他の人間には聞こえないだけじゃないかってことだよ」呉盛帆はトランシーバーを指さして言った。「これと同じ原理さ」

「つまり、あいつには無線通信の音が聞こえるってことか？」

呉士盛はトランシーバーを見つめながら、今朝見た光景を思い出していた。

このタクシーに装備されているアイコム車載器と彼のタクシーのそれは同じ型番で、「二階建て」と呼ばれるＶＨＦとＵＨＦの二つのチャンネルを持つ機体だった。Ｋ型のように容易に壊れないので運転手たちの愛用品だったが、基本的に二つの周波数の通信範囲は、どちらも視界の届く距離に過ぎなかった。つまり、建物の反射を経なければ、電波は電離層において反射することなく直進し続けるのだ。そのために、台北市内全てを網羅するためには、中継基地を建設する必要があった。

呉士盛の脳裏には、今朝の様子が浮かび上がっていた。ちょうど彼がトランシーバーの無線機をつけた途端、女道士はさながら爆発音を耳にしたように身体を弾かせ、こちらにぐるりと頭を向けたのだった。

もしもその考えが正しければ、彼の50Ｗの車載無線機を中継に、タクシーの背後に設置されたアンテナを通じていったいどこから来たのか、その周波数すら分からない「霊界電波」を送ったことになる……。

まさかな。

事前に双方の送受信の周波数を設定していなければ、異なる周波数の中継無線の送受信状態がよほどよいか、台北市全域を見渡せる高台に中継基地を置く必要があった。

タクシーに設置された車載無線機一台では、どう考えても中継地点にはなりえなかった。大きなビルが電波を止めないといった前提に立ったとしても、無線通信がそこいらじゅうに飛び交っている今日、飛び交う電波が互いを邪魔し合う可能性もあった。

彼はこの考えをひとまず脇に置いておくことにした。

「必ず無線通信ってわけでもないだろ？　それに見えるやつにはあれが見えるって言うじゃない

か。だけど、ビデオや写真には映らないんだな。科学や医学ってのにはやっぱりどこか限界があるんだよ」

「あれってのは……幽霊か？」

「おいおい、わざわざ口に出すなよ。一旦口に出しちまえば、やつらも俺たちの声を聞くことができるんだぜ。だからこそ、口に出しちゃいけないんだ。なんだよ？　怖いのか？」

呉盛帆は兄の表情がおかしいことに気づいた。その表情はひどく強張っていた。

「なんでもねえよ」

「聞こえない者もいれば、聞こえる者もいる」という言葉が引っ掛かった。

万が一……万が一だ。あいつと、あの女道士が本当に誰かの声を聞いていたとすればどうする？

そうなれば、イカレてたのはあの二人じゃなくなる？

それにあの録音テープ。あれもマジなのか？

あの録音テープがいったいどこから来たのか、そしてあの白タクの運転手の正体は何者なのか。

必ず突き止めてやる。呉士盛は秘かに心に誓った。

＊

車庫を改造した二階建ての住宅は消防車の通り道に建てられていて、よくよく見なければそこに家があることすら気づかなかった。家の前の道はおよそ五十センチほどの幅しかなく、一階の玄関の扉は半分ほどしか開かなかった。室内が狭すぎたので、入り口の側には青い螺旋階段があって直接二階に上れるようになっていた。

会社を解雇されてから、呉士盛は一度もこの家に帰っていなかった。顔を上げれば屋根からぶら下がっている集水管が見え、そこには父親がハンガーにくくりつけたテレビのアンテナがあった。ふと昔、父親と一緒に電波の強さを測量したことを思い出した。その場所は電波が一番届きやすい場所だったので、アンテナを掛けておけば、画像が何度も途切れずに済んだのだ。

先を歩く呉盛帆が、錆びついた赤い鉄の扉を開けた。呉士盛は扉の下にガムテープで固定されていた止水板が剝がれ落ちていることに気づいた。以前の親父なら絶対にこんなことはなかったはずなのに。どうやら本当に歳をとっちまったんだな。呉士盛は心のなかで思った。

室内に入ると、何とか玄関と呼べる場所に様々なものが積み上げられていた。古新聞にお菓子の箱、プラスチックの水道管、それに各種のネジや工具の類が転がっていて、想像していた光景とだいたい同じだったが、そこにさらに「愛之味（アイズーウェイ）（註：台湾の飲料、調味料メーカー）」の瓶や缶などが加わっていた。

父親はお気に入りの腰掛けには座っていなかった。

「父さん？」

呉盛帆が室内に向かって声をあげると、小さな声が返ってきた。「……ここだ」

「どこ？」

「ここだ」

呉盛帆は買ってきた弁当をテーブルの上に置くと、左手に下げていた台湾ビールをそっとテーブルの下に置いた。二人は父親の声がする方向に向かって、部屋の裏手まで歩いていった。錆びついた扉を押し開けると、地面に差しこむかんぬきがコンクリートの地面にこすれて耳障りな音を立てて、懐かしい臭いがツンと鼻をついた。

扉の外には、二列に並んだ平屋建ての背後に設置された排水溝があった。父親はちょうど自分で敷いた黒い鉄の板の上にうずくまって、鉱石ラジオのチャンネルを合わせているところだった。排水溝には各家庭から流れ出したキッチン廃水や洗剤液、それに生ゴミなどの生臭い臭いが一緒くたに混じり合っていた。しかし、不思議だったのは、一旦その臭いに慣れてしまうと、むしろそれが薄荷のように清々しい匂いに変わって頭を覚醒させる作用をもっていることだった。

「なんで急にラジオなんか聞き出したんだ？」呉盛帆が言った。

父親は首を横に振りながら、忙しげに手元のパーツを試していた。どうやら、呉士盛が来ていることには気づいていないようだった。

「父さん、兄貴も帰って来てるよ」

その言葉を聞いた父親はようやく顔を上げたが、呉士盛にちらりと目をやると、再び頭を下げてラジオをいじりはじめた。脊椎が竜骨のようにせり上がって、首と背中が九十度近く曲がっていた。三年見ないうちに、父親の老いはますます進んでしまっていた。

「ここの鉱石が汚れてるせいだな」

父親はドライバーを使ってアルミニウムでできたラジオの蓋を開けると、そこから小指ほどの大きさをしたガラスの筒を取り出した。そして、銅線を使って注意深くガラスの筒と受信器を繋ぎ、それから両切りスイッチを直列に連結させた。父親はマメのできた指でスイッチを入れ、音の差異を聞き分けていた。

「どっちも音が出てない？」

呉盛帆の問いに、父親は頷いて答えた。

「それなら鈍くなってるんだ。ガソリンをもってくる」

言い終わらないうちに、呉士盛は急いで部屋の中へと戻っていった。小さな頃から使い走りの仕事をするのは弟だった。呉士盛がいつもと違って掃除用に使うガソリンを取りに向かったのは、父親の冷たい態度とその目に耐えられなかったからだ。

何だって俺のことをバカにするんだ。

階下にある物置にうずくまると、呉士盛は大きなため息をついた。鼻をつくカビた臭いが、余計に彼の怒りの火に油を注いだ。ガソリンタンクを手に大股で排水溝のある路地へと戻っていくと、それを「ドンッ」と黒い鉄の板の上に投げ出した。兄の異常な態度に気づいた呉盛帆は彼を端へと引っ張っていき、小声で言った。「何すんだよ……」

「そんなやつはほっとけ」

父親はガソリンタンクの蓋を開けると、ガソリンをプラスチックのコップに移し、ガラスの筒から取り出した方鉛鉱をその中に浸した。

「なんで俺をそんな目で見やがるんだ！」

父親はゆっくりと顔を上げて呉士盛の顔をちらりと見たが、すぐにラジオのコイルの確認を続けた。

怒りに震える呉士盛は、踵（きびす）を返してその場を離れて行った。呉盛帆は部屋の中まで追いかけていき、兄の肩を摑んで叫んだ。

「何をそんなにイラついてるんだよ！」

「何をだって？　親父のあの態度を見なかったのか！」

「態度？　ラジオをいじってただけじゃないか」

「お前が言ったんだ。ずいぶん帰って来てないからって。なのに、親父は俺をまともに見ようともしないじゃないか！」

呉士盛は開いたままになっている扉を指さしながら言った。その目はひどく血走っていた。彼の立っている場所からは、弓なりになった父親の背中が見えた。

「するってえと何か？　兄貴はこれまで親父を無視し続けてきたのに、帰ってくるなり何もなかったみたいにして、笑って迎え入れてもらえるとでも思ってたのか？」

「だったら、俺をこんなところに無理やり連れて来るんじゃねえ！」

「無理やり連れてきただって？　自分の父親じゃないか！　頭がおかしいんじゃねえか」

「ああそうかよ。とにかくこんなところで飯なんて食えねえな。二度と帰ってくるか」

弟の手をふりほどいた呉士盛は捨て台詞を吐いた。

するとちょうどそのときに、父親が部屋の中に入って来た。その姿を見た呉士盛は驚いてその足を止めた。

父親の猫背は彼のそれよりも深刻で、正面から見るとほとんど首が見えなかった。父親の顔には表情らしきものは何も浮かんでいなかったが、その目からは憐みが溢れていた。

「湘瑩さんは元気か？」

父親の声は同年代の老人たちよりもひどく年老いて聞こえた。それは紙やすりを木の板にこすりつけているような音だった。彼はふと自分がなぜ怒っているのか分からなくなり、父親の問いに静かに答えた。

「ああ」

「何があった？」

「何があったんだよ。精神科の病棟に入れられたんじゃなかったのかよ」

「精神状態が不安定なんだ。たぶん、事故で他人の顔を怪我させちまって、その賠償もしないといけなくなったから……」

「だから飛び降りなんてしたのか？」

呉士盛の頭に破られたあの小さな鉄格子が思い浮かんだ。あれを飛び降り事故なんて言えるのだろうか？　どうにも答えが見つからなかった彼はただ両肩をそびやかしてみせた。

「ニュースじゃそう言ってたぜ」

「ニュース？」

「報道してたんだ。義姉さんは罪の意識を感じて飛び降りたって。だけどその怪我をした方もなかなか厄介な相手なんだろ」

「ああ、厄介な相手だよ」

弟の顔を見た呉士盛が苦笑いを浮かべた。

「ニュースはどんなふうに報道してるんだ？　ちょっと見せてくれよ」

父親はゆっくりと頷くと、テーブルのリモコンを取ってテレビのスイッチを入れた。天井からぶら下げたこのテレビは呉士盛が小さい頃からずっと使っているもので、その画面もひどくボケていて、時折黒い線が現れた。アナウンサーの顔が黒くなったかと思えば青く変わったりもしたが、声だけははっきりと聞こえてきた。父親はいくつかチャンネルをザッピングしていたが、ちょうどそのニュースを流しているチャンネルは見当たらなかった。

「先に飯にしようぜ。冷めちまうよ」

呉盛帆は自分でビニール袋から弁当を取り出すと、先ほどのことなどまるでなかったかのように、テーブルの上に並べはじめた。

「鳥もも肉に干し魚もあるんだ！　父さんは座っててくれよ。お椀を取ってくるから」

父親はテーブルに手をつきながらその場に座り込むと、ジッと呉士盛を見つめていた。父親と目が合うと思わず恥ずかしさが込み上げてきて、無意識のうちに視線を避けた。しばらくすると、呉盛帆が後ろの食器棚からお椀と食器を取り出して、買ってきた料理を盛り付けはじめた。

「兄貴、酒飲むだろ？　なあ？」

呉盛帆はボケッと突っ立っている兄を見て言った。しばらくしてからようやく我に返った呉士盛は、せわしげに床にあったとび色の酒瓶を取り上げると、栓抜きで蓋を開けて三人のコップに酒を注いだ。

「で、仕事の方はどうなんだ？」

父親がピーナッツをかじりながら、呉士盛に尋ねた。

「………」

徐々に破裂していくビールの泡を見ていた呉士盛は、突然自分はこの泡と変わらないのだと感じた。空っぽで時間の経過とともに破裂し、苦いカスしか残らない泡だ。

「兄貴？　父さんが聞いてるぜ」

「ああ。けど、タクシーの運転をしてるだけなんだ。いいも悪いもねえよ」

　呉盛帆がコップをテーブルに叩きつけると、木魚を叩いたような澄んだ音が響き渡った。兄を睨みつけていた呉盛帆は、父親に向き直った。

「兄貴はいつもこんな感じなんだ。こんなんじゃ、とてもほっとくことなんてできないだろ」

「俺とお前は違う。お前は元々金持ちのために運転してた側の人間なんだ」呉士盛は思わず口を開いて反論した。

「いったいどこがどう違うんだ？　兄貴の昔の客だって、金持ちの社長たちばかりだったじゃないか。それに俺にだってチャンスはあったんだ。嘘じゃねえ。ツイてないのが自分だけだなんて思うなよ」

「………」

　それ以上反論したいとは思わなかったので、呉士盛はひたすら酒をあおって、空になる度にそれを注ぎ足していった。

「ところで、あの家は賠償することになったのか？」

「父さん、あれはもう十何年も前のことだよ」

「忘れたな」

「もちろん、賠償なんてしないよ。あれは俺のボスが建てたものなんだ。俺に投資のチャンスをくれただけで、別に一緒に賠償する責任なんてないんだ……」

「あのツイてない家は、みんなお前のボスが建てたものなのか？」

「なんだ。ホントに忘れちまったんだな。東勢（ドンシー）にあった家はみんなボスが建てたもんだよ」

「手抜き工事だったんじゃないか？」

呉盛帆は思わず笑いだした。「父さん、突っ込みすぎだよ」

「突っ込みすぎだなんてことがあるもんか。台湾人はこれだから困る。何事も物事を真面目にやり切らないいんだ。日本人を見ろ。道を作れと言われればちゃんと道を作るし、家を建てろと言われればちゃんと家を建てる。心を込めて作ったものの方がいいに決まってるじゃないか」

その口ぶりに、呉士盛はふと父親が昭和六年生まれであることを思い出した。四歳で祖父母とともに基隆（キールン）から出発した山東丸に乗り込んで大陸に渡り、中国東北部で生活していたのだ。当時の祖父は新京で医者をしていた義兄を頼って、満州国の財政部専売署で仕事をする準備をしていた。山東丸は大連港に停泊し、彼らはそこで船を降りた。そして日本が建設した南満州鉄道のあじあ号に乗車して、新京に向かったのだ。義兄の病院は西五条の長春ホテルの一角を借りて開業していた。昔の父親はしばしば往時を振り返っては、自分が見たなかで長春ホテルが最も斬新で広いホテルだった、台湾のホテルなど及びもつかないと話していたが、呉士盛が大きくなって知った事実は、台湾に帰国してからの父親にはそもそもホテルに泊まるだけの財力がなくなってしまっていたということだけだった。

「別に日本人だって悪いところはあるだろ。汚職もするし、賄賂だって受け取るんじゃねえか」

こんなことを言えば、父親から強烈な反発を招くことは分かっていたが、それでもわざとその言葉に逆らってみた。

「汚職や賄賂がない国が存在するとは言ってない。少なくとも、日本人が建てた家は雨漏りなんてせんぞ！」

「雨漏り？」

父親の「雨漏り」と言う言葉に、呉盛帆は振り返って台所を見た。

「先週大雨が降っただろ？　あそこの屋根からまた雨漏りしだしたんだ」

「修理は呼んだ？」

「修理？　退職金は政府にカットされちまったんだ。どうやったら修理なんて呼ぶことができる？　それともお前たちが修理費用を肩代わりしてくれるか？」

「まだカットされてないだろ？」

「カットされてない？　ボーナスすら出なくなってるさ！」

「………」

「いまの政府はやることなすこと、全部むちゃくちゃだ。こんなことをしていれば、国家の基盤がぐらついてしまうことが分からんのか」

「ふん」酒をあおった呉士盛がほくそ笑んで言った。「公務員の仕事は生涯安泰だったんじゃないのかよ？　だから言ったんだ。何事も最後に頼れるのは自分だけだって――」

「頼れるのは自分だけか。で、いまのお前はどうなんだ？」

父親はじろりと呉士盛を睨みつけた。慌てて身を乗り出してきた呉盛帆は、緊迫した場の雰囲気を和ませようと、父親と呉士盛の肩を押さえながら言った。「まあまあ、とにかくまず修理の人間に連絡してみて、見積もりを聞いてみようよ。その後は俺がなんとかするから」

「あんたみたいな人間はな、問題が起こるとすぐにそうやって政府の批判ばっかりするんだ」

「兄貴！」

呉盛帆は兄の肩をグッと摑んだ。

「少なくとも、日本人ならこんなむちゃくちゃはやらん。何をやるにもまず計画をちゃんと立ててだな、そもそも――」

「日本人はそんなむちゃはやらない？　じいちゃんの兄貴は日本人にクビにされた公務員じゃなかったのか？　覚えてるぞ。じいちゃんの兄貴が言ってたよな。当時政府の役人さまは、自分のような創成期からの功臣を、一旦状況が不利になるとみるや突然態度を豹変させて、やれ気概がないだとか政府に依存するだけの人間だとか罵ったって。それだけじゃない。二十年も雇ってやったんだから、感謝してしかるべきだ、政府はお前のような物乞いを雇い続ける義務はないんだって言われた。違うか？」

「それは伯父個人の問題だ。日本政府とは何の関係もない」

「んなわけねえだろうが。当時どれだけの人間が解雇されたと思ってるんだ。いまのあんたと同じさ！」

「………」

怒りのあまり顔を真っ赤にした父親は言葉が継げずにいた。

「もういいだろ？　みんな苦しい時期なんだ。お互い叩き合ってもいいことなんてひとつもないさ。ほら、飲もうぜ！」

酒瓶を取り上げた呉盛帆は、父親と呉士盛のコップに酒を注ぎ込んだ。

「父さん。なんにせよ、あのデモには行かない方がいい。くだらない人間がたくさんいるから」

「なんで行っちゃダメなんだ？　私は自分の権利を守りに行くだけだ！」

「もう八十半ばだろ。その歳でデモなんか出られないよ。それに、公務員を見れば悪態つかないと気が済まない人間も多いんだ。何を言われるか分かったもんじゃないし、何かぶつけられたりしたらどうするんだ？」

「だからこそ行くんだ！　お前たちは来なくていい。私一人で行く」

「兄貴からも何か言ってくれよ」

「行かせてやればいいだろ。自分が世間さまからどんなふうに見られているのか、分からせてやればいいんだ」

「兄貴！」

「他人にどんなふうに思われようがかまわんさ。そんなことよりもお前自身はどうなんだ？　いつもひとさまの視線ばかり気にして。だからこんなふうに落ちぶれちまったんだろ」

「俺がなんだって？　俺が親父に何か迷惑をかけたか？　ふん、家が恋しくて帰ってきただなんて思うなよ」

「兄貴！　もういいだろ。チクショウ、飯食うだけだってのになんでこんなに疲れるんだ」

「そいつと真面目に向き合う必要はない。口だけなんだ」父親は呉士盛に視線を向けたが、その表情はひどく冷たかった。「出て行きたければ出て行くといい。誰も引き止めようとは思わん」

父親の言葉は彼の痛いところを突いた。確かにその通りだ。自分は口だけの人間で、本当に何かを変えようとは思っていなかったし、己の弱い部分に向き合おうと思ったこともなかった。彼のこれまでの人生は常に逃避の連続だった。自身の不幸から逃れ、家庭の責任から逃れ、他人の視線から逃れ続けてきた。他人を批判することでストレスを和らげる一方、問題が自分にあることははっきり分かっていた。しかし、ほんの一瞬の間自分の心に巣食うそうした卑屈さを理解できたとしても、自己防衛的な怒りの炎は依然として理性の光を覆い隠してしまうのだった。

コップを摑んだ呉士盛は、それを父親に向けて投げつけた。

父親の額にあたったコップは、顔を酒で濡らすと床に落ちて砕けてしまった。

「何すんだ！」

呉士盛を突き飛ばした呉盛帆は、父親のそばまで飛んでゆき、怪我の具合を確認した。額はすでに赤く腫れあがっていた。

「大丈夫だ」

父親は呉盛帆を押しのけると、軽蔑した表情を浮かべて呉士盛を指さした。

「この様子じゃ、お前はいつも湘瑩さんを殴っては憂さ晴らしでもしてるんだろ……お前みたいな意気地なしは見たことがないぞ」

呉士盛は自分の仕出かしたことの重大さに驚き、慌てて部屋から逃げ出していった。

公園まで駆けてきた彼は震える手でタバコに火を点けた。

俺はいったいどこでどう間違っちまったんだ……。

夜はずいぶんと肌寒くなっていた。呉士盛は両手で自らを抱きしめて身体を温めた。ふと、台北がすでに秋になっていることに気づいた。

苦い煙を肺の中に吸い込んだ彼は、強く吸い込みすぎたせいで涙が出るほどむせてしまった。

＊

午後八時、郭宸珊は台北の退役軍人病院の精神科病棟を訪ねた。

この時間帯、夕食を終えた患者たちはスタッフの指示に従って食器を返却していた。列をなして薬を受け取った患者たちは、看護師たちの監視のもと大人しく薬を飲んだことを確認され、最後に食堂からそれぞれの病室に戻って休むことが出来るのだった。全身脱力状態だった郭湘瑩は、当直の看護師に手伝ってもらいながら一口ずつ食事を咀嚼（そしゃく）していた。ちょうど食事をすべて食べ終えたときに、姉である郭宸珊が病棟を訪れたのだった。

姉が突然訪ねてきたことを不思議に感じた郭湘瑩だったが、郭宸珊は午後に病院から電話を受けたのだと言った。病院を訪ねて補助の申請手続きを行って欲しいと言われたそうだ。不快だったのは、あの役立たずの義弟はこんな大事件が起こったにもかかわらず、親族に連絡する義務を怠るどころか、補助金の申請手続きまで拒否したらしい。そのために、ソーシャルワーカーは仕方なく戸籍から他の親族を探し当て連絡を取るしかなかったのだった。郭宸珊が電話を受けたのはそんな理由だった。考えれば考えるほど、腹が立った。テレビでも報道されているにもかかわらず、姉である自分がこの事件を知ったのは一番最後だった。呉士盛に対する憎しみが以前にも増して膨れていくような気がした。

「声が聞こえるって、どんな声が聞こえるの？」

「十二、三歳くらいの女の子の声で、顔ははっきりとは見えないんだけど、台湾語と日本語で話してるんだ」

郭宸珊は眉間にしわを寄せて言った。「日本語？」

「うん。それに日本語の歌も」

「新幹線に乗ってるときにちょっとだけ資料に目を通したんだけど、病院はあんたがたぶん統合失調症と幻聴の類を発症してるんじゃないかって……でも、日本語が聞こえるってどういうこと？　あんた、日本語なんてできないでしょ？」

「幻聴なんかじゃなくてホントに聞こえるんだって！　荒野にいる子供が叫んでるみたいでとっても遠い声なんだけど……上手く言えないけど、何ていうかラジオの放送みたいな声なんだ。だけど聞こえることは確かなんだって！」

妹の興奮した様子を見た郭宸珊は、しばらくこの話題には触れないようにしておこうと思った。

「何にせよ、あんたの安全を考慮すれば、しばらくここにいた方がいい」

「おねえちゃんまで私を信じてくれないの？　どこにいたってあれからは逃げられないのに……」

「逃げられない？」

それを聞いた郭宸珊は、おそらく妹は本当に精神に異常が生じているのだと感じた。

「ミナコが来るの。私と婷婷を殺しに……」

「婷婷？　あの子とはもう長い間音信不通なんでしょ？」

「あの子は婷婷なの！　婷婷が夢を通して私に伝えてくれてるのよ！」

「ええ。きっとそうね」

郭宸珊はゾッとした。ここまでひどい状態ならば、精神科の病棟に入れられても仕方ないと思った。

「ホントなんだって」

「ああ、言い忘れてた。賠償金のことなんだけど、肩代わりしてあげることは問題ないけど、あのクズとは離婚しなさい。もう見ていられないから」

病床で横になっている妹を見ると、郭宸珊の心はひどく痛んだ。両足はギプスに包まれて吊るされ、衰弱したその様子は見る影もなく、頬はこけて鼻梁まで落ちくぼんでいるように見えた。

「だめ。あの人は婷婷の父親なの。私はまだ婷婷が帰ってくるのを待ってるんだから」

「あのクズ、これまでだってあんたと婷婷に手をあげてきたんでしょ？　なのにまだ一緒に生活するつもり？」

大げさな表情を浮かべた郭宸珊は、思わずその語気を強めて言った。

「悪い人じゃないの。ただ挫折との向き合い方を知らないだけで」

「悪い人じゃない？　仕事が上手くいってるときだって同じように外で女遊びして、一晩に飲み屋で十万元も使ってたんだよ。それでも悪い人じゃないって言うの？」

「少なくとも、あの頃は私と婷婷にはよくしてくれてた」

「別に私の旦那が政治大学の大学院を卒業して、百億元規模の企業を経営してる上、あんたの旦那よりもハンサムでむちゃもしないから言ってるってわけじゃないのよ。雷に頭を打たれでもしたんじゃない？　あんなクズみたいな人間と一緒になるなんてさ」

「おねえちゃん、そんなふうに旦那のことを言われて私が喜ぶと思う？　とにかく、今回だけでいいからお金を――」

「だめ、絶対にいや。あんたがあのクズと付き合い続けるってことは、私のお金があのクズに渡るってことじゃない」

「おねえちゃん。私、本当にお金が出せないの。助けてよ！」

「だめだって。少し考えてみることね。離婚のための弁護士を探してあげるから、決心がついたら連絡してちょうだい」

　郭宸珊はそう言うと、振り返ることなくそのまま病室をあとにした。起き上がる力もなかった郭湘瑩は、ただ去っていく姉の後ろ姿を見送るしかなかった。すると、隣の病床にいるズーズーがこちらをうかがっていることに気づいた。

「シッ！」

　郭湘瑩の脅かす声を聞いたズーズーは、すぐさまベッドとベッドの間に引かれたカーテンの後ろに身を隠した。

　何だか見棄てられてしまったようで泣きたくなった。小さな頃からずっと、姉に助けを求めて断られたことなどなかったからだ。母親が玉里（ユーリー）にあるサナトリウムに入れられてから、郭宸珊がずっと三人の弟や妹たちの面倒を見てくれていたのだ。姉が何とかして自分たちにいい教育を受けさせてくれたおかげで、下の妹は銀行で働けることになり、弟は香港にあるプライベートファンドのグループに入ることができた。ただ次女である郭湘瑩だけが姉のアドバイスを無視して、高校を卒業した後に美容関係の仕事をはじめた。

　それから、友人の紹介を通じて呉士盛と出会ったのだった。姉はずっと反対していたが、それでも盛大な結婚式をあげてくれた。後々考えてみれば、姉には確かに人を見る目があるのかもしれなかった。呉士盛がただ勝ち馬にのることしかできないタイプの人間で、一旦挫折を味わえば再起不能になってしまうような責任感のない男であると、早い段階で見破っていたようだった。呉士盛がまだ自動車のパーツ店でデリバリーの仕事をしていた頃、常に口にしていた言葉が「ビッグになる」「大金持ちになってやる」だった。給料が入ればすぐにおしゃれなスーツや時計を購入し、ローンで外車まで購入する始末だった。自分の能力の限界点がどこにあるのかまったく分かっていなかったのだ。

しかし、当時は郭湘瑩もまだ若く、「お金儲けとは自らを労うためにするもの」だといった価値観しか持たなかったために、「未来を思い浮かべる」ようなことは考えもしなかった。男を見るにしても、ただその見た目だけを気にしていたので、豪華な服に身を包んで、ブランド車を運転する呉士盛に惹きつけられたのだった。

休日に北海岸まで足を延ばして、成り上がってやるのだとうそぶく呉士盛の話を聞くのが好きだった。彼はいつも「学のない人間はクソみたいな人間のマセラティを修理するしかねえ」といった言葉を吐いていた。高尚さを装う彼の俗っぽさは隠しきれなかったが、郭湘瑩はそのことをさして気にも留めなかった。なぜなら、彼が自動車の修理工場で修理工をしていたという経歴を恥ずかしく思うと同時に、修理工として働き続けるかつての同僚たちを見下すのに同調することで、自分もまた呉士盛とともにかつての同僚たちを見下してきたからだった。

その結果がいまの惨状だった。

郭湘瑩は再び婷婷のことを思い出した。あの子はいまどこにいるのだろうか。

最後に婷婷から電話がかかってきたのは、もう二年も前のことだった。電話口からはひどく冷たい声で、すでに新しい仕事が見つかったこと、いまは楽しく暮らしていることが伝えられ、正月も家には戻らないと告げられた。その後は携帯の番号を変えたか、あるいはわざと電話を取らないようになったのか、とにかくまったく連絡がつかなくなってしまった。この二年間、郭湘瑩は何度も電話口から聞こえてきた水の音について考え続けていた。婷婷はおそらく理髪店の見習いか、あるいはレストランで皿洗いでもやって生活しているのかもしれないと思った。なぜなら、夜学すら卒業せず、何の免許ももっていない職業学校生を雇ってくれるようなところがあるとは思えなかったからだ。

後悔。

二つの文字が繰り返し脳裏に浮かんだ。彼女自身うんざりしていた。突然襲い掛かって来た痛みが、耳元からこめかみへと広がっていく。目玉が爆発するのではないかというほどの痛みに視界は真っ暗になってゆき、バン、パパンバン、バン——と、爆竹を鳴らしたような音に似た耳鳴りがはじまった。

音は三十秒ほどしてようやく収まったが、なぜかこれだけでは終わらないことが分かった。身体を起こそうとしたが、両腕は柔らかい糸のようでほとんど力をいれることができなかった。病室の入り口から、他の病室の灯りがすでに消されているのが見えた。おそらく、しばらくすれば看護師がこの部屋にやって来るはずだった。

思ったとおり、若い看護師がひとり病室に入ってきて中の様子を確認してきたので、郭湘瑩はこれ幸いと口を開いた。

「すいません。頭が痛いのですが」

「頭痛ですか？　では当直の先生に連絡します」

若い看護師はすぐに病室に戻って来た。その手には白いプラスチックのコップが握られていて、中には白い楕円形の薬があった。

「痛み止めです。これを飲めば大丈夫ですよ」

「痛み止めじゃなくて、先生を呼んでもらえますか？」

「先生を？　どうして？」

「あの子、あの子が私を殺しに来るから。はやく、殺されちゃうの！」

郭湘瑩はヒステリックな叫び声をあげた。当直の看護師は精神科病棟にやって来たばかりでこうした状況にまだ慣れておらず、すっかり驚き慌てふためいて年配の看護師へと助けを求めた。

しばらくすると、当直医もやって来て郭湘瑩に何を訴えているのかと尋ねてきた。

「つまり、その声の主……『ミナコ』ですか？　その子があなたを殺しにやって来ると？　その声があなたにそのように告げたのですか？」

「違う！　その子も殺されちゃうの。その子は私の娘の化身で、私を助けるために来てくれたの！」

「その声はあなたの娘さんの声だと？」

「あの声が言ったんじゃない！　私の娘がそう言ってるの！」

当直の医者は狐につままれたような表情になっていた。両者の言うことは堂々めぐりするばかりだった。最終的に当直医は郭湘瑩の言葉を繰り返すことで何とか話題を別の方向へもっていき、郭湘瑩を大人しく眠らせるか、治療を受けさせられないかと考えるようになっていった。

「なるほど、よく分かりました。娘さんがあなたを竹林まで連れてゆき、そのミナコがあなたたち二人を殺そうとしているというわけですね。しかし、部外者が私たちの病棟に勝手に立ち入ることはできません。私たちは皆ここであなたのことを見守っているので、どうぞ安心して眠ってください。心配しなくても大丈夫ですよ」

「あれは人間じゃない。あなたたちじゃどうすることもできないのよ……」

「では、私たちにどうしてもらいたいのでしょうか？」

「分からない。お願い、私を助けて……」

　問診時間は三十分にも及んだが、最終的に当直医は諦めたような表情を浮かべた。背中を向けた医者は郭湘瑩の視線を避けて、年配の看護師と小声でやりとりをした。

「薬の量が足りなかったんじゃないでしょうか？」

「そのことは、今朝主治医（VS）とも話し合ったけど、一度に大量の薬を与えることはよくないって話になったんだ……」

「けど、こんな状態じゃ……」

「すでに急性の症状が出ているから、まず鎮静剤（ハルドール）を与えてみてくれないか？　それで、錐体外路症状（EPS）が出ていないか注意してもらえるかな？」

「はい」

　年配の看護師の同意を得た当直医は、振り返って郭湘瑩に話しかけた。

「郭さん、あなたを手助けできる方法があります。注射をするのが一番早くすむのですが、同意していただけますか？」

「注射？　なんで注射をするんですか」

「注射をすれば楽になるんです。よく眠れますよ」

「いや、私は眠りたくなんてないの！」

郭湘瑩の脳裏に浮かんだのは、かつて友人が言っていた「麻酔注射」で、それは医者が患者を大人しくさせるための最終手段だった。自分がたとえ何を口にしようとも、そのような扱いを受けたくはなかった。これだけ長く説明したのに、医者は自分の言っていることをまるで信じてくれず、薬を使ってやり過ごそうとしているだけだった。呉士盛、郭宸珊、看護師、医者、誰ひとり自分の話を信じてくれる者はいなかった。考えれば考えるほど気持ちが落ち込んで、泣き出したくなった。もし誰も自分を助けてくれないなら……それ以上考えたくはなかった。本当にここで死んじゃうのかな。

安全に注射針を刺すために、数名の医療スタッフがその動きを抑え、郭湘瑩の両手両足に拘束具を取り付けた。年配の看護師は慣れた手つきで郭湘瑩の腕をアルコールの染み込んだコットンで消毒すると、迅速にハロペリドールを腕の筋肉の中へ注入した。

郭湘瑩は真っ白な天井を見つめながら涙を流した。流れた涙は耳を伝い、枕を濡らした。スタッフたちがひと仕事を終えたようにしてその場から去っていくと、郭湘瑩はひとりその場に残され、ベッドの上でただ死を待つばかりとなってしまった。どれほど経った頃か、意識が徐々に身体から離れて行くのを感じた。その目はテーブル、カーテン、それに窓に映る薄暗い樹の幹がぼんやりとした紺青の影に染められている様子を見つめていた。頭痛と耳鳴りは続き、ただ身体だけが自分のものではないようになって、自身の不快感を傍で何事もないように眺めることができた。

ねむい……。

郭湘瑩は自身の大脳に抗っていた。最後の最後になって戦わないまま敗けるようなことだけは避けたかったので、何とかして身体の機能が止まってしまうことを防ごうとしていた。身に染みるような冷たい夜風が窓の隙間から吹き込んでいた。ぼんやりとしていると、清々しいヒノキの香りが漂ってきた。

何とかまぶたを持ち上げた郭湘瑩は、力を込めて視線を右側に向けた。古めかしくホコリにまみれたガラス窓の外には巨大なガジュマルの木が垣間見え、それがちょうど後ろに広がる山や建物を遮っていた。乾いた血の跡がこびりついたような幹には木肌と似たようなもの――おそらく褐色のカメムシの一種だろう――がせわしげに脚を動かしながら這い上がり、視界に入って来た。その虫の脚が四本しかないことに気づいた郭湘瑩は驚きのあまり激しくすすり泣いた。

羽を動かした昆虫は無数の触覚がある頭部を百八十度回転させ、ゆっくりと樹皮にへばりついた裏側の顔をのぞかせた。それは血だらけで、ひどくぼんやりとした表情だった。

ミナコ。

それは羽などではなく、とび色に染められた和服だった。

昆虫の脚ではなく、ミナコの手足だった。

「助けて……お願い……助けて……」

かすれた声で助けを求めたが、その声を聞きとれたのはわずかに隣にいるズーズーだけだった。

（ジジ――私巧舎（ワシこうしゃ）……ジジジ――）

（ミナコ、おいで（ライア）……）

婷婷の声だ！

首を横に向けると、顔の皮膚が溶け落ちた少女がベッドの左側に立っていた。身体を傾けると、その顔面の傷跡とシワの形から少女がひどく哀しそうな表情をしていることが分かった。ただ少女は両目を失っていたために、涙を流すことはできなかった。


「お願い、泣かないで……」


郭湘瑩は手を伸ばして女の子の髪を撫でようとしたが、その手はベッドにくくりつけられていたために動かすことができなかった。何とか手を引き抜こうとしてみたが、ベッドが揺れてギシギシと音を立てるだけだった。すると突然、「バンッ」という爆発音に似た音がしたかと思うと、ミナコの身体が窓に跳び移ってきた。四本の手足が金属でできた窓の枠を摑み、真っ黒な髪の毛がガラス窓を擦って、耳をつんざくような奇妙な引っかき音を発した。

驚きのあまり失禁してしまっていた。これほど大きな騒音が出ているにもかかわらず、なぜ看護師たちが気づかずにいるのかを考える余裕もなかった。手足に力が入らず、震えが止まらなかった。全身の力を振り絞って何とか拘束具から逃れようともがいたが、ベッドの金具が郭湘瑩の動きに合わせて激しく震え、ネジとステンレスの棒が歯をガチガチと震わせる音と同じようにぶつかり合っているだけだった。

何かが腐ったような臭いが近付いてきてぴたりと右頬に貼りついたが、怖くて目を開けることができなかった。必死に顔を左側に向けて、ミナコから見られている事実から目を背けるしかなかった。


「お願い、助けて……ああ……」


カーテンの仕切りの向こう側では、ズーズーが大きな眼を開けて隣の病床の動静をうかがっていた。

カーテンは強風に吹かれたようにバタバタと揺れ、鼓膜を突き破らんばかりの鋭い金属音が鳴り響いていた。ズーズーは今にも泣き出してしまいそうだった。特に郭湘瑩が助けを求めて息を切らす様子を耳にしてからは、まるで全身を壁に投げ出されて骨が砕け、声を出す力さえも失ってしまったかのようだった。

あそこに……いる。

ズーズーの身体に悪寒が走った。頬を流れるのが汗なのかはたまた涙なのか分からず、唇は震え続けていた。ナースコールを握りしめて、親指をボタンの上に置いたが、ボタンはまるで石のように固くなって押すことがかなわなかった。

*

悪夢を見ていた呉士盛は驚いて目を覚ました。

夢の中ではちょうど人々でにぎわう忠孝東路(ジョンシャオドンルー)をタクシーで走っていた。デパートや売店の軒下には多くの人たちが集まっていたが、タクシーを必要とする人はいなかった。握り慣れたハンドルから伝わってくる革の感触とリズミカルな振動がひどく彼を安心させた。ふと横目で路上で手を挙げている人間がいることに気がついた彼は、急いでウィンカーを右に出してタクシーを停めた。その乗客は後部座席ではなく、助手席のドアを開けて乗り込んできた。よく見ればそれはあのおかしな女道士だった。全身から酸っぱい臭いを発しながら突然にじりよって来たかと思うと、かすれた声で彼の耳元でこうささやいたのだ。「行くんじゃない……山は亡霊たちの住み家だよ！」

女道士の口臭のあまりのきつさに目を覚ました。半分寝ぼけた状態で、何度もその恐ろしい警告について考えていた。頭を振った彼は、うなじと背中が冷や汗でびっしょりと濡れていることに気づいた。汗に濡れた肌着を脱ぐと、郭湘瑩がいつも眠っている場所にそれを投げ捨てた。ベッドを離れた彼は化粧台の前まで歩いて行き、その場に腰を下ろした。

鏡に映る己の姿を眺めると、自身の理想像との間に大きな落差を感じざるを得なかった。パリッとしたスーツを身に着けて、誇らしげな様子で部下たちに指示を出し、月収数百万元を得るビジネスマンこそが、彼の描いた理想の自分だった。それなのに、実際の自分ときたら一枚五十元の肌着を身に着けて、夢の中にまでおかしな乗客に入り込まれて、冷や汗だらけになる臆病者に過ぎなかった。

自分が人生のピーク時に何を考えていたのかはっきり覚えていなかったが、絶対にいまのようなものではなかったはずだ。あの頃の自分は、鏡を見ては天狗になって、まるで自分のやることなすことすべてがこれ以上ないほど正しいことであるかのように、得意げに他人の失敗を笑っていた。ところがほんの数年後には、借金を抱えたタクシー運転手に成り下がってしまい、ゴキブリだらけのプレハブ小屋に引っ越していたのだ。あの頃の自分には、きっと想像すらできなかったはずだ。娘は家出し、妻は精神科の病棟に入院、終日酒をかっくらっては現実逃避にいそしむ己など、想像できるはずもなかった。

身体を横に向けて自分の猫背を見れば、まるで父親と瓜二つだった。父親から遺伝したのか、はたまたいまの生活スタイルが作り出したものか。きっとその両方だろうと思ったが、後者の要素の方が強いような気がした。少なくとも、五十の頃の父親はここまでひどい猫背ではなかったからだ。

ふと、ある暖かさが背中に浮かび上がってきた。

お前、なのか……？

それは昔、郭湘瑩が好んだ遊びだった。結婚したばかりの頃、郭湘瑩はいつも温かい掌（たなごころ）を呉士盛の背中に押し当てては、ここが一番心臓に近い場所なのだと言っていた。こうしていれば、男は浮気心が起きないのだと信じていたのだ。だがその言葉を聞いた呉士盛には、それがある種の警告のように響いた。それどころか、郭湘瑩が探偵を雇って自分の跡をつけさせているのではないかとさえ疑ったのだった。さもなければ、なぜよりによって自分が女遊びや浮気をした翌日にこんな遊びをするものかと思った。

思い出に耽っていた呉士盛から思わず笑みがこぼれた。

思い返してみれば、わざわざ探偵などを雇わずとも、その程度のことなら誰でも分かるはずだった。郭湘瑩に隠し事などできず、それはまた郭湘瑩も同様だった。きっとこれが夫婦というものなのだろう。

鏡の中ではぼんやりとした光が彼の背後に立っていた。

その光が彼の背中から手を引くと、暖かさはスッと消えていった。光は徐々に暗さに呑まれてゆき、やがてその形をなくしていった。

突然何かに気づいたように、呉士盛はパニックに陥った。

いったいどちらの世界が本当の悪夢なのか、分からなくなってしまったのだ。

*

深まっていく闇の中、呉士盛は台北退役軍人病院にやって来た。

夜が明けるまでにはまだ三時間ほどあった。冷たく濡れた草地を歩いて誰もいない煌々（こうこう）と明かりの灯る大ホールを突き抜けると、今朝歩いた道をたどって病院の裏手にある精神科の病棟へと向かった。両足はまるで他人のもののようで、ただ大脳の指令に従って機械的に歩いているような気がした。脳裏には郭湘瑩の言った言葉が何度も浮かび上がっていた。もしもあのときに俺があいつの言うことを信じてやれば、死ぬことはなかったんだ。あいつの言ってたことは本当だったんだ。それに、あの女道士の言葉も。ミナコは確かに存在していて、あいつを殺した。

精神科の病棟に足を踏み入れると、当直のスタッフたちが申し訳なさそうな表情を浮かべて、郭湘瑩の病室前に立っていた。彼らはまるで舞台劇を鑑賞するように、呉士盛の表情にどんな変化が現れるのか見つめていたが、現実感が湧き上がってくればくるほど、彼の頭は真っ白になっていった。空まわりする映写機のように、そこには画像もなければ音もなかった。

ベッドにはすでに白いシーツが掛けられていた。

周囲の人々の視線はすべて彼へと注がれていたが、彼の目にはズーズーが自分の顔を布団の中に埋めている姿しか目に入らなかった。

彼自身、なぜ自分が白く光るその塊から目を背けているのか分からなかった。それは恐怖でもなければ悲しみでもなく、唯一の感情らしい感情と言えば「ああ、こうなっちまったか」といった茫然たる思いだけだった。枕元まで歩いていって白いシーツを引くと、死の直前恐怖に慄(おのの)いていた郭湘瑩の顔が現れた。まぶたのシワは糊で固められたようになって、額の青筋も浮かび上がったままだった。もう十分に年老いて醜くなっていた顔が、より恐ろしいものになっていた。

郭湘瑩の頰をそっと撫でてみた。何とかその表情を穏やかなものにしようとしてみたのだ。その瞬間、はじめて強烈な悲しみと怒りに襲われたが、それでも涙だけは流れなかった。郭湘瑩の両目のまぶたを閉じてやった。しっかり気を張っていなければ、その場に倒れてしまいそうな気がした。

俺は捨てられちまったわけだ……。

数分間の黙禱がすんだ後、最初に脳裏に浮かんできた言葉がそれだった。失ったわけでも奪い取られたわけでもなく、捨てられてしまったのだといった感覚だけがあった。今後は彼に口うるさく言う者も、そのひどい癇癪(かんしゃく)に耐える者もいないのだ。このさき、自分が陥るのはそうした徹底的な孤独の領域だった。

「呉さん？」

自分に呼びかける声に、自分が再び暴力に訴えようとしていたことに気づいた呉士盛は高く振り上げた拳を慌てて止めた。

当直の医師は緊張した面持ちで彼の拳を見つめながら、何かを話し出そうとするのをためらっているようだった。

その様子に気づいた呉士盛は、ゆっくりと拳を下ろすと深く深呼吸をした。

「郭さんのことなんですが、何と言うかまるで……」

「まるで、なんだ？」

「まるで、自分自身で窒息死したようなんです。誠に申し訳ありません。我々のミスです。昨晩少々錯乱気味だったのですが、まさか注射した後にこんなことになるなんて……」

「どうやって自分自身で窒息死することなんてできるんだ？」

「すでに拘束具は解いているんですが、拘束具をしている場合、自傷行為はできないはずなんですが、郭さんは自分の首をこうぐるっと……」

「首をぐるっと？　どういう意味だ？」

「私たちが発見したときには、その、首が……」

「だから、首が何だってんだ？」

「百八十度、逆方向を向いていて……」

自分の首の向きを変えながら、当直医はジェスチャーまじりに説明した。

「バカ言うな」

「私たちも信じられなかったんです。しかし……」

身体に掛けられたシーツをサッと剝ぎ取った呉士盛は、思わず一歩後ずさりしてしまった。

さきほどは顔の表情にばかり注意がいっていたので、首の部分が雑巾を絞ったように、ありえない方向に捩(ねじ)れていることには気がつかなかったのだ。郭湘瑩の身体はベッドの上に仰向けの状態で寝かされていたはずだが、首から下は胸や腹ではなく背中とお尻だった。

「郭さんの首があまりに硬く硬直していたので、頭を動かすことができなかったのです。なので、身体の方をひっくり返して調べたところ、頸椎と胸椎(きょうつい)の接続点が確かに外れていました。我々は整形外科の専門家ではないので詳しいことは分かりません。もしも必要であれば急患の手術が終わり次第、整形外科の当直の先生を呼んで調べてもらうこともできますが」

「分からねえ。いったいどういうこった？」

「我々の見立てでは、郭さんは死への意志がよほど固かったのではないかと推測しています。以前にも似たようなケースがありまして、ある患者がカーテンの紐を使って首吊りをしてしまったのです。医者が目を離したほんの五分ほどの間のことでした……」

「俺が聞きたいのはお前らの言い訳じゃねえ！　こんなことがありえるのかどうかってことを聞いてんだ！　幽霊でもないかぎり、こんなふうに人を殺すことなんてできないだろ！」

「幽霊？」当直医がぽかんとした表情を浮かべた。

「ああそうだ！　あいつは幽霊に殺されたんだ！」

「呉さん、お気をたしかに。郭さんの顔には傷跡もなく、ベッドの近くには争ったような形跡もありませんでした。なので、どうか落ち着いてください。何にせよ、本当の死因は法医解剖医による判断を待つ必要があります」

「こいつは幻聴なんか聞こえていなかった。だろ？」

呉士盛はベッドの上に横たわっている郭湘瑩の遺体を指さしながら言った。その顔は赤く腫れあがって、理性の崖からすべり落ちていっているようだった。

「確かに幻聴があると言っていましたが」

「日本語の幻聴が聞こえるなんてことがあるのか？　こいつはずっと日本人の女の子の名前を言ってたんだ」

「それは……私からはそういう可能性もあるとしか言いようがありません」

「こいつは日本語なんて分からなかったんだ！」

「それもありえないことではないのです。呉さん、我々としましては……とにかく、一度落ち着いて考えられてはいかがでしょうか？　まず郭さんに司法解剖が必要かどうかを決めてもらう必要があります……このような状況ですと、法医解剖医と検察が調査に乗り出し、死因を明らかにする必要が出てきます」

「解剖すれば何が分かるんだ？」

「そこまでは私たちにも分かりかねますが、基本的な検死は行われます。あるいは少し考えを整理された後、もう一度法医解剖医と詳しい話を進めてみるのもいいかもしれません」

法医解剖医？　解剖？

一瞬、こうした事実を受け入れることができなかった。

もしもミナコが実在するとすれば、もしもあの日目にした幽霊が本物だとすれば——。
そいつは人を殺すことができる。しかも、恐ろしい力で。
何にせよ、こうした死に方は彼の理解の範囲をはるかに超えていた。
あの放置された白タクの運転手を見つけ出す必要があった。

第三章　連結増殖

寒波が連れてきた雨はすでに三日間降り続け、台北盆地全体を沈めかねない勢いだった。呉士盛（ウーシーシェン）は真っ黒に光る霊柩車に座っていた。後部座席には郭湘瑩（グオシャンイン）の遺体を入れた冷凍庫が置かれ、その上には金色の綸子（りんず）が掛けられていた。

告別式がはじまるまで一時間ほどしかなかったが、棺を載せた車両はラッシュアワーで混み合う建国路（ジェングオルー）の高架道路から動けずにいた。彼は車のリアウィンドー越しに呉盛帆（ウーシェンファン）の様子を観察していた。弟は友人から借りてきた黒い日産のリヴィナを運転して後からついてきていた。父親はその助手席に座っていて、暗い断熱フィルム越しにその鋭い視線を感じ取ることができた。

結局、彼は郭湘瑩の解剖を受け入れられなかった。

士林（シーリン）地検が発行した死亡診断書によると、外傷の有無にアルコール濃度、血液検査に死体のサンプリングなど、どれも異常は見当たらず、他殺の疑いは除かれることになった。法医解剖医によると、人体の可塑性については結論を下すのが難しいらしく、もしも特殊な状況、例えば極度の恐怖に襲われたときなどは、人体の関節の可動範囲をはるかに超えた動きをすることもあるそうだった。例えば肩の関節を外して危機から逃れたり、頸椎を百八十度回したりすることもできるらしかった。

すべてを理解できたわけではなかったが、それでも法医解剖医の口ぶりから、郭湘瑩の死に際がひどく奇怪であったことだけは分かった。何よりも法医解剖医には郭湘瑩が出遭った「極度の恐怖」がどのようなものか分からなかった。子供の体格でも通り抜けることが難しい鉄格子を破って飛び降りたかと思えば、今度は人体の限界を超えて悶絶死したのだ。その異常な行動を説明できる方法はたったひとつ、ミナコだけだった。しかし、法医解剖医によれば、人は自分自身の作り出した幻影に驚いて死ぬこともあるのだと言う。はっきりとは口にしなかったが、おそらく仮に魂なるものがあったとしても、彼らはそれが人を殺すことがあるなどとは信じなかったはずだ。

郭湘瑩がそうしたように、ただいたずらに他人に助けを求めてはいけないと分かっていた。問題は彼もまた郭湘瑩と同じように、ミナコの存在を証明するものを何も持ってはいなかったし、そもそも「あの声」を耳にすることもできなかったことだ。

台湾大学体育館前を抜けてインターチェンジから辛亥路(シンハイルー)に下りてからは、車の動きが活発になって、徐々に速度も上がっていった。五分も経たないうちに、呉士盛は怪談話が多いことで有名な辛亥トンネルを通り抜けて、台北市第二葬儀場へとたどり着いた。

降れば降るほど雨脚は強くなっていったが、人の流れは途切れることがなかった。

火葬場に近いメモリアルホール前で停車した霊柩車は、そこで呉士盛を下ろした。そこからは葬儀会社が派遣してきたスタッフが棺桶を移動するのを手伝ってくれた。入り口近くに立っていた呉士盛は、呉盛帆と父親が遠く駐車場から傘を差してやってくる様子をぼんやりと眺めていた。

「ぼさっとしとらんで、霊安室に行ってこんか」開口一番そう言った父親の口調には怒りが滲んでいた。

　メモリアルホールに足を踏み入れたときに最初に目に入って来たのは十五インチに引き伸ばされた巨大な遺影で、それは日本式に飾られた生花の山に取り囲まれていた。数十年見続けてきたこの年老いた顔が、いまではあんなにも遠くに掛けられていた。両側の壁には花輪や弔問用の対(つい)聯(れん)や幡(ばん)などが置かれ、わずか三十人ほどしか入れないメモリアルホールを余計に狭く見せたが、葬儀会社のスタッフは当初からこの一番小さなホールを選ぶよう勧めてきた。きっと、三十人が入れる空間で十分だと思ったのだろう。彼ら夫婦には普段から付き合っているような友人もなく、また中学時代の同級生とも疎遠になっていたために、親族以外で郭湘瑩の葬儀に参加する者はほとんどいなかったのだ。

　呉士盛がホールに入って来たのを目にした郭宸珊(グオチェンシャン)は、すぐさま駆け寄ってきて葬儀用の黒い長衣を手渡した。

「早くこれに着替えて。もうすぐ時間だから」

　呉士盛は大人しく長衣を受け取った。今回の葬儀はすべて郭宸珊がひとりで請け負ってくれたものだった。郭宸珊は葬儀に金も口も出し、葬儀会社のスタッフと葬儀のスタイルや日程ばかりでなく、デパートの関連各所に派遣会社、それに被害者の親族への賠償金の支払いまですべて処理していた。派遣会社とデパートがそれぞれ折半して、残りの金額を郭宸珊が支払うことにしたのだ。呉士盛はただ入院費用だけを工面すればよかった。

　父親と弟に葬儀用の長衣を手渡した呉士盛は、霊安室の裏で入棺の準備をした。死化粧師が遺体に化粧を施してくれたおかげで、郭湘瑩の表情はそれほど恐ろしいものではなくなっていた。

位牌と棺を動かすために必要なサインをした後、葬儀屋の指導の下、棺を運ぶ者、入棺を手伝う者、それに封をする者たちが郭湘瑩の遺体をカリンの外棺を被せた自然素材の棺桶に寝かせると、衣類や紙銭、死者が極楽浄土に行けるように作られた蓮の造花に死者がもつ紙幣などを副葬品として入れていった。僧侶が経を読みはじめると、皆口々に「そのとおりです（ウーオ）」と台湾語で声を上げて、手尾銭（チューウェイジン）（註：死者が残したお金で、葬儀終了後に遺族へと配られる）を死者の袂に入れた。

　葬儀屋の指導の下、身内での儀式に読経、そして一般の参列者に公開される儀式がひとつまたひとつと終わっていった。納棺して棺が釘打ちされ、跪（ひざまず）いて三度床に額をつけて死者を送るなかで、これが郭湘瑩の顔を見る最後なのだなとぼんやりと考えていた。

　結局娘は帰って来なかった。

　郭宸珊によれば、すでに人伝に警察の協力も仰いでいたが、それでも呉彗婷（ウーホイティン）の居場所はつかめず、当然のことながら郭湘瑩が死んだという知らせを伝えることもできなかった。メディアを使って娘を探そうとしたこともあったが、郭宸珊が「家庭内のスキャンダルを家の外に出すべきではない」という理由で反対した。こいつにとっちゃ、俺もその「スキャンダル」の一部なんだろうな。呉士盛は心の中で思った。高級なスーツに身を包んだ郭湘瑩の弟が鉄の斧を片手に棺に釘を打っている姿を見ると、そうした思いはより強くなっていった。

　俺はきっと一生こういうやつらに踏みつけられ続けるんだ。

　他の親族たちと一緒に棺を三回回すと、係員が外棺を元の位置に戻し、宗教関係者が他の者たちを連れて棺を火葬場まで送り届けてくれた。郭湘瑩にとって、これがこの世で歩む最後の道となったわけだ。

火葬には一時間半ほどかかった。その間に昼食を食べ、休憩後に骨上げに参加するのだったが、郭宸珊たちはすでにその場を離れ、彼と食卓をともにしようという気はさらさらないようだった。しかし、考え方を変えればそれも決して悪いことではなかった。ひとりなら彼らから冷たい言葉を浴びせられることもなく、ゆっくり食事をとることもできたからだ。

「呉さん！」

車に乗り込もうとすると、聞きなれた声が響いた。派遣会社で人事を担当していた林マネージャーだった。

彼も葬儀に参加していたのだろうか。しかしさきほどは彼の顔を見かけなかったが？

郭湘瑩の同僚や上司が葬儀に参加していないかとりわけ注意深く観察していたのだが、結局誰ひとり来てはいなかった。郭湘瑩がしばしば口にしていた郭チーフも派遣会社の人間も誰も葬儀には参加しておらず、呉士盛は不思議に思っていたのだった。

しかし、振り返った彼の瞳に映った父親と弟の表情がまったく動じていない様子を見て、きっと香典の受付をしている際に自分がぼんやりと見逃してしまっていたのだと思った。

林マネージャーは手に下げたフルーツの詰め合わせを、彼が遠慮するのを押し切って車内に押し込んできた。

「ほんの気持ちですから、どうか遠慮なさらずに」

「悪いな」

「その、賠償についてなんですが、問題ないですよね？」

呉盛帆の視線を感じつつ、彼はいやいや頷いた。林マネージャーの口にした「賠償」とは、被害者の旦那と水面下で行われたゆすりの件についてだったからだ。やつらはどのポリ公から手に入れたのか、郭湘瑩の検死結果を知っていた。郭湘瑩が生前暴力を受けていて、膵臓が破裂した形跡があったとして呉士盛を脅してきたのだった。もともと相手はこちらのあら探しをしているだけで、特にあの日は人数を頼りにわめき立てながら逆に追い返されてしまったので、きっと報復する機会をうかがっていたのだろう。しかし、賠償と言ってもたかだか五万元（註：およそ十八万二千円）だった。強気に出ても揉め事が長引くだけになってしまう可能性もあったので、金を払って面倒を避けることにしたのだった。

「本当に申し訳ありません。どうもなかなか話が通じない相手でして。どうしてもあなた個人からお金をもらうと言って聞かないんですよ」

「ああ」

「申し訳ない。この度はどうもご愁傷様でした」

呉士盛に向かってお辞儀をすると、林マネージャーは身を翻して呉盛帆と父親に向かって挨拶をして、その場から離れていった。

車を走らせて火葬場をあとにする際、火葬場の煙突からモクモクと上がる煙を眺めた。その煙は郭湘瑩の魂がすでに白い灰になって、ゆっくりと空の彼方へと消えていく様子を想像させた。

あっちで楽しく暮らせればいいな。

そのときふと、三日間降り続いていた雨がようやく止んでいたことに気づいた。

*

阿芬(アフェン)にはズーズーの奇妙な行動を無視することができなかった。

郭湘瑩の死はさながら地震のように精神科の病棟で働くすべての医療スタッフの心を揺るがし、朝のミーティングで激しい議論を引き起こしたが、最終的には精神科チーフの下で全員の意見が一致した。メディアが大げさに事件を書き立てないように情報は完全に封鎖すること、遺族以外で死者と関係があったと名乗り出るあらゆる人間に対して、病院での出来事を話さないことが決められた。また、患者が病室で異常な方法で自殺したことは非常に深刻なミスであるとして、チーフは院長から注意を受けて、調査報告書を地検に提出して内容を審査されることになった。幸いにも記者たちはこうした異常には気づいてはおらず、さもなければ恐ろしい結果を生んだに違いなかった。

病室の巡回が終わった後、阿芬はズーズーの表情が普段とは違っていることに気づいた。言葉少なく寡黙であるかと思えば、時折奇声を発したりした。主治医は薬の量を増やすように言ったが、阿芬はズーズーがルームメイトの死によって不安定な状態になっているのだと思った。

阿芬から何度も質問を受けたズーズーは、ようやく他の人間にも理解できる言葉を口にした。

「Wun……あの人を助けられなかった……ni……彼女が私を探しに来たの……damuning！」

ズーズーは表情を歪ませながら、何度も「彼女が私を探しに来たの！」という言葉を繰り返し、その下唇を噛み千切らんばかりに噛むのだった。

「どういうこと？　もう少し詳しく話してくれない？」

「彼女の声が聞こえる……こわい！」

錯乱したようにズーズーは突然自分の髪の毛を力いっぱい引っ張りだした。

「誰の声が聞こえるって？」

最初阿芬はズーズーに幻聴症状が現れたと思って主治医に報告したが、薬を飲んでからもその症状に変化は見られなかった。阿芬を更に困惑させたのは、ズーズーが隣の病床からすでに亡くなった「郭湘瑩」の声が聞こえると言うことだった。

「聞き間違いよ。だって彼女はもう——」

「ホントに聞こえる……wun……Oung-oung……あの子が来る！」

どんなふうになだめてみてもズーズーが平静を取りもどすことはなく、その叫び声は他の病床にいる患者たちを不安にさせていった。そこでグループ協議を経た後、一時的にズーズーを保護室に移動させることにしたのだった。

保護室とは、メディアから与えられた汚名を使えば「隔離部屋」と呼ばれる場所であった。そこは医師の指示の下で病人を保護し、短期間両手を拘束して患者を隔離・観察することで患者の暴力行為が自分や他人を傷つけないようにするのが目的であって、新聞報道や映画などで描かれているような大げさなものではなかった。

しかし、ズーズーを住み慣れた病室から移動させようとしたことで、彼女の感情はより不安定になってしまったようだった。ズーズーは不慣れな中国語を使って、医療スタッフに向かって叫び続けた。「ここはあたしの家だ！　あんたたち、なにさまのつもりだ！」その声は扉二枚隔てた場所でも聞こえるほどに大きく、最終的に鎮静剤を打って寝かしつけるしかなかった。

その病状の変化の激しさは看護師たちの間で議論を呼び、看護師長さえも驚かせた。看護師長は阿芬をそっと隅に引っ張っていくと、ズーズーの状況について尋ねてきた。

「なんで突然こんなことになったの？」

「それがその……郭さんの声が聞こえるって言うんです」

「郭さん？　あの死ん……患者さん？」

半分までその言葉を口にしてしまった後、看護師長は直接口に出すべきではないと思ったのか、ズーズーのいる病室に視線を投げかけた。

「はい」

「ありえない」

「おかしいとは思うんですが、ズーズーは聞こえると言ってきかないんです」

「そう……この件はここまでにしておきましょう。ズーズーが仮に何を言ったにせよ、他の人たちには余計なことを言わないように。落ち着いてからまた話し合いましょうか」

阿芬は軽く頷いた。背を向けた看護師長がナースステーションにある事務室に消えていったのを見て、ようやくホッと一息ついた。しかし、朝のミーティングの際に、ソーシャルワーカーの胡叡亦（フールイイー）が深刻な表情をして保護室前の廊下でズーズーの声に耳を傾けていたことに気づいた阿芬は、ナースステーションを出た後に胡叡亦の傍まで駆けよって行って探りを入れてみることにした。

「突然こんなことになっちゃって、本当に頭が痛いですよね」

「ええ。ズーズーはずっとmasamuanとhanituって言ってたみたいね」

「え？　先輩、原住民の言葉が分かるんですか？」

「ええ、ブヌン族の言葉だけ。昔、励馨（リーシン）（註：台湾で性暴力や家庭内暴力などの被害者をサポートする基金会）で働いていたことがあったから。そのとき、ブヌン族の子のケアをしたことがあったの」

「励馨？」

阿芬の驚いた表情を見た胡叡亦は説明を付け加えた。

「あなたが思っている通りよ。ズーズーが昔、児童売春させられていたことは知らなかった？」

あまりの驚きに阿芬はあごが床に落ちてしまうかと思った。

「正確にはズーズーのケアを担当していたわけじゃないけど、原住民で児童売春をさせられていた子たちは、最終的に精神的な治療を必要とするケースが多いから、特にズーズーについては関心を持ってたんだ」

「カルテにはズーズーが以前、児童労働と性産業に従事していたって書いてあったけど、まさか児童売春させられていたなんて……」

「十二歳のときに仲介業者に騙されて売春店に連れて行かれて、それから二十二年間そこで働いてたの」

阿芬は心のなかでそっと計算してみた。ズーズーは現在三十九歳、売春店を離れたのが三十四歳。ということは、この精神科の病棟に出入りしはじめてからすでに五年が経っているわけだ。

「じゃ、ズーズーの両親は――」

「原住民の集落に住む人たちは単純だから。それに、仲介業者の人間はどこの家の経済状況が悪いかまでしっかり把握していて、甘い言葉を使って彼らを釣り上げるんだ。ある家庭は八人もいた娘を全員売春店に売ることになったたって」

「そんな……」阿芬は信じられなかった。

「女の子たちのなかには、自分は両親に売られたんだと思ってジッと我慢していた子たちもいた。実際、両親にとってもおいしい商売だったから。一年で五万元も懐に入ってくるから、契約を更新して、お金が足りなくなればまた娘を売り払ってしまえばよかった。けど売春店の店長からすればその程度のお金なんてすぐにもとがとれるわけで、児童売春の処女権なんて十万元以上の価値があるんだから」

「うん……」

「これを気持ち悪いって思うのはまともな神経をしてるからよ。当初は私もそう感じてた。でもね、すべての子がこうした環境から抜け出したいって思ってるわけじゃないのよ。なかにはこうした環境で生き残るために競争意識を持つ子や、店のことを好きになる子だっている。お店のルールはいたって単純明快で、男の歓心を買っていれば店長からボーナスがもらえる。それに比べて、原住民の集落に戻ってしまえば、あの子たちは両親たちとどう向き合えばいいのか分からなくなってしまうから」

「でもあいった仕事って、あれが来てもお客さんを取らされるって聞いたことがあるけど……」

「ええ。タンポンを押し込んで普段と同じように十六時間働くんだけど、お客さん一人につきもらえる金額は十元程度なんだって」

「逃げ出そうって思わないんですか？」

「あるいは、あの子たち自身が学校やこの社会に溶け込めなかったからじゃないかしら」

胡叡亦は当時面倒を見ていたブニと呼ばれるブヌン族の少女のことを思い出していた。一九七七年に東呉（ドンウー）大学の社会学部に合格した胡叡亦は、ソーシャルワーカーへの憧れから社会福祉課程を履修していた。卒業後は地域コミュニティでNPOのソーシャルワーカーを務めてそこで八年間働いた。最後に離職を決意したのは、励馨のボランティアスタッフに出会ったからだった。励馨のスタッフから強く勧められた胡叡亦は、面接を経て創設されたばかりの励馨で児童売春をさせられていた人たちのケアを担当することになったのだった。一年間におよそ三十人ほどの患者を診てきたが、その半数以上が原住民だった。胡叡亦自身は外省人二世だったが、いわゆる特権階級としての背景を持たないどころか、台湾社会から排除、差別されるようなことすらあった。そうした経験を経てきたからこそ、苦しい立場にある女の子たちに同情し、何とかして手助けしてあげたいと考え、二十四時間いつでも彼女らと連絡が取れるようにしていたのだ。

しかし、ブニの反抗的な態度に接してから、胡叡亦は自分の考えに疑問を抱くようになった。

彼女はいまでもはっきりそのことを覚えていた。一九九三年十一月十四日、励馨が「反児童売春華西街一万人ジョギングイベント」を提唱し、多くの著名人や大物政治家たちがイベントに賛同して出席し、一万五千人もの人々がジョギングに参加してくれた。だが、希望と活気に溢れたイベントに参加していたはずの胡叡亦の情熱は、ブニの次の一言ですっかり冷や水を浴びせられてしまった。

「Taimangaz（バカの集まり）」

そのとき見たブニの表情を一生忘れることができなかった——口角を持ち上げて軽蔑したような視線を向けたブニは、まるで自分にこう伝えようとしているようだった。あんたたちがやってることはみんな独りよがりの善意で、結局苦しんでるのは私たちじゃない。あんたたちはあたしらの苦しみを利用して、自分を一段高いところにいるように見せたいだけでしょ。

それからというもの、ブニの言葉は種のように胡叡亦の脳裏に埋め込まれてしまった。その種は時間の経過とともに大きくなっていき、ブニの死は巨大な斧となってその大きく育った大樹を切り倒していった。胡叡亦は指導的な立場に昇進する前に励馨を離れ、精神的な面からそれぞれの案件における患者の人生を改善するために、ただ一心に自らの専門技術を磨いてきた。そうして、退役軍人の娘でもあった胡叡亦は、友人の推薦を経て退役軍人病院のソーシャルワーカーを次の仕事に選んだのだった。積極的に医療ソーシャルワーカー協会やワークショップ活動に参加し、いつも患者のために手助けになることを探すように心がけた。経済成長に伴って精神医療はますます社会から重視されるようになってゆき、胡叡亦自身も仕事を通じてそれまでにないような達成感を感じるようになっていった。

「社会に溶け込めずにお店を好きになっちゃったその子は、それからどうなったんですか？」

「トラジー台風の災害で死んじゃった」

「死んだ？」

「ニュースで見たの。南投(ナントウ)で山津波が起こって、家の瓦礫と死体が川に浮かんでたって。ニュースを見たときに最初にあの子のことを考えた。あの子の家は信義郷(シンイー)の東埔(ドンプー)集落にあったから」

「ちょうど台風のときに帰郷してたんですか？」

「ええ。その頃は精神状態がずいぶん不安定になっていたから。省道が通行できるようになって、基金会の人たちと一緒に川床の仮設道路から被災区に入って色々と手伝ったんだ。死体だらけで本当にひどい光景だった。たぶん一生忘れられないと思う」

「それでその子は見つかったんですか？」

「うん、幸いにも遺体だけは見つかった。当時ほとんどの遺体は土石流に呑まれてしまっていたから、遺体が見つかったのは不幸中の幸いだったかな」

胡叡亦の言葉を聞いた阿芬は、無意識に保護室に目を向けた。

「そんな生活があるだなんて、何だか想像できません」

「『彼女たちが探しているのはただの道じゃなく活路だ』、そんな言葉を聞いたことがあるんだけど、実際それを経験せずに想像だけで考えるのは難しいよね」

「先輩。じゃ、さっきの言葉はどういう意味なんですか？」

「masamuan は不吉な場所って意味。hanitu はブヌン族の精霊信仰のなかにある言葉で、私たちの言葉に直せば幽霊って意味になるかな」

＊

すっかり広くなったベッドに横たわっていた呉士盛は、眠れない夜を過ごしていた。

一日中せわしなく動き回った後、夕食を終えて帰宅すると、身体中の精力がすっかり搾り取られてしまったようにそのままベッドにへたり込んでしまった。瞳を閉じても一向に眠ることができなかった。十五インチに引き伸ばされた郭湘瑩の写真が網膜に焼き付き、まぶたを閉じてもそれが目に映ってしまうのだった。口をすぼませて目元には笑みを浮かべ、髪の毛は美容室で整えてもらったばかりのようにふわふわにセットされていた。いつ頃撮った写真なのだろうか。いくら思い出そうとしても思い出せなかったし、夫婦で過ごした楽しい思い出も何ひとつ思い出すことができなかった。

　少なくとも、三年以上前に撮った写真のはずだ。

　証明写真を撮るようなことができた時期だとすれば、きっとまだうちに経済的な余裕があった頃に違いなかった。そんなものはとっくに捨ててしまったと思っていたので、それを見つけたときは何とも言えない奇妙な感じがした。こうした喜びに満ちた写真は、いまの自分がどれだけ惨めであるかを気づかせるものであるような気がした。化粧台の引き出しから写真を見つけた呉士盛は、数分間ぼんやりとしてからようやく我に返った。この写真はきっと郭湘瑩の人生で最も幸福だった時期を切りとったもので、とりわけ自分に別れを告げるために残してくれたものであるように感じた。

　どうせ眠れないなら、いっそのこと建国ホテルで待機しておくか。

　起き上がった呉士盛はふとあの白タクのことを思い出した。葬儀の手続きに追われていたために、すっかり忘れてしまっていたのだ。車のキーを摑んだ彼は、払暁の薄明かりの下、タクシーを街に向けて走らせた。

　車の無線機のスイッチを入れると、チャンネルを調整した。センターコンソールにある「小型無線」にチャンネルを合わせると、すぐにガチャガチャといった雑音が流れ、液晶画面が音に合わせてゆらゆらと動いた。中国語や台湾語の下品な言葉もあれば、檳榔（びんろう）売りの女の甘えた声も流れていたが、ほとんどは路上の交通状況を話していて、その内容は観光バスやダンプカーにあるそれと変わらなかった。厳密に言えば、許可を取らずに業務外でタクシーを運転することは違法だった。その理由は運転手たちが集まってトラブルを起こさないためであったが、時代の変遷にともなって運転手たちも直接携帯から無線の代わりになるアプリをダウンロードするようになっていた。

「新生（シンシェン）高架橋は車が少ないぜ」

「小型無線機」を摑んで簡単に返事をした後、呉士盛は例の白タクについて尋ねてみた。

「建国ホテルに停めてあった白タクについて、何か知ってるやつはいないか？」

様々な会話が飛び交い続けるなか、数分後にあるしわがれた声が彼の質問に答えた。

「名前は知らねえが、見たことあるぜ。外省人の野郎だったな」

「どこにいるか知ってるか？」

「俺が知るもんか」

「それもそうだな」

あの白タクの運転手は、きっとひとりであちこち移動するはぐれ者に違いなかった。外省人の中には社会から浮き上がったような性格をした人間が多かった。もしあの車から手がかりが見つからなければ、追跡はここで潰（つい）えてしまうことになる。

そんなことを思いながら高架橋下にある建国タクシー休憩所までやって来た呉士盛は、例の白タクに目をやった。

幸いにも隣の駐車スペースが空いていた。

駐車スペースに滑り込むと、白タクの隣に車を停めた。

ホコリまみれの窓から中を覗けば、車内にあるものは動かされておらず、運転手の外省人は戻ってきていないようだった。ドアを開いて運転席に座った呉士盛はまず最初に運転手の免許証が入っていないかを確認したが、思った通り免許証はなかった。そこでハンドルの後ろ側、メーターのある場所から探しはじめることにした。見つかったのは輪ゴムに歯間ブラシ、それにイヤホンといったこまごまとした生活雑貨ばかりだった。彼は再びセンターコンソールの部分にある引き出しを開けた。引き出しにはレシートや領収書が入っていて、ボールペンと小冊子があった。そこに特別なことはなにも書かれておらず、ただメモ代わりに使っていたのだろう。

再びグローブボックスを開けると、例の録音機を取り出して、しばらく悩んだ後にそれを持ち出すことにした。そして、グローブボックスから厚く積み上げられた紙の束と書類を取り出した。まず、広告と不動産のダイレクトメールを選り分けた。そして、最後に残ったのが南山産物保険から届いた手紙で、そこには「重要なお知らせです。すぐにご開封ください」と赤い文字で書かれていた。もともと請求書があるかどうかを確認したいと思っていた。なぜなら、請求書には通常住所が記されているからだったが、まさか保険契約書が出て来るとは思わず、すっかり驚いてしまった。

封筒から書類を引っ張り出すと、一番上に入っていたのは保険料の領収書で、住所の他にも領収書が発行された日付に保険の適用期間、保証人、被保険者に保険費用まで書かれてあった。適用期間から察するにすでに半年も前に出されたもので、しかもその期間が二〇一六年七月二十二日から二〇一六年の七月三十日までとなっていた。この期間に何か特別なことでもしていたのだろうか？

二枚目の紙を見てようやくその理由が分かった。それは旅行用の総合保険で、保険の対象となる項目とそれぞれの保険金の金額が列挙されていた。死亡、あるいは傷害保険は一千万元となっていた。

残りの書類は契約書の詳しい説明と個人資料などだった。見るのが面倒になってきたので小冊子から一枚空白のページを破りとると、保険証に記載された名前と住所、それから携帯番号を写し取って、書類を再び封筒の中へ押し込むと、それをグローブボックスの中に放り込んだ。

「徐漢強(シュハンチャン)か」

呉士盛は独り言を言いながら、ポケットから携帯を取り出して番号を打ち込んだが、電話はそのまま留守番電話サービスへとつながった。

電源を入れてないか。

もう一度かけてみたが、同じように留守番電話サービスにつながるだけだった。

仕方ねえ。直接こいつの家に行くしかないみたいだな。

車を出てドアを閉めた呉士盛は、自分の車に戻っていった。ナビの電源を入れると、タバコに一本火を点けて丸一日車を走らせる仕事に備えた。

＊

十一時頃まで眠っていた郭宸珊は、日の光にようやく目を覚ました。伸びをすると、身体中の関節が「ポキポキ」と音を鳴らした。妹の葬儀のためにこの数日忙しく駆け回って、ようやく一休みすることができたのだ。しかし、何かどんよりとした雲のようなものが心にかかったようで、どうしてもそれを拭い去ることができずにいた。きっとあの子が突然亡くなってしまったことをまだ受け入れられていないだけで、死ぬ前にあの子からされたお願いを断ったせいではないはずだ。郭宸珊は自分の気持ちをそう考えることにした。

そうやって自らを慰めることにしたが、妹の失望した表情はいつも唐突に脳裏に浮かび上がってきて、その心をひどくかき乱した。ふといつもは就寝前に電話をかけてくる夫から連絡がなかったことに気づいた郭宸珊は、枕元にあったスマホを取り上げた。

不在着信はなかった。

郭宸珊は相変わらずベッドの上で呆然としていた。数日前、自分が郭湘瑩に垂れた教訓が頭の中でこだましていた。夫は北京でビジネスをしていて、数か月に一度しか家に帰ってこなかった。息子も娘もアメリカに留学していて、ずいぶんと苦労して育ててやったのに、電話の一本もよこさない。結果として、念願通りにあくせく働くことなく台中（タイジョン）の中心地に百坪もある大豪邸を手に入れたが、住み心地は悪く、まるで墓穴で暮らしているような気分だった。そう考えてみれば、いったい自分が妹よりもいい暮らしをしていたのかどうか怪しく思えてきた。考えれば考えるほど、自分の人生が間違っていたのではないかと思えてきた。もしもあのときに銀行の仕事を辞めずにいれば、いまはどんな地位に就いていたのだろうか？　もしも自分の力に頼って生きていれば、いったいどんな風に人生が変わっていたのだろうか？

ため息をついた郭宸珊は、「あの頃どうしていればいまはどうなっていたか」と考え続ける終わりのない拷問状態に陥っていた。

スマホを取り上げて、何気なくフェイスブックのページをスクロールしていったが、空疎でつまらない内容が余計にその心を落ち着かなくさせていった。しばらく迷った挙句、ようやくWeChatを開いて夫にビデオチャットをかけた。

「プププ」という呼び出し音が鳴るだけで、夫は電話に出なかった。

忙しいのかな。

時間を確認してスマホを置こうとしたちょうどそのとき、夫が折り返し電話をかけてきた。しかし、それはビデオチャットではなかった。

「もしもし？　いま忙しい？」

「ああ。会議中なんだ。またあとで連絡するよ」

ええ、会議中ならもちろんあとで——。

そう答えようとしたちょうどその瞬間、まるで首を絞められたように声が出なくなってしまった。

「カチャリ」小さな音だったが、確かに聞こえた。

口紅のキャップを閉める音。

「どうかしたか？」

「分かった」

何とか言葉を絞り出すと、すぐに電話を切った。

しばらくの間、まともに呼吸ができなかった。身体中の機能が停止し、頭は澱粉ノリのようにごったになって、幾千万の考えが頭の中に同時に現れてはぶつかり合っていた。

違う。きっと会議に同席した女性スタッフが化粧直しをしていただけ……。

そう自分に言い聞かせてみたが、どうしても頭の中に浮かんだ考えを消し去ることができなかった。カチャ、カチャ、カチャ、カチャ、カチャ、カチャ、カチャ――にたりとした女の笑みが暗闇に浮かび、口紅のキャップを閉める音がいつまでも耳に残った。鼓膜は高周波で振動し、口からはセミの鳴き声のような嗚咽を発していた。

夫が外に別の女を囲っているのではないかと疑ったのは、これが最初ではなかったが、ここまで明らさまな証拠はなかった。しかも夫の声の調子からは激しいセックスのあとのあの気だるく、力のない粘ついた気配が漂っていた。

だからさっきは電話に出なかった？　イク直前だったから？

シャツのボタンをとめる夫の隣で、女が化粧直しをしている様子が容易に想像できた。身体中の器官が崩れて代謝が止まり、身体からすえたような臭いを発していることがはっきりと感じ取れた。秒針は依然として動いていたが、きっといまこの瞬間から肺の中に入って来る空気は、これまでとはまったく違うものになってしまったのだった。

＊

胡叡亦が口にしなかったのは、常軌を逸していると思われたその言葉であって、あの二つのブヌン語ではなかった。

wusabihe。

胡叡亦が保護室の外に立ってズーズーの声を聞いているときに、ズーズーは何度もその言葉を叫んでいた。「wusabihe!」

この言葉が特に印象深かったのは、励馨で働いていた時期、原住民の社会や文化を理解するためにたくさんの原住民族に関する研究に触れてきたからだった。胡叡亦は一か月かけて黄應貴(ファンイングイ)の『「文明」の道』を読了し、また楊南郡(ヤンナンチュン)の著作と彼が翻訳した書籍を読んだが、そこには鹿野忠雄(かのただお)の『山と雲と蕃人と』も含まれていた。鹿野の本には彼が玉山(ぎょくざん)、秀姑巒山(しゅうこらんざん)、マボラス山、卓社大山(たくしゃたいざん)などに登った際の見聞が記されていた。

記憶に間違いがなければ、昭和六年九月一日、鹿野忠雄と郡大社に暮らす蕃人たちは、当地にある駐在所を出発して、東郡大山の西峰に沿って山登りをはじめるはずだった。彼らが休憩していた際、郡大渓を挟んで玉山西南に連なる峰が見えた。その際、日本語のできるブヌン族の青年が興奮した声で、「wusabihe（玉山）!」と叫んだのだ。

当時、胡叡亦はこのことをブニに尋ねてみた。しかし、ブニはブヌン語で玉山は「saviah」あるいは「usaviah」と呼び、「wusabihe」などという言い方は聞いたことがないと言い、ブヌン語の古語かもしれないと言った。後にそれは日本語の発音がもたらした違いに過ぎなかったのかもしれないと気づいたのだった。「usaviah」と「wusabihe」はどちらも同じ言葉なのだ。ちょうど今年八月に楊南郡氏が亡くなったこともあって、当時の出来事が再び胡叡亦の脳裏に浮かび上がってきた。

しかし、なぜズーズーは突然ブヌン族の聖なる山である玉山の名を口にしたのか？

それに、ズーズーの異常な行動に「hanitu」という言葉……。

「masamuan」にしろ「hanitu」にしろ、あるいは「wusabihe」にしろ、どれも普通でない言葉ばかりだった。それに、ズーズーが突然母語でしゃべりはじめること自体が普通では考えられないことだった。確かズーズーは十二歳で原住民の集落を離れて以来一度も故郷には戻っておらず、この五年間に精神状態の急性悪化を数十度繰り返して入院治療をしてきたが、その間一度もブヌン語を話したりはしなかったのだ。

胡叡亦の頭には様々な考えが思い浮かんでいったが、やがてあの古い伝説を思い出した——「魔神仔（モシナ）」。

胡叡亦の見立てでは、亡くなる前の郭湘瑩はまるで魔神仔（モシナ）による神隠しに遭ってしまったような状態にあった。その心は後悔と恨みに満ち、誰かが自分を殺しにやって来るといった妄想を語り続けていた。こんな話を聞いたことがあった。「ネガティブな思考は暗いエネルギーを生み、暗いエネルギーは負の周波数を作り出して、それが魔神仔（モシナ）との間に共振関係を生み出す」。長い間自らの心に魔物を育ててきた郭湘瑩が最終的にその魔物に喰われてしまったことも、ありえないとは言えないのだ。ただ分からなかったのは、どうしてズーズーの心にまで暗闇が生まれ、玉山の名前を口に出したのかということだった。

こうした疑問を抱えたまま病院をあとにした胡叡亦は、石牌路に沿って地下鉄の駅に向かった。ここ数日、テレビ局の中継車がこの近くに停まっていることに気づいた胡叡亦は、病院が必死になって隠そうとしている情報がすでに外部に漏れてしまっているのではないかと疑った。郭湘瑩の飛び降り事件とそのあとで死亡したことは、すでに労使間の不平等関係を象徴する社会問題にまで発展していた。夜のテレビでは多くのトーク番組がこの話題について時間を割いていて、弁の立つ出演者たちが問題の原因と解決方法について分析を行っていた。

石牌駅に着くと、そのまま台北駅に向かう車両に乗った。夫と家の近くにある中華料理店で晩ご飯を食べる約束をしていたのだ。二人はおかず三つにスープを注文したが、食事をとっている時、いよいよ我慢できなくなった胡叡亦は、心の底に抑えていた疑問を口に出したのだった。

「魔神仔（モシナ）？　確か数か月前にそんなニュースがなかったっけ？　ある老人が新店区（シンデエン）にある山奥で五日間失踪したとかなんとか」

「けど、ズーズーは別に山奥にいるわけじゃないでしょ」

「例を挙げただけだよ。ああ、思い出した！　以前おかしな事件が起こったことがあったんだ」

「おかしな事件？」

夫はお椀に残っていたスープを飲み干すと、よくよく考えてからようやく口を開いた。

「木柵駅（ムージャ）にある工廠は知ってるだろ？」

「コーショー？」

「まあ、それはどうでもいいよ。ある男が友だちに会いに出かけたんだ。そのときに、彼はなぜか一台のバイクを盗んで木柵の工廠までバイクを飛ばした挙句、二階から飛び降りたんだ。首の部分がぱっくり裂けちゃって、血がどくどくと流れたらしいんだけど、救命救急に送られて何とか一命は取り留めたらしい。後に警察から事情聴取を受けた彼はこう答えたらしい。何か人ならざる者に追いかけられていたから、二階から飛び降りたんだって」

「でたらめでしょ」

夫は笑っているのかいないのか分からないような目で胡叡亦を見つめていた。

「窃盗の容疑から逃れるために、わざわざ二階から飛び降りる人間がいると思う？」

「最近病院で亡くなった患者がいるんだけど、その人も病院に来たばかりの頃に誰かが自分を殺そうとしてるんだって言ってた。けど、お医者さんの診断ではひどい統合失調症だって。夜になって症状がひどくなって、薬もまったく効かなくなっちゃったって。最終的に枕で自分を窒息させちゃったんだけど」

「医者が言っていることは全部正しい？」

「全部正しいなんて言ってない。ただ、医学がこの手の問題を上手く解釈できるってだけ」

「うん。じゃ、君はズーズーの現状をどう解釈してるのかな？」

「たぶんルームメイトが死んじゃって、その影響を受けたんだと思う」

「だけど、君はそれを疑っている」

「だって、それはズーズーが玉山だとか幽霊だとか口にするから。以前発病したときにはそんなことはなかったのよ」

「だから、君も魔神仔（モシナ）について考えた。違うかい？」

「できるだけそっち方面のことは考えないようにしてるけどね」

「別に君とケンカしたいわけじゃないけど、世のなかには科学では説明できないことがたくさんあるんだよ」

「あなたは退職してヒマだから、そんなふうにどうでもいいことを色々考えちゃうんだって」

そう言ってみたが、胡叡亦の心はひどく動揺していた。

でももしも本当に魔神仔（モシナ）が存在していれば？

まず郭湘瑩、次にズーズーがおかしくなってしまった。こんな言い伝えを聞いたことがある。無実の罪で亡くなった人の怨霊が魔神仔(モシナ)となるが、再びこの世に生まれ変わるためには替わりに罪を被る者を探さなければいけないらしく、一般的にそれは「抓交替(みがわりをつかまえる)」と呼ばれている。もしもそれが本当だとすれば、郭湘瑩はいったいどんな悪鬼を呼び寄せてしまったのだろうか?

家に帰ってシャワーを浴びた後、書棚から『山と雲と蕃人と』を引っ張り出してきた。

本を読み進めるうちに、鹿野忠雄の真心のこもった情熱的な筆遣いに感心したが、同時に作者の心に広がる矛盾も感じられた。その一字一句が大日本帝国の覇権主義と台湾山地の原住民たちの間で揺れ動いていた。特に昭和三年に発生した「郡大社蕃脱出事件(註:台湾総督府が原住民の銃器を没収しようとした結果、八通関(はっつうかん)古道に暮らすブヌン族が駐在所の警察官とその家族を殺害、荖濃渓(ろうのうけい)上流のタマホ社へ移動して反抗を続けた。昭和三年には郡大社に暮らしていたブヌン族までそれに合流して、日本への反抗を鮮明にした)」では、警察官が原住民の襲撃にあったために警務局は関係者以外が「新高山(にいたかやま)(玉山(ユーシャン))」に入山することを禁止し、鹿野忠雄の登山活動にまで影響が出てしまった。

しかし、鹿野忠雄はあきらめなかった。彼は「卓社大山登行」において、古藤郡守と糸井警察課長を訪ね、長い交渉の後にようやく「入蕃許可」の発行を許してもらったと記していた。だが、警戒状態を保つ必要があったために銃をもった十五名の護衛を連れて登山をすることになったのだった。

封鎖された新高山は翌年夏になってようやく解禁された。山が封鎖されていたこの期間、当地には四か所の駐在所が新たに設置された——新高駐在所、バナイコ駐在所、ツツジ山駐在所、それに南駐在所。しかし楊南郡の註釈には、「郡大社蕃脱出事件」の結果、最終的に新設されたのは新高駐在所とバナイコ駐在所の二か所であったと明記されていた。現在これらの駐在所跡地の多くは登山客のキャンプ地となっているが、その中でもバナイコ駐在所は特別で、林務局が駐在所のあった場所に登山小屋を建てて、登山客たちが緊急避難できる場所に作り替えられていた。

本に掲載された写真を見つめながら、胡叡亦は考え込んだ。

そこにはバナイコ駐在所に勤務する日本人警官とブヌン族の家族の集合写真があったが、ブヌン族の女性と子供たちの表情からは警戒心と不安が読み取れた。ブニとズーズーの顔からもこうした表情が読み取れたが、それは外界の侵略によって作り出されたもので、心の底から湧き上がる社会への不信感とあらゆる外来者に対する恐怖を表していた。

『山と雲と蕃人と』の最後の章には、ブヌン族の伝説が掲載されていた。そこには、昔々郡大渓の東側の岸に「サルソー」と呼ばれる小人族が暮らしていたことが記されていた。彼らサルソー族は、通りかかった原住民に向かってしばしば矢を射かけた。頭にきた原住民たちは渓谷に橋をかけて、サルソーたちが橋を渡ろうとした瞬間に橋を切り落とした。こうして、小人たちは溺死してしまったのだった。

魔神仔(モシナ)に関して、ある者はそれを原住民の間に伝わる伝説の延長線上にあると考えてきたが、小人たちの伝説が徐々に悪霊へと姿を変えていくことになったのかもしれない。あるいは、人々の心に巣食う恥と憎しみがそれを生み出したのかもしれなかった。本を閉じた胡叡亦はそれを本棚へと戻した。

「ああ、そうだ」

タオルで髪の毛を拭きながら、夫が浴室から出てきた。

「何？」

「思い出したんだけど、先月デモに参加したときにさ、魔神仔と関係のある話を聞いたよ」

「デモってあの公務員制度改革の反対デモのこと？　魔神仔と関係のある話って？」

「ずいぶん歳食ったじいさんだったんだけどさ、八十はいってたかな。デモの第三縦隊が自由広場に集合していたときに、みんなで年金改革への不満やら何やらを色々話してたんだ。そのときにそのじいさんが、昔軍隊で一緒だった仲間が二週間前に魔神仔にさらわれて、新店の山奥に連れて行かれたって言ったんだ。ニュースにもなったって言ってたかな。じいさんはその話を続けたんだけど、何でも昔中国の東北部に住んでたらしくて、そこでおかしな事件に遭遇したことがあるんだって」

「なんで中国の東北部と関係があるの？」

「まあ、最後まで聞けよ。何でもじいさんの親父さんが日本人といい関係だったらしくて、じいさんが四歳のときに親父さんが一家をあげてその日本人と一緒に東北部に働きに出たらしいんだ。その途中で謝介石（註：満州国で初代外交部総長に就任した台湾人政治家）と一緒に台湾に戻って来たらしいんだけど――あれ、謝介石って知ってたっけ？」

「結論だけ言って」

「簡単に言えば、帰郷した際に魔神仔に出遭ったらしいんだ」

胡叡亦は眉をひそめて言った。「で？」

「その夜、じいさんとじいさんの家族は友人の家に泊めてもらったらしいんだ。そして翌朝、その友人の家にいた下女（ツアボカン）が失踪した」

「下女（ツアボカン）？」

「妻の名義でもらった養女だよ。結納金が高すぎるから妻を買うんだけど、人によっては下女（ツアボカン）を女中代わりにこき使って、賭博で負けがこんだときに債権者を楽しませるための玩具にするような人もいたんだ」

　胡叡亦はすでにこうしたことにすっかり動じなくなっていたので、苛立たしげに夫に話を続けるように急かした。

「それから、また東北部に戻ったって言ってた。じいさんたちもこの件について色々聞くのも気が引けたのかもしれない。じいさんが言うには、友人もその失踪事件を犬が迷子になったようにしかとらえてなかったらしいんだ」

「それだけ？」

「もちろん、まだ続きがある。それから台北に住むもう一人の友人が、手紙で彼におかしな死亡事件を伝えてきたんだ。子供が一人西側にある井戸で溺死していたんだけど、死体が発見されたときに井戸にあった木の蓋が閉められてたらしい。それで、皆はこれもまた魔神仔（モシナ）の仕業だと思ったらしいんだ」

「彼は手紙で魔神仔（モシナ）が誰だったのか尋ねたの？」

「もちろん。その友人はそれが誰なのかは言わなかったけど、魔神仔（モシナ）が多くの人間を殺したとだけ答えたんだ。そしてその多くが女や子供たちだった。しかも澎湖（ポンフー）群島以外、台湾全島五州二庁でも同じような事件が起こった。彼はもう一度手紙で尋ねてみた。どうしてそれが同じ魔神仔（モシナ）の仕業だと思うんだって。一連の殺人事件にはどれも不思議な部分が多くあって、殺された人たちはみんな、死ぬ前に誰かが遠くから自分に話しかけているようなおかしな声を聞いたと言っていたらしいんだ」

それを聞いた胡叡亦は、にわかに背筋が凍る思いがした。

「うちの病院で亡くなったその患者さん……その人も似たようなことを言ってた」

「へえ。それなら、もしかすると同じ魔神仔（モシナ）だったりして」

夫は自分のジョークが受けると思ったようだが、胡叡亦の笑みひとつない強張（こわば）った真っ青な顔を目にすると笑うのを止めた。

「で？　寄り道ばっかりで、結局その下女（ツアボカン）がどうなったのかまだ言ってないでしょ」

「いま言おうと思ってたんだよ。結果的にそのじいさんがたまげちまうことが起こったんだ。その夜、じいさんはちょうどその下女（ツアボカン）が中庭をぶつぶつ言いながら歩いているところに出会ったんだ。手紙でそのことを告げると、数か月して友人はようやく返事をしてきた」

「どうして数か月もかかったわけ？」

「その前に、本当に最後までこの話を聞きたい？」

笑みが消えた夫の表情は明らかに暗くなっていた。

「もちろん。それにほとんど話は終わってるじゃない」

「友人が手紙で言うには、『この話はここまでだ。これ以上この話をするのはよそう』」

「ちょっと！　ふざけないでよ！」

「分かったって。じいさんはもう一度手紙を出して、どうしても詳しい話を知りたい旨を伝えた。

するとそれからまた数か月経って、友人からようやく返事が返ってきた。例の下女は竈のなかで死んでいて、竈で柴を燃やそうとしたときにはじめて気がついたらしいんだ」

　胡叡亦は思わず、身体を折り曲げられた死体が竈の中にあって、乾いた柴に宿った炎が真っ白なその顔を照らし出している光景を想像してしまった。団扇で竈に風を送り込もうとしていた人は、驚きのあまりきっと腰を抜かしたに違いない。一生厨房に立ち入ることができなくなったかもしれない。

「君が聞きたいって言うから最後まで話したんだ。悪夢を見ても俺のせいにしないでくれよ」

「死体は腐らなかったのかな？」

「死体が腐ってたかどうかはともかく、何より不思議だったのはその竈ってのがずいぶん小さいもので、とても人が中に入れるような大きさじゃなかったってことさ」

「竈の上にある口の部分から押し込んだとか」

「君は知らないかもしれないけど、鍋を固定している環状のたがの下には碗状の底があって、どちらもセメントで塗り固められているから、とにかくそんなことするのは不可能なんだ。この事件はどれも『神隠し』の見出しがつけられて、台湾日日新報に掲載されていたらしいんだけど、それがあまりに不可解な内容だったせいもあってほとんどの報道が規制されちゃったんだ。きっとじいさんの友人も、手紙の内容が検閲されてしまうことを恐れたんだろうな……」

　絡み合った思考の只中で、夫の声は徐々に消えていった。いったい問題はどこにあるのかと考えてみた。問題は日本統治時代に起こったこれらの事件と郭湘瑩の死、そしてズーズーの異常な行動との間に関連性があるのかどうかだった。もしも両者の間に何らかのつながりがあるとすれば、今度こそそれを座して見ているわけにはいかなかった。自分はすでにズーズーとブニがこの社会から抑圧され、その心が壊されてしまったことをこの目で目撃してきたのだ。ズーズーが郭湘瑩の歩んだ死に至る道へと向かっていることを、黙って見ていることなどできなかった。

＊

徐漢強の住み家を探すのはそれほど難しくはなく、それは復興崗（フーシンガン）駅の近くにあった。住所を見たときにはずいぶん遠い場所にあるように思ったが、実際車を走らせればすぐにたどり着いた。地下鉄の路線に沿って北へと向かい、北投（ベイトウ）支局を中央北路に向かって折れると、そのまま北投の繁華街を突き抜けていった。そして、右にハンドルを切ると復興崗駅の後背地にあるコミュニティへ入っていき、しばらく坂道を登ると細い路地の途中にようやく徐漢強の家を見つけ、玄関前に車をしばらく停めておくことにした。

何度かチャイムを押してみたが、反応はなかった。車に戻って十分ほど待ってみたが、このままではらちが明かないと思った。ふと、玄関の入り口に掛けられた黒い鉄製の郵便ボックスに広告チラシと手紙がパンパンに差し込まれていることに気づいた。地面に落ちている郵便物もあったが、配達人が置いていったものか郵便ボックスからあふれ出したものかまでは分からなかった。郵便物を拾い上げてみたが、封筒だけ見てもそれがどうでもいいものであることがわかった。

しかし、そのどうでもいい手紙や広告チラシの類を郵便ボックスに押し戻そうとしたそのとき、郵便ボックスの透明になっている扉ののぞき窓から一枚の白いカードが見えた。

すでに調べ終えた手紙を車の助手席に放り投げると、軽く爪で郵便ボックスの扉のへりをほじくってみた。

緩くなってるぞ。

郵便ボックスはすでに錆びかかっていて、鍵もかけられていないようだった。それならばと思った呉士盛は、力任せにへりをほじくってみたが扉はびくともしなかった。しばらく考えた彼は、持っていた自分の鍵を無理やり差し込んで、てこの原理を利用して扉をこじ開けることにした。

やがて扉が開いた。郵便ボックスの中からは、阿里山（アーリーシャン）の風景が印刷されたハガキが一枚出てきた。

ハガキを取り上げてそれを裏返した呉士盛は思わず息を呑んだ。

それは徐漢強自身の手によって書かれたハガキだった。

親父
親父からもらった五千元は使ってない。机に置いてある
あの声のせいで死にそうだ。&※#%@　山に行く
あいつをぶっ殺してやる。一週間経って戻らなかったら死んでるはずだから、探さないでくれ
死体。どうせ笑ってるんだ。#%@&※
もう会いに来なくてもいい。毎月ほんのちょっと
こんなはした金で　葬式代もいらない。

途中いくつかの文字は雨水に濡れて読み取れなかったが、読み取れたわずかな文字から、徐漢強が心に抱えていた強い恨みを感じ取ることができた。なぜかは分からないが、そこに書かれていることを少しもおかしいとも受け入れがたいとも思わなかった。むしろ、ハガキにそうした内容が書かれていることをあらかじめ予測していた気さえした。

そうだ。あの声があいつを殺したんだ。俺もその原因を探り出して、そいつをぶっ殺してやる。分からなかったのは、なぜ徐漢強は声の主が山にいることを摑んだのかということだった。それに彼の言う山とはいったいどこを指しているのだろうか？

徐漢強は文末に自分の名前を書くことを忘れていただけでなく、そこに日付を記入することも忘れていた。あるいは郵便局のスタッフが、阿里山支局の消印スタンプを押してくれると分かっていたのかもしれなかったが、そのぞんざいな字体から判断するに、当時の徐漢強がそこまで細かいことに気をまわせていたとは到底思えなかった。

何にせよハガキの消印を見る限り、それが出されたのは今年の七月十一日の十二時だった。つまり徐漢強が山に足を踏み入れてから、すでに三か月近くが経っているわけで、いまになっても戻っていないのだとすればつまり……。

取り出した郵便物と広告チラシを一枚一枚郵便ボックスに戻していきながら、呉士盛は七月以降に徐漢強が郵便物を受け取っていないことを確認していった。

この作業は彼の仮説を見事に証明する結果となった。

目下の問題は徐漢強がどこにいるかということと、やつを探しに行くべきかどうかということなのだ。

　ハガキを見る限り、徐漢強は長期間に渡って父親に金銭をせびり続け、その関係は良好ではないようだった。それに「自分の死体を探さなくていい」といった言葉を吐くほどに、山に入るのは危険であるということだった……。

　呉士盛は息子を訪ねて来た徐漢強の父親がこのハガキを見つけやすいように、ハガキを郵便ボックスの間に挟み、他の郵便物や広告チラシに混ざり込まないようにしておいた。

　とりあえず、阿里山の郵便局まで足を運んでみるか。

　そう考えていると、強烈な空腹感が湧き上がって来た。考えてみればこの二、三か月の間に食べたまともなものと言えば、父親と大喧嘩をした日の夜に食べた料理だけだった。ここしばらく、呉士盛はカップ麵か五十元の弁当をかき込んで腹をふくらませてきた。塩分が多く、脂っこい食生活を続けていると、中風になりそうな気がすることもあったが、腹がへっているときには健康などは二の次だった。もちろんタクシーの売り上げが振るわないことも原因だったが、一番大きな原因は郭湘瑩が亡くなってしまってから誰も彼の食事について耳の痛いことを言う人間がいなくなってしまったことだった。気がつけば、いつの間にか手元にある金をすべてタバコと酒に換えて、強烈なモクで空腹を満たすようになっていた。

　タバコに火を点けてそれを口に咥えた呉士盛は、突然耐え難い欲望を覚えた。

　行くか？

　運転席に寝転び、バックミラーを調整して鏡に映る自分を見つめた。

　身体が一個の奇妙なブラックホールになってしまったようだった。

欲望によって生み出された、永遠に満ちることのないブラックホール。彼はブラックホールに渦巻く欲望の流れをはっきりと感じ取ることができた。耐え難かった空腹はいままさによこしまな性欲へと変化しようとしていた。気がつけばペニスが膨張し、目の前には女の肉体が現れて魅惑的な尻を揺らしていた。ようやく我に返ったとき、呉士盛は「特二号」と呼ばれる台六十五号高速道路にのって、土城（トウチエン）に向けて車を走らせていた。

*

これ以上耐えられない。

夫への怒りを逸らすために、郭宸珊は家中を隅々まで掃除していったが、トイレの床に腹ばいになって排水口につまった髪の毛を掃除していると、再び目の前に幻覚が現れはじめた。夫と例の女が一糸まとわぬ姿となって、ホテルの浴室で激しく唇を重ねている幻影だ。夫は我を忘れたように女の頭を抱きかかえ、真っ黒な髪が乱れ、その髪の毛が一本一本真っ白な大理石のタイルの上に舞い落ちていった。女は夫のあれを握りしめて、その場にうずくまった……。

耐えられない！

握りしめていたトイレットペーパーと髪の毛の束を怒りとともに便器の中に流し込んだが、彼女の心を踏みにじったその光景まで流し去ることはできなかった。落ち着いて誰かに相談するんだ。そう考えた郭宸珊であったが、自分が家庭という名の罠に落ち、名実ともにおばさんの仲間入りをしていることに気づいたのだった。

スマホの通信履歴を開くと、普段一緒にお茶する「セレブグループ」の電話リストや離職してから一度も連絡していない銀行の同期のメンバーの名前をスクロールしていった。家族以外で名前があるのは美容室にエステサロン、ヨガのインストラクターにケーキ教室くらいだった。

スマホをベッドに放り投げた郭宸珊は、自分が本当に孤立無援の状態にあるのだと気づいた。心を許して話をできる友人もおらず、唯一それができた妹もすでに亡くなっていた。最後になって分かったのは、幸せだと思えた完璧な家庭も金と諸々の条件を交換して積み上げた砂上の城に過ぎなかったということだった。郭宸珊は痛みの中で、ほんの小さな波が押し寄せただけでこれまで苦労して守り、誇りとしていた生活がいとも簡単に壊されてしまうのだということに気がついたのだった。

完全に壊されるにしても、ただ黙ってやられるもんか。

スマホを取り上げた郭宸珊は、ネットで午後五時十分発、北京行きの飛行機を予約した。

これまでだって、積極的に打って出て勝利を手にしてきたじゃない。しょっちゅう自殺未遂を起こしてきた母親が弟や妹たちを道連れにしようとした際、郭宸珊は悪意に満ちた、しかしそうするしかない方法でそれに対応した。日の目を見ないサナトリウムで暮らすことがどういう結末をもたらすのか、自分でもはっきりと分かっていたが、それでも毅然とした態度で母親をそのサナトリウムに入れることを決めたのだ。

自分が母親と同じ道を歩む可能性を思わないわけではなかった。男とは誠意もなく冷酷な、性欲のかたまりのような生き物であったが、かと言って母親と同じように何もできない人間になることは己が許さなかった。さもなければ、何の抵抗もできず、男のほしいままに踏みにじられ、最後にわずかに残された自尊心すら奪われて狂うしかないのだから。

スーツケースを取り出し、そこに服と化粧品を投げ入れた。すでに北京で長期戦を戦う準備はできていた。もし必要があればそこで死んでしまっても構わないと思った。

第四章

新高山

十月初旬の天気はときに夏のようで、焼けつくような日の光が皮膚に照りつけ、ずいぶんと汗が流れた。

台湾大学病院駅の一号出口から出てきた胡叡亦（フールイイー）は、日傘を差して公園路の歩道に沿って南へ向かい、道幅の広い凱達格蘭（ケダカラン）大道を渡った後に左へ曲がって、中山南路（ジョンシャンナンルー）にある広大な国家図書館にたどり着いた。

ガラスの扉を開けて冷房の効いた涼しい空間に足を踏み入れると、本の匂いが満ちた図書館に安心を覚えたが、今回この場所にやって来た目的は本を探すことではなく、あの奇妙な事件のニュースが本当に存在するのかどうかを確認するためだった。

縮図資料室は四階にあったが、フロアマップの指示によると、三階にある定期刊行物の閲覧室からしか入ることができないことになっていた。エレベーターを降りた胡叡亦は、閲覧室とパソコンの検索エリアを通り抜けて、四階へと通じる階段を上っていった。

「台湾日日新報」の館内資料については、事前にネットを使って調べてあった。いまでは国家図書館入り口左側にあるネットソースエリアで登録手続きしてから第三十四号資料庫にアクセスすれば、自由に日本統治時代の台湾の新聞を閲覧することができた。しかしせっかく休暇を取ってやって来たのだから、直接本物の「縮小フィルム」を見てみようと思ったのだった。

湿度と温度が一定に保たれたフィルム倉庫には、スチール製の資料棚に数えきれないほどの引き出しが設置されていてひどく圧倒された。カウンターにいたスタッフに協力してもらって「昭和扁（上）」のインデックスを開き、昭和元年の新聞記事から順番にあたってみることにした。

日日新報はかつて漢文による新聞も発行していたが、明治四十四年に廃刊されてしまった。その後再び日本語版の間に二頁の漢文版を挟み込むことに決めたが、一九三七年に日中戦争が勃発して日本政府が皇民化運動を推進するようになってからは、その二頁あまりの漢文版も完全に廃止されることになってしまったのだった。胡叡亦の手元にある三十五ミリのドラム式フィルムはまさにこの時代の「台湾日日新報」で、一八九八年から一九四四年までの新聞が収録されていた。フィルムを閲覧機に入れて固定してから電源を入れた。小さな明かりがつくと、フィルムの内容が高さ三十センチほどあるスクリーン上に投影された。

ノブスイッチを操作しながら記事を読み進め、ときに読み返したりしながら魔神仔（モシナ）事件に関する報道を探し続けた。日本語を理解することはできなかったが、それでも辛抱強く紙面に書かれた文字を追い続けた。心の中では「神隠」や「行方不明」、あるいは「失踪」といった分かりやすい漢字が書かれていないとも限らないと思っていたが、まさかたった二巻ぶんの資料を見終わっただけで目がちかちかと痛み、視界に小さな蚊がぶんぶんと飛ぶようにスクリーンの文字が現れるようになるとは思ってもみなかった。

何度もあきらめかけたが、それでも川の中で腐った死体として発見されたブニのことを思い出すと、気を緩ませるわけにはいかなかった。そして、とうとう昭和九年七月八日の第四版の漢文記事に最初の情報を見つけ出したのだった。

〈自動車にひき殺された少女　脳漿飛び出して即死〉
台北市日新町二丁目六一番地　徳美商会貨物自動車の運転手北五九三号。運転手劉運男が七日午前九時五十分に同車を運転、新荘方面から市内にある太平町二丁目一四六番地建築金鋪前に至る途上、突然飛び出して来た基隆市西町二三番地林瑞水の養女林黄氏森梅十一歳をひき殺してしまった。脳漿が飛び出して即死であった。通報を受けた北署片倉刑事主任及び矢吹警部補と警官たちが現場に急ぎ、調査を開始。被害者は大稲埕にある霞海城隍のお祭りを見学に来ていたらしく、その養母も台北に来て日帰りの予定であったが、かくのごとき災難に遭ってしまった。養母は京町にある花王石鹸の店舗から少女を追っていたが、惨状を目撃したその手足は震え、嗚咽のために声も出ず、大いに周囲の同情を買った。運転手の劉は過失致死罪に問われ、北署に出頭した上で厳しい取り調べを受けている。

この事件が魔神仔と関係があるのかは分からなかったが、不思議な予感のようなものを感じた。あるいは他の事件と何かつながりがあるのかもしれないと思った胡叡亦は、この記事をプリントアウトしておくことにした。
資料がプリントされるのを待っている間、ふと記事の中にあった「太平町二丁目一四六番地建築金鋪前」という言葉に何かひっかかるものを感じた。あれこれと考えてみると、どうもさきほど閲覧した記事の中に、同じような地名を見た気がしてきたのだ。

もう一度見直すべき？

前に戻って確認することに拒絶反応もあったが、何かぼんやりとした強い力が胡叡亦にそうすることを迫っていた。そこですでに見終わったフィルムをもう一度機械に入れて、最初から似たような名前がないかどうか詳しく確認していった。

イライラしちゃダメ。

何度も湧き上がってくる苛立ちを、深呼吸して抑えつけた。フィルムとの悪戦苦闘を何度か経た後、胡叡亦はようやくそれを見つけ出した。それは昭和七年六月二十一日の小さな記事で、同じように漢文で記述されていた。息を殺して記事を読むと、ある種の戦慄が下半身から湧き上がってくるのを感じた。


〈行方不明の幼女〉

台北市太平町二丁目一一番地、運転手劉運男の長女劉氏巧舎（こうしゃ）齢十二が、二十七日間行方を晦（くら）ましている。老松（ろうしょう）公学校に勤める女性事務員野田氏に尋ねたところ、授業が終わってから劉氏には特に異常はなかったとのこと。通報を受理した北署は現在詳細を調査中である。


住所で似ている部分は「太平町二丁目」という部分だけだったが、おそらく頭がどこかで回線を繋ぎ間違えたのか、少女が無残にひき殺される原因の部分に注目してしまったのだ。たぶん劉運男という男は太平町と何か関係があるのだろうと。

胡叡亦の理解に間違いがなければ、劉運男は太平町に住んでいて、当時十二歳だった娘の劉巧舎が二十七日間に渡って失踪した。そしてそのおよそ二年後、劉運男は同じく太平町で十一歳の少女をひき殺してしまう。劉運男は憔悴のあまり道端から突然飛び出して来た少女に気づかなかったのだろうか？

胡叡亦はこのページをプリントアウトして、後で読み返してみることにした。

結局、劉運男は娘を見つけることが出来たのだろうか。

昭和九年の新聞報道には、この失踪事件について一切書かれていなかった。絨毯爆撃式に資料を探しても効果が薄いと思い、とりあえずこの発見は横に置き、引き続き集中して魔神仔に関する報道を探すことにした。

午後四時十七分、首と背中がひどく凝っていた。時計に目をやると資料を閲覧できる時間はもうすぐ終わろうとしていたが、見つかったのはパッとしない失踪事件の記事だけだった。「奇妙な声」について報道している記事はどこにもなく、ひどくがっかりした。いま手元にある資料を見終わったら、残りはまた時間があるときに来てみることにしよう。

あるいは、仕事納めで気持ちを奮い立たせたせいかもしれない。もともと見逃していた新聞の隅に、昭和八年に起こった失踪事件について書かれている記事が目に入ってきた。

〈新高山山麓に　神隠しは誘拐〉

それは中川健蔵総督が新高山に登ったという記事の写真の隣に小さく掲載されたものだった。日本語で書かれていた記事であったために見逃してしまっていたのだったが、胡叡亦は何とかそれを見つけ出した。日本語ではあったが、「阿里山」や「八通関」、「荖濃渓」や「新高登山路避難所」など、漢字を拾い読みできる箇所もあった。「新高山」は玉山を指し、玉山で起こった神隠し事件であったために、胡叡亦のアンテナに引っかかったのだ。

関連する書籍に目を通したことがあったので、「新高山」という言葉を理解できたし、当時台湾総督府が新高山を植民地統治の象徴と考えていたことも知っていた。第十三代総督石塚英蔵は最初に新高山登山に挑戦した総督で、第十六代総督である中川健蔵は「皇紀二千五百九十三年」の夏に、二番目に台湾の最高峰に登山した総督だった。昭和八年ではなく「皇紀二千五百九十三年」となっているのは、当時の日本政府が国際社会から孤立し、軍国主義が大きな力を持っていた時代であったために軍部の政治的発言力が大きくなっていたせいでもあった。

つまり、さきほどすでに昭和五年の新聞で石塚英蔵が新高山に登頂したといった一連の記事を目にしていたのだ。二人の娘とともに新高山に登った石塚英蔵が山地原住民の青年たちを昼夜問わず働かせたために、それが後に霧社事件の導火線にもなったのだった。「総督閣下による新高山登頂」といった盛大なイベントであったので、こうしたオカルト的な報道が同時に掲載されていたことをひどく不思議に思った。

中川総督と一緒に登頂した友人の娘もまた「神隠し」に遭ったのだろうか？

あの時代、登山は非常に危険を伴うイベントだった。一旦山中で遭難してしまえば、原住民が日本人の子供に危害を加えない理由などどこにもなかった。

ただ胡叡亦を驚かせたのは、「松田美奈子」と呼ばれるこの十三歳の少女が、険しい山中から奇蹟的に生還したということだった。

新聞にはもう一枚の写真が掲載されていた。それは中川健蔵が玉山に登頂した後、人々を引き連れて阿里山の登山口へ向かっている写真だった。記憶に間違いがなければ、新高山へは阿里山登山口、水里坑口、それに玉山登山口の三つのルートがあった。ということは、中川健蔵は花蓮（ファリエン）から八通関の嶺を越えたことになる。つまり、この美奈子と呼ばれる少女は頂上へたどり着く寸前に失踪したことを意味していた。

引っかかったのは、新聞に「奇声」という日本語が使われていたことだった。

その意味について考えていると、ちょうどカウンターのスタッフが閉館の時間を知らせてきたので、慌ててこのページをプリントアウトすることにした。家に戻って、日本語が少し分かる夫に尋ねてみようと思った。

＊

玄関に真っ赤な布をかけたマッサージ店から出てきた呉士盛（ウーシーシェン）は、振り返ることなくそのまま車に乗り込んだ。

以前は三重区（サンチョン）の環河南路（ファンホーナンルー）と中正南路（ジョンジェンナンルー）一帯によく足を運んでいたが、空港に直結する地下鉄が建設されてからは近くにあった豆干厝（ダオグアツゥ）（註：安価な売春宿）は政府によってあらかた取り壊されてしまっていた。風俗産業はその後二手に分かれて、一方は蘆州（ルージョウ）、もう一方は現在の土城（トゥチェン）インターチェンジ下に集まることになった。インターチェンジのそばには土城工業地帯があって需要も多く、商売は以前よりも繁盛しているらしかった。

チクショウ。

すっきりしたいと思ってわざわざやって来たのに、最悪の気分だった。小愛(シャオアイ)のせいではないことは分かっていた。他のコケシ娘たちと比べて、小愛は内臓の腐ったような口臭もなかったし、いやな表情を浮かべて客に手こきをすることもなかった。五年前に台湾に嫁いできた後、すぐに夫と離婚した小愛は真面目に仕事に励み、毎日ミニスカートをはいて午後三時から明け方の五時まで働き、毎月手にした五、六万元の給与を千ドル札に替えてベトナムの故郷に送金していた。

呉士盛はそんな小愛に憐れみさえ覚えていた。

だが、布のカーテン越しに隣のベッドの男がイク声を耳にした彼のあそこは、まるで雷にでもうたれたかのようにふにゃりと力を失ってしまったのだった。

「どうしたの？」

呉士盛は首を振った。小愛は彼の視線の先にあるものを見て、ようやくその意味を悟った。笑みを浮かべた小愛は、枕元の棚にあったオイルを手に何とかそれを立たせようとした。

「もういい。今日はこれでいいよ」

呉士盛はズボンを穿こうとした。

「最後まで出さないの？　身体によくないよ」

「いいんだ。今日はこれで。ちゃんと手こき分の三百元は払うから」

「お口でしてあげよっか？」

「本当にいいんだ」

カーテンを開けた呉士盛は途方に暮れた様子の小愛をその場に残して、あたふたとカウンターで千元札二枚と百元札三枚を渡して店の外に飛び出していった。

　運転席に座ってもなかなか気持ちは落ち着かなかった。タバコに火を点けようとしたが、目線が散漫になっていて火が上手く点かなかった。ようやくタバコに火がつくと、彼はすぐにそれを口に咥えて大きく息を吸い込んだ。

　いったい俺はどうしちまったんだ。

　実際、指圧マッサージを受けているときにすでに何かがおかしいと感じていた。いつもと違って身体の内側がひどく乾燥しているように暑く、まったくリラックスできるような気分ではなかったのだ。それに、目を閉じると郭湘瑩（グオシャンイン）が家のなかでせわしげに動き回っている影がちらついた。本当はあいつは死んでなんていなくて、暗くなっていく台所で自分のために夕食の準備をしてくれているんじゃないかと思えてきた。

　しかし、そんなふうに考えれば考えるほど、家に帰って現実と向き合いたくなくなっていった。

　エンジンを吹かせた彼は、土城インターチェンジに向かって車を走らせた。国道三号線に沿って東へと向かい、ぼんやりとハンドルを回していた。

　性欲がうまく発散できなかったために、再び耐え難い空腹感が襲ってきた。空腹すぎて吐き気さえ覚えた。吐きそうになった彼は、車の中にあった飴玉を口の中に放り込んでひとまず胃の暴走を抑えることにした。

　ぼんやりとしていた彼は自分が左折しようと思っていたことを忘れて、板橋（バンチャオ）方面に向かう台六十四号線に入って、引き続き高速道路上を移動していることに気づいたのだった。

　しかし、三十四キロほど車を走らせると、壮大な廟と巨大な土地神の像が青々とした山の頂に屹立しているのが目に入って来た。

そういうことか。

突然湧き上がって来たもやもやのために、息がつげなくなってしまった。彼はウィンカーを右に出すと、車をしばらく路肩に停めてハザードランプを点けた。

いわゆる潜在意識ってやつか？

右手に目をやれば、「烘爐地（ホンルウディ）」と呼ばれる烘爐塞山の峰が見え、ふとあの日見た夢で奇妙な女道士から言われた忠告を思い出した。「行くんじゃない……山は亡霊たちの住み家だよ！」

俺はこいつを恐れていたのか？

このときようやくハッと気がついた――過去の夢のほとんどは目が覚めれば忘れてしまうが、この夢だけは潜在意識の深い場所に埋もれて、自分の行動を縛ってきたのだ。もちろん、例の行きて帰らぬ徐漢強（シュハンチャン）もまた彼が二の足を踏む原因のひとつではあったが、昔からまともでないものを信じることはなかったし、今回に限ってそれを信じてみようとも思わなかった。呉士盛は常に己は幸運に恵まれた人間で、宝くじを買えば必ず当たりが出るのだと信じるような傲慢なタイプだった。そんな人間が山に入ることを躊躇（ためら）って、例の声の真相を知ることをあきらめるなんてことがあるだろうか。

死んじまうかもしれねえな。

その瞬間だけは、あの口臭のきつい女道士の言葉を何の根拠もなしに信じることができた。何となく分かってはいたのだ。この件をこれ以上追求していけば、己の命はないだろうということも。

しかし、自分がちゃんと郭湘瑩の死因を調べてやらなければ、きっと一生悔いを抱きながら生きていくことになることも分かっていた。ここしばらく彼は毎晩、郭湘瑩が眠っていた空っぽのベッドをひたすら見つめ続けていた。その枕にはまだ頭皮の脂と汗の匂いが染みついていて、まるで自分がどんなふうに伴侶の死を冷たく見つめていたのかを思い知らせようとしているようだった。

　車窓に映る空の色は徐々に暗さを増し、夕映えはきれいな紫とオレンジ色をしていた。心を決めた彼はハザードランプを消すと、ハンドルに手をかけてゆっくりとアクセルを踏んだ。

　安坑（アンケン）の出入り口から高速道路に入った後、環河路方向にハンドルを切り、北へと向けて車を走らせた。携帯で位置を確認しながら、南勢角（ナンシージャオ）に向かっていった。すると道路標識に「烘爐地登山歩道」といった文字が現れるようになってきたので、呉士盛はその指示に従って車を走らせることにした。周囲の景色がゆっくりと変わっていった。粗末なプレハブ小屋を建てて作った工場に行商の店、それに食堂などがきらびやかな街の景色にとって代わっていった。

　色の剝がれかかった「烘爐地の鳥の丸焼き」第一号店の看板が目に入って来た。国道三号線の高架橋の下を通ると、大小様々な工事現場がありユンボが路肩に停められていた。ハンドルを切ってバスケットコートの隣にある細い道へと入っていった。道は曲がりくねっていて、数秘術の教室と開運館以外に目に入るのはどれも小さな工場や倉庫、それに管理所くらいだった。

　徐々にスピードを落としていき、路傍に立ち並ぶ粗末な建物を仔細に観察していった。

　それはプレハブで作られたコンテナを作り替えた小さな建物で、外の壁には赤いペンキで大きく「霊能」という二文字が書かれていた。青い鉄の巻込戸は開かれておらず、まだ「営業」時間ではないようだった。車を降りて錆びついた鉄の窓から中を覗き込めば、血のように真っ赤な常夜灯が吊るされているのが見えた。

もっと近づいてみようと思ったその瞬間、ちょうど彼の右手の方向にあった真っ赤な灯りが消え、プレハブの壁の向こう側で小さな音が弾けた。

ガラッという音とともに巻込戸が開いた。

真っ白な髪を角刈りにした老人が寝ぼけまなこの状態で出てくると、じろじろと呉士盛を眺めまわしてきた。

「去(い)ね。わしにはどないしようもないぞ」

老人は手をふって、呉士盛に帰れと伝えてきた。客家(ハッカ)語訛りのあるその老人はいかんともし難いといった表情を浮かべた。

「何だって？」

「女の霊に憑かれとるやろ？　あと何日ももたんで。はよ帰って後始末しぃ」

「どういう意味だ？」

突然吐かれた呪いの言葉に、身体から冷や汗が滲み出してきた。

「灯りが壊れたやろ？　どないしようもないわ。男が左で女が右や。左の灯りが壊れて、右の灯りはうんともすんとも言わん。あんたの奥さん、最近死んだんとちゃうか？」

老人に言い当てられた呉士盛は一言も発することができなかった。

「当たったみたいやな。わしは霊は見るけど、それを解くんはようできん」

「女道士を探しに来たんだ。以前北投(ペイトウ)の辺りで会った。もしも助けが必要なら、烘爐地の麓に来いって」

「知らん。何にせよ、後始末をつけとくことや」

老人の無責任な態度が頭にきた呉士盛は、彼の襟元を摑んで声を荒げた。

「おいこら！　二言目には後始末後始末って、ぶん殴られてえみてえだな」

「……」

老人が重々しい表情で自分の背後を食い入るように見つめていることに気づいた呉士盛は、ゾッとして慌てて後ろを振り返ってみた。しかしそこには自分が運転してきたトヨタのアルティスＺがあるだけで、他にはただ背の低い樹や雑草が山腹に茂っているくらいだった。

「中にいるのか？」

「おる」

老人は簡潔に答えただけだったが、呉士盛は思わず漏らしてしまいそうになった。

「どうすりゃいい？」

老人は頭をふると、すでに運命が決まっているのだといった視線を呉士盛に向かって投げかけた。

「分かったよ」

両手をだらりと下げた呉士盛は、進退窮まったようにその場に立ち尽くした。

「ここいらで一番えらい尪姨（アンイー）（註：南部の平地原住民であるシラヤ族で宗教的儀礼を執り行う巫女）いうたら、あそこにおるわな」

老人が指さした斜め向かいの先には細い山道が続いていた。

「そこに行けば会えるのか？」

「助けを求めとるもんがぎょうさん来とるはずやから、見つけやすいはずやで」

老人はそう言い終わると、身をかわして部屋の中へ戻っていった。巻込戸を閉める前にもう一度呉士盛に目をやった。

「生きられるとええな」

それからガシャンという音を立てて巻込戸を下ろし、呉士盛はひとりその場に残された。車には戻りたくなかったし、他に手段もなかったので仕方なく徒歩で山を登っていくことにした。

山道の両側にはツタが生い茂っていて、右左に曲がりくねった道をおよそ百メートルほど進んだところで、つんとするような薬草の匂いが漂ってきた。

その匂いを目当てに右に折れ、さらに狭い小道へと入っていくと、中高年の女性たちが輪になってガヤガヤと何かを議論していた。足を止めると、遠巻きにその様子を窺うことにした。

すると、彼らの視線が突然隠れるように後ろに立っていた呉士盛へと注がれ、どうしてよいか分からず困ってしまった。

人波が割れて、そこにひとすじの隙間が生まれた。よくよく見れば、そこに立っていたのはあの女道士だった。

折り畳みできるテーブルを避けて人波をかき分けてきた女道士は、呉士盛の方に向かって素早く歩み寄ってくると、その顔に向かってペッと唾を吐きかけてきた。

あ？

呆然としていた呉士盛は、数秒経ってようやく何が起こったのかを理解した。

怒り狂った彼は大声で怒鳴り声をあげた。「てめえ、何しやがる！」

「これであんたには、一週間の猶予ができたよ」

「黙れ、このクソばばあ！」

　拳を振り上げた呉士盛はそれを女道士の顔に向けて振り下ろそうとしたが、さきほどの老人の話を思い出し、女道士の言葉を信じるべきかどうか分からなくなった。呉士盛の言葉を耳にした中高年の女性たちは、師への侮辱を口々に詰りだした。

　顔についた唾を拭うと、草花の爽やかな香りがした。

「それはあたしが薬草を噛んで作った汁だよ。そんなに気持ち悪がらなくてもいいさ。あんたはいま幽霊に憑かれてるから、身体についた穢れを祓わないといけなかったんだ」

　そう言い終わると、女道士は彼を部屋へと引っ張っていった。普通の公廨（註：シラヤ族の神を祀る場所で、集会所の機能を備えている）と違って、その天井の低い部屋は暗くて意外に奥行きがあった。入り口にある石敢當（註：魔除けの石碑）を避けて足を踏み入れると、外の光はほとんど差し込んでこなかった。壁には八卦鏡に風水の山海鎮、それに呪符が掛けられ、部屋の中には様々な神具仏具の類に神さまを祀る机やプラスチックの椅子が置かれていて、狭い部屋を余計に狭くみせていた。女道士は呉士盛を奥の小さな部屋に連れていくと、神輿に香炉を置き、そこに線香を三本灯した。

　呉士盛は小さな神輿の右側の担ぎ棒がとりわけ長いことや、別の桌頭（註：降霊状態のタンキー〔霊媒師〕の側でその言葉を通訳する者）が金紙を燃やしながら、宙に向かってむちゃくちゃに手を動かしていることに気がついた。

「神よ、お出ましくださいませ！」

民間信仰についてまったく知らないわけでもなかったので、ぼんやりとではあるがこの女道士が一般的な尪姨(アンイー)ではないことが分かった。尪姨(アンイー)はただ呼び慣れた言い方で、どちらかと言えば霊媒師的な役割を担っていた。魔除けにしろ神降ろしの儀式にしろ、どれも一般的な台湾のシャーマンたちとは違っていた。女道士の訛りから想像するに、その奇妙な術はおそらく中国大陸の茅(ぼう)山(ざん)派法術にその源流があるように思った。

すると、女道士の身体が激しく揺れ動きはじめて、その手に握られた桃の枝が米糠(こめぬか)の皿の中で識別不能な文字を描き出した。桌頭(ドゥタウ)がその文字から神旨を読み取った後に、黄色い紙に魔除けの呪文を書き込むとそれを呉士盛に手渡してきた。

女道士は軽く息を吐き、ゆっくりとその瞳を開けた。そして呉士盛に向かって、「この呪符があんたの命を守ってくれるよ。これを持っていれば、あの女の幽霊もあんたをどうこうすることはできないだろう。ただこいつは一時的なもんだ。やつを祓うためには毒を以て毒を制すしかないよ」

「毒を以て毒を制す？」

「あの女の幽霊の側には倀鬼(チャングイ)（註：虎に食われた者は亡霊となって、虎に次の標的を探すために使役されると信じられている）が一匹いる。主のために次の標的を探すやつさ。意志が弱くて、自我が低迷してる人間がよく狙われるんだけど、倀鬼はその狙われた人間が恨みや毒気に当てられているようなときを見計らって、その身体に侵入していくんだ」

「恨みや毒気？」

「人の心に生じる恨みや憎しみってやつは、小鬼（シャオグイ）を育てるには最適の環境なんだよ」

「なら、毒を以て毒を制すってのは？」

「その小鬼を飼いならして、あの女の幽霊を取り除いちまうってことさ」

「話が見えねえ」

「分かりやすく言えば、あんたが自分でその小鬼を飼っちまえばいいのさ。一般的に小鬼を飼うには四つの方法がある」

「詳しく聞かせろ」

「第一に柘植（つげ）の木を溺死した子供がいた川や井戸の水に入れてその魂を集めてから、呪符でその魂を縛るんだ。それから木を人間の形に彫って百八日間の儀式を行う」

「何だかゾッとしないな」

「こんなもんでビビッちゃって、情けないねえ。他には棺桶を掘り出して、難産で死んだ妊婦の腹から胎児を取り出して作り出す方法もあるよ。それから、桃の木で作った小さな棺桶を使う者もいる。死んだばかりの子供の墓を掘り起こして、ロウソクを使って死んだ子供のあごを炙るんだ。小さな棺でその油を受けて小鬼を錬成するんだよ」

　呉士盛はすっかり驚いてしまって、まったく言葉が出なかった。

「もっと手っ取り早い方法もあるよ。直接殺人現場や被災地に行って、三歳以下の子供の霊を探すんだ。そして饅頭をその子が死んだ場所に残された血や遺体から滲み出した体液に浸して魂を集めた後、それを胎児の死体の口に入れる。それからそれを小さな棺桶に入れて儀式を行えば、四十九日ですぐに禍（まが）つ神の出来上がりさ」

「胎児の死体？」

「なんでも手に入るもんなんだよ」

胎児の死体とは、つまり堕胎された子供のことだろうか？

呉士盛は吐き気を覚えた。

どの方法もひどくおぞましかった。小鬼を飼うことは倫理的に大きな問題があったが、それ以上に危険でもあった。ふとその頭に郭湘瑩の悲惨な死に様と生きて帰ってこなかった徐漢強のことがよぎった……さきほどの老人とこの女道士の話を信じられないわけではなかったが、いくらミナコが恐ろしいからといって軽々しくこのような方法を採るべきではないと思った。

「どの方法にしろ、必ず陰年陰月陰日陰時に行う必要がある。けどどうやらあんたはツイてるようだね。来年はちょうど丁酉(ひのととり)の年だから、ここ最近で言えばそうだね――」女道士は指を折りながら言った。「一月八日にあたる」

「他に方法はないのか？」

それを聞いた女道士は軽蔑の笑みを浮かべて言った。

「他の方法？　あの日本の幽霊は悪鬼だよ。このくらい強い手段を取らなくちゃ、除霊なんてできやしないさ」

「あの声……もしも声の源泉を見つけることができれば、どうだ？」

「あんたの言いたいことは分かる。けどそりゃ小鬼を飼うことよりも危険なことさ。まさかあの女のテリトリーに足を踏み入れて、無事に帰って来られるとでも思ってるのかい？」

呉士盛は驚きのあまり声を失ってしまった。

「あんた、そんなことまで知ってるのか？」

「あの倀鬼(チャングイ)は声を使って狙った相手をさらうことに長けてるのさ。いったいどれだけの人間がその犠牲になったことやら。あの日本の幽霊は死霊たちの抱えた苛立ちと恨みを利用してはより多くの小鬼を酷使して、次の目標を探させている。それが一匹なら一人捕まえ、二匹なら二人捕まえって具合にさ……犠牲者の数はどんどん増えてくよ……」

首(こうべ)を垂れた呉士盛は自分の手が恐怖のあまり震えていることに気がついた。

「俺の職場に徐漢強ってやつがいたんだが、どうも阿里山に行ったきり戻ってこないんだ……」

顔を傾けた女道士はやぶにらみで呉士盛を見つめた。

「ほらみたことか。立ち入るべきじゃない場所に侵入した結果がこれだ。あの日本の幽霊は玉山一帯に小鬼の軍隊を持っていて、身代わりになる人間を常に探してるんだ。それが分からん者たちがあいつを民間伝承にある魔神仔(モシナ)だなんぞと言って騒いでるだけなのさ」

玉山？

徐漢強が阿里山に向かったのは、玉山に登ってミナコを排除するためだったのか？

よくよく考えてみれば、確かに玉山に登る山道にある郵便局と言えば、阿里山郵便局だ。つまり、徐漢強は決死の覚悟であのハガキを書いたことになる……。

「直接何とかならないもんなのか？　小鬼を飼うってのはどうも……」

呉士盛が二の足を踏んでいる様子を見た女道士は、さきほど文字を書いた桃の枝を不思議な形に折り曲げて金紙を摘まんでそれで枝を包むと、その外側に厄除けの護符を巻き付けた。

「どうしてもあんたがその方法じゃないとダメだって言うんなら、これを持っていきな。玉山西峰の山頂には日本人が残した西山祠があって、そこがやつの巣穴になってるよ。こいつに火をつけて祠に入れるんだ。祠が燃えちまえば、あの日本の幽霊の力だって落ちてしまうから。運がよけりゃ、これで一挙に問題が解決するかもしれない」

ピノキオのような形をしたこの法器を手にした呉士盛の表情はひどく複雑だった。

「そうだ。俺の車なんだが――」

「取り除いといたよ。あれはただの分身で、やつ本体じゃないからそこまで気にしなくてもいいよ」

「だからあんたはあの日、後部座席に向かって唾を吐いたのか」

「分身の持つエネルギーはそんなに強くないからね。ただ上手く隠れるもんだから、あたしも最初は分からなかったんだ」

エネルギーという言葉を聞いた呉士盛は、ふとあの日起こったことでどうしても解けなかった謎を思い出した。

「なんであんたは俺が無線をつけた途端、やつの分身がいることに気づいたんだ?」

「無線?」

「ああ、無線のトランシーバーだ」

女道士は頭を傾けて長い間考えた後、ゆっくりとした口調で答えた。

「もしかしたら、磁気か何かかもしれない。術書にも悪霊には強烈な電磁場があると書いてあるし、トランシーバーの信号を通じて分身の存在に気がついたのかもしれないね」

背の低い建物から出ると、すでに日は沈んでいた。さきほど門の入り口に集まっていた中高年の女性たちもほとんど残っておらず、何人かが門の入り口に置かれた丸いクッションの上に座って敬虔に神を拝み、祈りをささげていた。

来た時の道をたどって山を下りていた彼は、女道士の言った「磁気」について考えていた。

もしも記憶に間違いがなければ、一般的な無線局が無線電波を飛ばす際、アンテナを経由してそれを電流へと変え、さらにコイルと可変コンデンサーを組み合わせた「チューナー」を通じて、信号を「共振」の状態に調整する。そうすることで、受信機のインダクタンスと電気容量が無線局の発する電波の周波数と一致して、無線局の放送内容が聞こえるのだ。つまりラジオにとって、ノブ調整のラジオにある可変コンデンサーを利用することは、異なる無線局の放送を選ぶことを意味していた。

そう考えれば、悪霊が強力な電磁場を利用できると仮定すれば、電気回路を震わせる効果を再現でき、無線電波を飛ばすことができるはずだった。それなら、やつらの声が聞こえてもおかしくはない……。

ただし、一般的なラジオは検波器と発声器を装着することで初めてその声を他の人間に聞かせることができた。なぜなら、チューナーが生み出す振動電流は無線電波の形状と似たような波形をしており、高周波と低周波が同時に存在しているからだ。そうすることで、発声器のコイルは誘導性リアクタンスを作り出し、電流の流れを止めて声を聞こえなくさせているわけだ。

一方、人間の耳が聞き取れる音の周波数には限界があって、無線電波のような高周波の振動は、人間の耳にしてみれば超音波のカテゴリーに入っている。だからこそ、検波器を使ってキャリア周波数の電流を止めなくてはならないのだ。声を運ぶ低周波だけを残した後、発声器を使って電気エネルギーを音響エネルギーへと変換してようやく声が聞こえるわけだ。

つまり、無線電波の視点からいくらこの件を解釈してみたところで、なぜある者には幽霊の声が聞こえ、またある者には聞こえないのかといったことは説明できない。だが――。

もしも幽霊の声が聞こえる者たちの身体に、もとから検波器と発声器の機能があったとすれば話は別だ。

まさか、それがいわゆる「霊感」の強さと呼ばれるものなのだろうか?

悪霊はラジオ局のようなもので、霊感のある人間がラジオなのかもしれない。

一刻も早くミナコのような悪霊を取り除かなければ、無線電波は引き続き発信され続け、霊感をもった多くの人たちがその命を失う可能性があった。

運転席に腰を下ろした呉士盛は、勇気を振り絞ってエンジンをかけた。

*

郭宸珊(グオチェンシャン)はトランクを引きながら、ミニバンの停車エリアから第二ターミナルビルの三階にある出国ロビーに向かって歩いていた。ロビーには大勢の人がいたが、郭宸珊は慣れた動作でエバー航空のカウンターへ向かうと、搭乗手続きをすませてトランクをスタッフに預けた。

搭乗するまでの時間、四階にあるスターバックスでコーヒーとパンを買って空腹を満たした。恋人たちが楽しげにおしゃべりしながら、午後のお茶を楽しんでいる様子を目にする度に泣き出したい衝動に駆られた。夫が企業家たちが履修する政治大学のカリキュラムに参加したばかりの頃、週二回の講義に加え、週末にもグループディスカッションなどが開催されていた。夫の意見を聞き入れて、自分の仕事を犠牲にして家事に専念することにした。夫と徹夜でレポートの準備をして、休日には喫茶店で外国語の文献をとりまとめた。そうした生活は三年ほど続いた。

後に夫は中国の紙市場の発展を見定めて事業の重心を中国大陸へと移し、大陸とシンガポールから資金を調達して投資を増加させ、天津、上海、南京、それに蘇州へ次々と工場を設立していった。環境意識と原材料費の高騰から紙の値段は上昇を続け、営業利益は昨年比でおよそ七パーセント、株価も十パーセントも上昇した。さらに夫の経営する企業は再生紙六割を目指す「ドイツ基準」を標榜していて、政府の強い後押しもあって数ある企業の中で頭角を現し、紙産業の大手へと昇り詰めていたのだった。

往時を思い返してみれば、自分が妹より利巧だったとは思えなかった。更に言えば、自らの才能を鑑みれば大企業の二代目を夫としたことは、愚かな選択だったのかもしれない。もしも自分にお金をうまく運用する才能がなければ、夫の家族が自分を認めることなどなかったはずだからだ。

当時夫の家族が経営する製紙会社は定期預金を利用して商業手形を発行し、金利差とその期限のズレを使って、頻繁に短期的な株式操作を行っていた。結果的に財務レバレッジの操作が不適切で負債過多となってしまい、債務不履行の状態にまで陥ってしまっていたのだ。郭宸珊が会社の正確な財務状況を洗い出して、コアとなる資産以外を売りに出すと同時に、債権者である銀行と債務返済についての計画を折衝していなければ、今日の会社の成長は絶対になかったはずだ。

ひどい後悔とともに往時を思い出しては、何度もため息を吐いた。すでに利用価値のなくなってしまった自分はただひとり、空っぽになってしまった家庭の抜け殻から夫と不倫相手が気ままに遊び、自分が家族のために建てた豪邸と膨大な財産を彼ら二人が享受している様子を眺めているしかなかった。

機内では中国語と英語のアナウンスが流れ、しばらくすると飛行機は時間通り飛び立った。飛行機の窓から眼下に広がる台湾を見下ろした。雲に遮られていなかったので、密集した街灯の灯りが台湾北部の都市圏を照らし出しているのが見えた。あの灯りの下でいったいどれだけの人間が、自分と同じように悲しみに暮れて涙を流しているのだろうか。

タイミングよく機内の灯りが暗くなった。暗闇は眠気を誘い、乗客たちは毛布の中で眠りに落ちていったが、彼女は眠ることができなかった。目の前にある真っ黒なスクリーンには焦悴した表情の己が映し出され、頬骨の部分の筋肉が引き攣(つ)っていた。

あれは私の男、私の家庭なんだ。

殺してやる……。

取り返すんだ！

窓の外の景色は、雲がないために余計に暗く沈んでいた。負の感情が郭宸珊の頭の中を覆ってゆき、思わずグッと携帯を握りしめていた。瞳を閉じて、心の中が恨みの感情で満たされていくのにまかせることにした。

＊

家に戻るにはまだ早かったので、胡叡亦は家の近くにあるスーパーで食材を買って帰ることにした。ニンジンとジャガイモ、玉ねぎに辛口のカレールー、それからもやしにリンゴも買った。これは夫が一番好きな具材の組み合わせだった。それまで炒めたもやしがカレーの付け合わせになるなど思ってもみなかったが、実際試してみるとその絶妙な味に驚いた。夫の味覚の鋭さに気づいたのもこのときからだった。

味覚だけではなかった。夫の五感は他人よりずいぶんと敏感にできていたが、それは芸術家としての才能と関係があるのかもしれなかった。最終的に芸術家としての道を歩むことはなかったが、夫は中学の一美術教師として暇な時間を見つけては絵筆をとっていた。何にせよ、収入が不安定な画家になるよりはよかった。

夕食の席で、夫はひどく楽しげに午後に鑑賞した学生たちの絵画展についてあれこれと話していた。

「……でさ、誰かが言ったんだ。その絵の構図は郷原古統（ごうばらことう）の描いた『北投温泉』とそっくりじゃないかって。だから、描いた本人も真っ赤になっちゃってさ」

「郷原古統？」

「日本の画家だよ。台湾で美術展覧会を開いて、たくさんの台湾人画家を育てたんだ。で、さっきの話なんだけど、誰かがそれを指摘した後、すぐに他の一人がパクリなんじゃないかって言い出したんだ」

「どうして？」

「ほらこれ」夫は携帯を取り出すと、とても筆遣いの落ち着いた上品な絵を拡大して見せてくれた。「後ろに見えるこの灰色の屋根が北投温泉博物館で、当時は北投公共浴場って呼ばれてたんだ。で、前に見えるこの赤い屋根と白い壁面の建物が瀧乃湯」

　絵の中の建物はソウシジュのような木々に囲まれ、和服を来た二人の女性は傘を差し、ちょうど階段を上がろうとしているところのようだった。階段には水を運んでいる女性従業員がいて、旅館にいるお客さんたちは座ってお喋りをしていた。

「僕の学生が描いた絵は、この構図とまったく同じだったんだ。だけど、ここの坂道にはいまは高いビルが建てられているから、北投温泉博物館と瀧乃湯を同時に見ることは絶対にできないんだ。ってことはつまり、例の学生は剽窃（ひょうせつ）したってことになるよね」

「その子はなんで現場まで足を運んで写生しなかったわけ？」

「まあ、これも彼だけを責めるわけにはいかないよ。いまじゃ北投温泉を訪れる観光客が多すぎて、大量の画材道具一式を背負って静かに写生できる場所を探すことなんて本当に難しいから」

「たとえそうだとしても、剽窃はいけないでしょ」

「そりゃそうだ。ところで北投温泉博物館と言えば、以前恐ろしい事件が起こったことがあったんだ」

　ここまで聞いて、胡叡亦はようやく夫がこの話をしていることの意味を摑めた。学生の剽窃事件を語ることで、夫は昨晩の話の続きをしようとしていたのだ。

「………」

「なんて顔するんだよ。君の魔神仔（モシナ）研究と関係がある話なんだぜ」

　そう言うと、夫は携帯で地図を広げた。地図にはそれぞれ四角い空欄が浮かび、そこに地名と駅名、旅館名などが記されていた。

「これは一九三五年の北投温泉の案内図」。そう言うと、夫は指先でそれを拡大し、煙を上げる池のような場所を指さした。「ほら、これが地熱谷だよ」

「へえ、ここが地熱谷だったんだ」

「地熱谷は昔、地獄谷って呼ばれてたんだ。温度が高すぎる上に酸性度が高くて腐食性もあったからね」

「誰かがここで死んだとか？」

「ああ、昭和十年のことだ。千代子って名前の美女がここで死んだんだ。安田文秀って僧侶と結婚して一週間後の出来事だったらしい。死体は熱泉が湧き出る場所で見つかったんだって。発見されたときにはもう白骨しか残っていなくて、腰から下はすべて溶けてしまってたらしく、髪の毛や皮膚もなかったって。熱泉の温度が高すぎたせいで、向こう岸から棒を使って残った死肉と砕けた骨をひっかけて、それを鉄の網に上げるしかなかったんだって」

　お椀の中にあった鶏肉を見た胡叡亦は思わず吐きそうになった。

「もういい。それ以上言わないで」

「悪かった。じゃこの部分は飛ばすよ。ポイントは当時周りの人たちは、千代子が夫婦仲の悪さを思い悩んでひとり寝巻姿のまま地獄谷に向かって自殺したって考えていたんだけど……」

「けど、実際は違ってた？」

「こんな噂があったらしい。千代子が家に戻った際、養母に向かってある悩みを口にしていたって。小さな女の子が本島人の言葉で、自分に何かをささやきかけてくるって」

夫の話を聞いた胡叡亦の頭には、午後に見つけた「美奈子の神隠し事件」の記事が猛然と浮かんでいた。そこで、レザーバッグからプリントアウトした資料を取り出すと、「奇声」と書かれた文字を指さして尋ねた。

「この記事を訳してくれる？」

「日日新報か。どれどれ……」

資料を手に取った夫はメガネをはずして、それを目元に引き寄せて読んだ。

「花蓮港庁玉里（ファリュンガンティンユーリー）から出発し、八通関古道に沿って後、荖濃渓の宿営地へ至った。翌朝十三歳の松田美奈子が失踪していたことに気づき、隊を二つに分ける。主隊は計画通り登頂を目指し、阿里山の登山口に向かって下山、もう一隊は新高登山路の避難所に留まって、荖濃渓の水源と陳有蘭（チュンヨウラン）渓（シー）の渓谷一帯を捜索、美奈子を探し出すことになった。捜索活動をはじめて三日目、捜索を切り上げようとしたちょうどそのとき、ブヌン族の者が美奈子を楽楽駐在所に送り届けてきた。聞けば美奈子は全身ずぶ濡れになった状態で、楽楽谷温泉近くの渓谷の絶壁に沿った細い脇道に倒れていたらしい。ブヌン族の話によると、そこはOung-oung（峡谷）と呼ばれている場所で、必ず銃を撃ち鳴らして霊を追い払う必要があるそうだ。救出された美奈子はおかしな声を耳にしたと繰り返し述べていたそうで……これ、いったい何の記事？」

「昭和八年の記事、私が見つけたのよ。ほら、同じようにおかしな声が聞こえるって。この美奈子、神隠しに遭った後、かすり傷一つ負わずに救出されてる」

「なんで日本人の子供がブヌン族に殺されなかったかってことを言いたいのか？」

「それだけじゃない。このおかしな声を聞いた他の人間はみんな死んじゃってるのに、この美奈子だけは危険な山中で三日間も失踪していたにもかかわらず、転んだりどこかに落ちたりすることもなく、しかも飢餓状態や低体温症にもなってないでしょ。それに、救出されてからすぐに他の人たちと言葉まで交わしてる。何事もなかったみたいに。おかしいと思わない？」

「記事に書いてあることがすべてとは限らないだろ？　それにおかしな声が聞こえたにしてもそれは美奈子の言ったことで、以前僕たちが話していた魔神仔（モシナ）とは関係がないかもしれないじゃないか」

「ならこれは？」

胡叡亦は他の二枚の資料を夫に手渡した。

「自動車にひき殺された少女？」

「それは昭和九年の記事。劉運男が当時太平町二丁目で十一歳の少女をひき殺したって内容。それから、こっちは昭和七年の記事。劉運男の娘劉巧舎が二十七日間失踪していたらしいんだけど、その後見つかったのかどうかは分からないって内容。つまりこの三年間に起こった事件はどれも子供と関係があるってこと」

「この劉運男は太平町二丁目に住んでた？」

「おそらく」

「けどこの三つの記事で何かが証明できるってわけでもないだろ？　被害者がすべて子供だってだけで、他には何の共通点もないんだから」

「この三つの記事を並べて見るだけなら、私もどんな関連性があったのか分からなかった。けどあなたがさっき言ったあれ――」

「昭和十年に起こった千代子の事件」

「そう。それを聞いて思いついたの。共通点は子供じゃなくて、死ぬ前に採った行動じゃないかって。ここをしっかり見て――」

胡叡亦は林黄森梅が自動車にひき殺された記事の中のある段落を指さすと、それを口に出して読み上げはじめた。「被害者は大稲埕にある霞海城隍のお祭りを見学に来ていたらしく、その養母も台北に来て日帰りの予定であったが、かくのごとき災難に遭ってしまった。養母は京町にある花王石鹸の店舗から少女を追っていたが、惨状を目撃したその手足は震え……」

しばらくして、夫も疑わしい点に気づいたらしく、ふっと息を吐いた。

「なるほど」

「京町がどこなのか分からないけど、林黄森梅は死ぬ前にもう一方の道から太平町二丁目に飛び出して来た。あまりに速くて養母も追いつけずに、ただ自分の養女が自動車にひき殺されるのを目撃するしかなかった」

「確かにおかしい。彼らはすでに基隆の家に帰ろうとしていたところなのに、こんなことが起こるなんて。言われてみれば……ずいぶん奇妙だ」

「さらに言えば、昭和八年の美奈子。登山隊と茗濃渓の宿営地まで一緒にいたはずなのに、夜中になってそこからはぐれてひとり山の奥へと進んでいった。こんなこと、子供ができることじゃない」

「それに、千代子の事件」

「そう。考えてもみてよ。いくら夫婦仲が悪くなったからって、女としてこんなひどい死に方なんか選んだりしないよ。しかも、千代子はきれいな人だったはずでしょ。きっと自分の容貌を惜しんだはずじゃない。それに若い女性が寝巻姿のままで自殺するなんて……どう考えたっておかしなことばかりでしょ」

「言われてみれば、死の直前に千代子が採った行動はおかしい。それに千代子は早朝五時に家を飛び出したらしい。当時千代子の夫は鉄真院、いまの普済寺でお経をあげていて、掃除の途中だった千代子は突然その手を停めて寝間着姿のままで地獄谷に向かって駆けていったって書いてある……その不思議な声が彼らを惑わしたとか？」

「私もそれが知りたいんだけど、どうやってそれを証明すればいいのか分からないんだ……私たちにはその声が聞こえないから」

「でも、君の話を聞いていたら、そんな声が聞こえなくてよかったって思うね」

＊

乾パンとロープ、作業用の軍手に火種を購入すると、呉士盛は家にひとつだけあった懐中電灯と万能ナイフをリュックの中に投げ込んだ。このリュックは以前沢登りをする際に買ったもので、防水機能も備えていた。他にも想定外のアクシデントが起こった際に対処できるように、雨合羽とコンパスも用意した。

もともと、呉士盛は一日で玉山西峰（ユーシャン）を登頂するつもりでいた。他の登山者たちと行動すれば、準備するものも少なくてすむだろうと思っていたのだ。しかし、徐漢強が家に書き送ったハガキを思い出すと、やはり慎重に行動した方が無難だろうと感じた。

インターネットで検索してみると、一般的に「玉山登山口」と呼ばれている場所は、タタカ地域の鞍部(あんぶ)にある登山口を指しているようだった。登山者たちは車を省道十八号線の一〇八・四キロ地点に停めると、排雲(パイユン)登山サービスセンターと玉山警察署のタタカ小隊で入山手続きし、入園証と入山証を取得する。それから台湾大学の実験林管理センターが外部委託している登山用のシャトルバスに乗り込んで、玉山登山口まで向かうことになる。

面倒だったのは、生態系のバランスを守るために、排雲山荘ではベッドの数に制限を設けていることだった。玉山国立公園管理センターは申請者全員に入山許可を与えず、登山者の中には許可が下りるまで数か月も待つ者までいるらしかった。玉山西峰の一日に登山できる定員は確かに増えてはいたが、それでも入山する一週間から二か月前には、玉山国立公園管理センターのホームページで申請をしておく必要があるようだった。呉士盛はそんなに長く待てなかった。彼にとってミナコを消し去ることは最も差し迫った事態だった。もし一歩でも遅れれば、あの客家(ハッカ)人のじいさんが言っていたように、あるいは——いやもしかしたら、死んだ後のことを考える時間すら残されていないのかもしれない。それに、今回の登山の目的は法律に違反して国立公園内にある文化遺産を燃やすことにあるために、実名を記入して堂々と放火するわけにもいかなかった。

つまり、彼に残された唯一の選択は——単独潜入だけだ。

ネットで調べた情報によると、タタカ登山口から孟禄亭、前峰登山口、白木林、大峭壁(グレートクリフ)を経て、四時間ほどかけてようやく排雲山荘にたどり着き、それからさらに山荘から西へ二キロほど歩き、玉山西峰に登ることになる。そして、玉山西峰の頂上にある神殿こそがあの女道士が言っていた

「西山神社」だ。もし順調に行けば、その日のうちに任務をやり遂げられるかもしれない。

唯一問題だったのは、車を上東埔にあるタタカ駐車場に停めた後、国立公園内にいる警官たちの巡視網（パトロール）をくぐり抜けなければならないことだった。そのためには鬱蒼とした森を突き抜け、その後何事もなかったように入山許可が下りた登山者たちに交じってタタカ登山口から伸びる山道を歩くしかなかった。そう考えれば、往復にはどんなに早くとも丸一日はかかりそうだった。見方を変えれば、遅くとも今日の夕方には出発しなければならなかった。夜道を五時間ほど走って南投（ナントウ）まで向かい、深夜十二時前にタタカ駐車場に着けば、翌日空が暗くなる前には下山できているかもしれなかった。

彼は準備してきたリュックを入り口にあった腰掛けに置くと、冷たい木の階段に寄り掛かって頭の中で行程を練り直した。首を傾けると、シャツからツンとした異臭が漂ってきた。そこでシャツとズボンを脱いでそれを汚れた服の山に放り込み、その一番底から別のシャツとジーンズを引っ張り出してきてその臭いを嗅いでみた。

こいつはまだいける。

シャツとジーンズを着込んだ呉士盛はまず近所にある吉利街（ジーリージェ）で営業中の店を探して空腹を満たすことにした。

車で小道や路地をウロウロ走り回ってみたが、昼間並んでいた八百屋や果物屋はすべて店じまいしていて、食べたいと思っていた米粉湯（ミーフェンタン）（汁ビーフン）の店も休憩中だったので、更に西に向かって車を走らせるしかなかった。

車を走らせていると、いつの間にか婷婷（ティンティン）が以前通っていた小学校の前までやって来ていた。彼は学校のステンレス製の校門前に立って、吹き抜けになっている校舎をぼんやり眺めていた。
その瞬間、彼は婷婷が吹き抜けにできた影の中からピョンピョンと跳びはねながら「パパ！」と声をあげて出てきて、今日学校で起こった面白いできごとを話しはじめるのを目にしたような気がした。呉士盛は恥ずかしげに婷婷のクラスメイトたちと挨拶を交わしていた。いま思い返してみれば、あの頃が自分の人生のピークだったのかもしれない。

ああそうだ。あの頃、あいつは歌手になりたいなんて言ってたな。

学校の卒業生から歌手が出たとかで、ある時期婷婷も歌手になりたいと言うようになったことがあったのだ。テレビのオーディション番組に参加したいと騒いでいたが、彼は年齢を理由にそれを止めた。聞けばその歌手はその後ますます有名になって、いくつものトレンディドラマに出演しただけでなく、リリースした楽曲は音楽賞も受賞したらしい。こうした成功例を目のあたりにした呉士盛は、一度は婷婷が歌手になることを期待したこともあった。一旦成功すればありあまる富が転がり込んできて、老後ものんびりと過ごすことができるはずだったからだ。

しかし、当時彼が働いていた自動車の部品輸入会社はすでに危機に見舞われていた。自動車産業の不景気のあおりを受けただけでなく、彼のいた業務二部全体がリストラの憂き目に遭ってしまっていたのだ。彼はからくもこの苦境からは逃れることができたが、出荷部門に配属されてしまった。出荷工場は林口（リンコウ）にあって、社長は彼に毎朝七時に出勤するように要求してきたので、毎日朝早く出勤して夜遅く退社する生活になってしまった。

ひどい睡眠不足に加えて、一日中商品を運んで陳列するきつい仕事をさせられて、彼の怒りの炎はますます盛んに燃え上がるようになっていた。当時の彼は事務職でありながら商品の運搬までさせられていたので、カタログの確認をしているときでさえ、油を売っているのだろうと叱られるほどだった。思わずカッとなった彼は社長に盾突き、人事に詰問されてしまったのだ。

当時は精神状態が不安定だったこともあって、あるとき販売契約書に商品を書き加えることを忘れてしまい、契約価格よりもはるかに低い価格で顧客に売ることになってしまった。原価を差し引いた後、会社はそれでもいくらか粗利をあげはしたが損失があったことは間違いなく、彼が会社に残る口実もなくなってしまった。

もしいまの自分が妻に先立たれ、娘にも家出され、終日酒をかっくらってはタバコをふかし、明日は何を食べればいいかといった慢性的な飢餓状態で暮らすことを予知できていたなら……時間をあの頃で止めてしまいたい……。ただあの頃の思い出があればそれだけでいいとさえ思えた。

まさか俺の人生はこれでおしまいなのか？

胃がかき回されたような気がして、吐き気を覚えた。ポケットにある小銭を取り出してみると、九十七元残っていた。これなら、陽春麵（ヤンチエンミエン）（具なし麵）が一杯食える。

彼は小学校のフェンスに沿って西へと車を走らせた。小学校の隣にある公園を抜けると、ぼんやりとした記憶をたどりながら路地の中にあるこの数年間見向きもしてこなかった老舗の店へと向かった。

＊

北京首都国際空港から飛行場に沿って伸びる高速道路にのって、三時間ほどかけて北京市中心部へと向かった。目の前には今晩泊まるホテルが見えていたが、車は建国路の渋滞につかまり、まったく進む気配がなかった。苛立ちがつのっていた郭宸珊は、運転手に路肩に車を停めるように言ったが、それだけでも十分近くかかってしまった。

この時期の北京はすでに寒く、風に長くあたっていると頭が痛くなった。ウール百パーセントのコートについたフードをかぶった郭宸珊は、トランクを引きずって数百メートル離れたホテルへと向かって行った。

トランクを引きずりながら、WeChatを使って夫に電話をかけてみた。

四度目のコールだったが、夫は折り返してこないどころか電話を取ることもしなかった。

私が来てることは知らないはずよね？

ふとそんな疑念が生じたが、知るはずがないのだと自分に言い聞かせた。あの鈍い夫はこれまで一度だって自分の妻を理解してはこなかったし、不倫の尻尾を摑まれていることにだって気づいていないはずだった。そう考えると、郭宸珊はすでに自分が戦闘状態に入っているのだと気づいた。

郭宸珊はこれから起こるであろうことを予測し、徹底的に敗北する覚悟を決めていた——夫から棄てられ、不倫の証拠を集めて台湾へ戻り、離婚の訴訟を起こすのだ。あるいは、直接あの女狐を殺してやってもいい。台湾に送り返されるにしろこの土地に勾留されるにしろ、殺人罪からは逃れられないはずだ。どのような結末を迎えるにしても、ここから一歩も退くつもりはなかった。

もちろん、夫が二人の子供たちのことを思って改心してくれることを期待していたが、きっとあの女狐は「戦略的撤退」の手段で「皇后」の出現に対処してくるはずだった。だからこそ北京に長期滞在することで、夫とあの女の間にある腐れ縁を徹底的に断ち切りたいと考えていた。これは長期戦なのだ。郭宸珊はホテルの一室を借り切って、とっさの必要に備えることにした。

ただひとり寂しく寒空の下を歩いているのを意識すると、孤独や疑惑、寂寥といった感情が一気に心の底から湧き上がってきて、自分はいったい何のためにこんな場所までやって来なければいけなかったのかという疑念が頭をもたげて来た。

カウンターでチェックインを済ませて部屋のカードキーと領収書を受け取ると、部屋にスーツケースを置いて一息ついた。それからホテルを出ると、タクシーをつかまえるために大通りに出た。

十一回目の電話をかけたところで、夫がようやく電話を取った。

「何だよ」

夫の口調はひどく冷たかった。

「ずいぶんと忙しそうじゃない」

湧き上がる怒りを抑えて、ようやくその言葉を口にした。

「この留守電の嵐はいったいどういうつもりだ。俺は忙しいんだ。すごく、とってもな。お前みたいな専業主婦には理解できないかもしれないけど」

夫の怒りも爆発寸前といったところだったが、郭宸珊も負けてはいなかった。自分はこの程度の脅しに屈するような人間ではないのだ。郭宸珊は夫の怒りに冷静に対応することにした。溢れそうな感情を必死で抑えながら、優しい口調で話した。

「北京に来てるの。あなたに会うために」

「……」

「どうかした？　急に黙り込んじゃって」

「何しに来た？」そう言った後、夫は言葉を間違えたと思ったのか、すぐに口調を変えた。「こっちは寒いんだ。特に用がないんなら……おい、まさかもう北京にいるのか？」

「ええ」

郭宸珊はわざと軽い口調で答えたが、頭は急速に回転していた。

「いま……どこにいるんだ？」

「あなたの会社のそば。迎えに来てくれる？」

夫の製紙会社は建外（ジエンワイ）SOHO近くにあるセンタービジネス街にあった。写字（シエツ）ビルのオフィスの一室を借りて、北京における連絡所兼業務センターとして利用していたのだ。

「会社の近くにいるのか？」

「ええ……都合が悪い？　ならあなたの家に行って、仕事が終わるのを待ちましょうか？」

「ちょっと待ってくれ！　……迎えに行くよ。ちょうどいま仕事が一段落ついたところだったんだ。どこにいる？　ああそうだ、華貿（ファマオ）センターで待っててくれないか。すぐ車で迎えに行くから」

その声を聞いた郭宸珊は、やはり夫には隠し事があるのだと知った。自分の直感は間違ってはいなかったのだ。しかしそんな自分の直感を誇るどころか、むしろ胸のもやもやはますますひどくなってゆき、呼吸するのも難しくなっていた。こめかみのあたりに圧を感じ、鼓膜も飛行機に乗ったときのように気圧で爆発しそうだった。

あの女狐がもう家に入り込んでいるのかも。

両足が力を失い、危うくその場にうずくまってしまいそうになった。

歩道を行き交う人は多かったが、誰も彼女の異常には気づかず、目をやる者さえいなかった。

「なら、お願いしようかな」

何とか声を絞り出したが、その喉にはまるで魚の骨が刺さっているようだった。

しかし、夫はそれには気づかず、喜々とした様子で、「十分待ってくれ。すぐに車で迎えに行くから！」と言った。

電話を切った郭宸珊はすぐ西大望路（シーダーワンルー）に出てタクシーをつかまえた。車に乗り込むと、悔しさに歯ぎしりしながら夫のマンションがある住所を告げた。

住所を耳にした運転手は有名な高級マンションがある場所だったせいか、振り返って郭宸珊をちらりと見た。運転手は一路北へとタクシーを走らせ、十分後には朝陽北路（ジャオヤンベイルー）にある高級マンションへたどり着いた。

このマンションは一平方メートルあたり十万人民元の価値があった。ざっと計算しても、台中（タイジョン）にある郭宸珊の豪邸の三倍近い値段だった。内装もひどく豪華で、百坪を超える空間にはローズウッドの無垢材のフローリングが敷かれ、ベッドやお風呂、トイレにキッチンにしろ、相当に高価なブランド品を使用していた。見れば見るほど腹立たしくなってきた。自分の地位が脅かされていただけではなく、相手は自分よりもはるかに優雅な生活を送っていたのだ。殺意がムラムラと湧き上がってくるのを感じた。

……あの女、何の権利があって、私が苦労して手に入れたものを奪うつもり！

夫がこの部屋を買ったばかりのときに何度か訪れたことがあったので、鍵と通行証は手元に残っていた。エレベーターに乗り込んだ郭宸珊は二十五階のボタンを押した。

エレベーターがゆっくり上昇をはじめると、ふと泣きたい衝動に駆られた。前回このマンションを訪ねたときには息子も娘も自分のそばにいて、一家そろって楽しく近所にある洋食の高級レストランで夕食をとったのだ。その夜、二人は久方ぶりに愛を交わした。夫は自分の耳元で「すべて君のおかげだよ」とささやき、黒々とした乳首を口に含んだ。

口を開けば愛していると言っていたあの男も、名声を手に入れた途端に若い女のふくよかな胸へと飛び込んでゆき、これまで一心に自分を支えてきた妻を棄てたくなってしまったのだろうか。何より許せなかったのは、夫婦で愛を交わし合ったベッドで、子供たちがやって来た家で、何の気兼ねをすることもなく浮気相手と激しくまぐわっていることだった。確かに北京での暮らしに馴染めず、台湾に戻ることを望んだのは自分だった。そのことが夫の心に空白を生み出したのかもしれなかったが、だからと言ってそれが不倫相手を家に入れていい理由にはならないはずだった。一時的な欲求であればホテルで相手を探せばすむ話だ。相手を自分の家に入れるということは、夫がそれだけその相手を大切にしていることの証でもあった。

チャイムを三度鳴らして、ようやく扉が開いた。

郭宸珊の予想とは違い、扉を開けて応対してきたのは青春真っただ中の若い女ではなく、三十を過ぎた既婚女性のようだった。第一印象ではすでに子供も産んだことがある感じがした。

女の表情は退屈から驚き、さらにパニックへと変わっていった。郭宸珊にはその変化が手に取るように分かったが、自分の表情にも同じように落胆と怒りの色が現れ、相手がその変化をしっかりと見て取っているのを感じていた。

二人は口を閉ざしたまま玄関先で数十秒間にらみ合っていたが、相手がこの沈黙を破った。

「中で話しましょうか」

言葉には北京訛りはなかったので、南方出身者かもしれなかった。

「一応、お隣さんにバレちゃ困るわけだ」郭宸珊が皮肉を込めて言った。

「別にあたしはどうも思わないけど」

女は簡単に答えただけだったが、その言葉を聞いた郭宸珊はなぜ夫がこの女を家に入れるようになったのか分かったような気がした。

こいつは容易に他人に自分の腹の中を見せようとしないタイプだ。

そんな考えが頭をよぎる一方で、もしかしたらこの女にはかなわないのかもしれないと思った。女は心から夫の名誉を考えて行動しているのであって、決して空威張りをしているわけではなかったからだ。

玄関の扉を閉めると、女は郭宸珊をリビングのソファに誘導しようとした。しかし、自分が相手の思うままに行動する道理はなかった――ここはもともと自分の家なのだ！　――足早にキッチンへと向かった郭宸珊は刃物スタンドから果物ナイフを取り出すと、リビングへと戻ってきた。

「あんたもずいぶん利巧そうだから、きっと余計なことは言わなくても、私がどうしたいかってことくらい分かるよね？」

「あたしがあなたの命令を聞くとでも？」

「大人しく命令を聞かないなら、こいつであんたをぶっ殺すだけ」

脅し文句を聞いた女はそれを恐れるどころかむしろ口元を緩めて、軽蔑したような笑みを浮かべた。

「あたしを殺す？　見たところあなたはあたしよりもずいぶん歳を食ってるようだけど、よくも図々しくそんな台詞を吐けるわね。人さまから笑われるだけよ」

「冗談で言ってるわけじゃないんだから」

「なら、こうしましょうか。彼が戻って来るのを待って、あたしから彼に話してみる。あなたは彼から粗末に扱われて頭に来てるだけ。でも彼一人だけを責めるわけにはいかないでしょ。ここ最近、あの人は会社の株式交換と合併買収の件でずいぶん疲れてたから」

「どうやら人間の言葉が通じないみたいね」

「何が不満なのか分からない。彼があなたにひと月いくら仕送りしているのかまで、あたしはみんな知ってるんだから。もちろん、あなたがお金のためにここに来たんじゃないってことくらいは分かるけど。だけど正直な話を言わせてもらえれば、こんなことで男と真面目に向き合うなんてバカげてる。割を食うのはいつだって女の方なんだから」

「こんなこと？　あんた結婚をなんだと思ってるわけ！」

女の言葉にすっかり頭に血が上った郭宸珊は、ナイフを振りあげて声を張った。

「なら聞くけど、あんたこそ結婚をなんだと思ってるわけ？　歳はあたしの方が若いけど、男で苦労してきた数はあんたより少なくはないはず。経験者として一言だけ忠告してあげる。こういう場合に譲歩するってことは、何もあんたの敗けを意味するわけじゃなくて、相手にほんの少し自分の場所を与えてあげるだけなのよ」

「黙れ、このクソ女（アマ）！」

果物ナイフを摑んだ郭宸珊がソファに座る女に飛び掛かったが、女は慌ててそれを避けた。ナイフは空を切ってソファのメリヤス生地を切り裂き、郭宸珊の身体はソファのそばにあったティーテーブルの上にぶつかった。ティーテーブルは郭宸珊の体重に耐えきれずに倒れた。雑誌や新聞がテレビに向かって吹き飛び、ガラス製のケトルとコップはフローリングに落ちて砕けてしまった。

床に倒れた郭宸珊を驚いた様子で見ていた女は、一瞬どうしていいか分からないようだった。背中と腰の間に鈍い痛みが走った。かつて毎日数時間の通勤を経てきたその身体はすっかり硬直してしまっていたので、そのまま横になって痛みが過ぎ去るのを待つしかなかった。

ちょうどそのとき、チャイムが鳴った。

女は助かったとばかりに玄関へと向かった。扉が開き床にうずくまっている郭宸珊を見つけた夫は、走りよって彼女を抱き起そうとした。

しかし、夫の行動は余計に郭宸珊の心を傷つけた。たまらず瞳を閉じると、まだ親密だった頃の二人の様子がスライドショーのようにそのまぶたに映し出されていった。手元にあった果物ナイフを摑んだ郭宸珊は夫に向かって吼えた。

「触らないで！　その汚い手をどけなさい！」驚いた夫は慌てて郭宸珊からその身を離した。

顔を上げると、女の理解に満ちたやるせない表情が目に映った。その顔はまるでこう言っているようだった。「だから言ったじゃない。何もかもぶち壊しになっちゃうんだって」

郭宸珊の怒りの炎は更に燃え上がった。

「近寄るな。もうおしまいだ。お前の人生をむちゃくちゃにしてやる。新聞に載ってもまだこんなことができるか試してみるといい。離婚してやる！　賠償金だって払ってもらうから。姦通罪だ！　財産は全部あたしがもらう。この家も全部！　止めても無駄だから。そこの売女にだってびた一文やるもんか……お前らみたいな淫乱カップルはみんな死んじまえばいいんだ！」

気の触れたように果物ナイフを手に髪の毛を振り乱す郭宸珊を目にした夫は、思わず嫌悪の表情を浮かべてしまったが、その表情が郭宸珊をさらに引き返しようのない場所へと追いつめてゆき、共倒れになるまで徹底的に闘い抜く決意を固めさせた。

「このクソ女はここでぶち殺してやる！」

身を起こした郭宸珊は、ナイフを手に女に向かって行った。

それを見た夫は、女を自分のもとへと引き寄せた。女が夫の背中に可憐にもたれるように隠れる様を見た郭宸珊の心は完全に壊れてしまった。ふと風船のように身体中から空気が抜けていくのを感じた。残ったのはただ外側にある皮だけで、何とかして最後の尊厳だけは保とうとやせ我慢していた。

だらりと手を垂れると、果物ナイフがフローリングの床に小さな穴を空けて鈍い音を立てた。

闘いは終わった。

何の意味もなかったのだ。

床に転がっていたバーキンのバッグを拾った郭宸珊は、驚きのあまりすっかり言葉を失った二人を残して玄関を出て行った。

＊

定例の朝礼が終わると、胡叡亦はスタッフたちと会議室を出て、ひとりズーズーのいる病室へと向かった。

阿芬(アフェン)の話によると、昨夜のズーズーはずいぶんとひどい状態だったらしい。前回保護室から一般病棟へ戻って来て、精神状態が落ち着いていたのはわずか一日ほどだけで、すぐにまた数日前のような狂騒状態に入ってしまったのだった。感情の起伏は潮汐のように予測がつきにくかった。昨日の午後、スタッフに抑えられていたズーズーの狂騒状態が極に達し、インターンの看護師に手を出して怪我をさせてしまった。なす術がなくなった病院側は、再びズーズーを保護室へと送り、今朝また一般病棟へと戻って来たのだった。

病室にはカーテンが引かれていたために、薄暗くて空気の流れも悪く、かすかによどんだ臭いが漂っていた。ベッドの隣に腰を下ろした胡叡亦は、ぐっすりと眠るズーズーの顔を見つめた。鎮静剤を打った後は一日中眠りに就いていていて騒ぎ立てるようなこともなく、まるで子供のように眠っていた。

すると、血圧計をもった阿芬が病室へと入ってきた。阿芬は声を抑えて、胡叡亦の耳元でささやいた。

「先輩。実は私、聞いちゃったんですよ……」

少しだけ阿芬から身体を離した胡叡亦は、いぶかしげな視線を向けた。阿芬の表情はひどく強張っていて、これから話す内容が決して楽しいものではないことを予測させた。

「聞いたって、何を？」

「ズーズーが前と同じような話をしたんです」

阿芬の視線を追って向かい側の病床に目をやると、そこにはつい最近入院してきた患者がいた。お酒を二日間断ったせいで、アルコール離脱症候群で譫妄（せんもう）状態にあるその中年男性の手足はぶるぶると震え、あぶら汗を流していた。両目はカッと見開き、口元ではぶつぶつと何事かをつぶやいていたが、阿芬の言っているのが郭湘瑩（グオシャンイン）のことであると分かっていた。

「前と同じような話？」

「ミナコですよ！　ズーズーもミナコが来るって言ってるんです。ミナコが自分を殺しに来るんだって」

胡叡亦は思わず眉をひそめた。

「ミナコ？」

「死ぬ前に言ってたんです。ミナコが自分を殺しに来るんだって」

「ミナコが自分を殺しに来るって、まさか亡くなった郭さんが言ってたの？」

「ミナコ」という言葉を聞いた胡叡亦の脳裏で、何かが繋がったような気がした。脳内で電流が流れ、ぼんやりとした輪郭のようなものが浮き上がってきた――。

まさか……。

美奈子?!

ミナコとは美奈子（メイナイツ）の日本語の発音なのだ。間違いない！

「はい。あのときも、郭さんはずっとそんなふうに言ってたんです。でも私たちはみんな、ただ幻聴を聞いているんだって思って……先輩、どうしたらいいですか？　もしこれが全部本当だったら……」

「ズーズーもミナコがやって来るって言ってたの？」

阿芬は心の底から湧き上がる恐怖をその顔に浮かべながら、必死に頷いた。

俯いて美奈子の神隠し事件について考えてみたが、どうにも郭湘瑩とズーズーが耳にした化け物「ミナコ」との間にどんな関連性があるのか分からなかった。

「分かった。阿芬、ねえ、阿芬？」

阿芬の気持ちが落ち着いて、自分の目を正面から見られるようになってから、胡叡亦はようやく話を続けた。

「気にしないでいいから。たぶん、郭さんが言っていたことを聞いたズーズーがそれを真似て同じことを言ってるだけよ」

「けど先輩、本当に大丈夫なんですか？　私、ズーズーのことが心配で……」

「大丈夫」

胡叡亦ははっきりとした口調で応えて、阿芬の不安を打ち消してやった。

「そうですか。分かりました」

「くれぐれも考えすぎないように。ズーズーのことなら、私がしっかり見ておくから。それでも不安なら、勤務交替するときに夜勤の看護師に注意を促しておけばいいでしょ。大騒ぎするようなことじゃないはずよ」

「そうですね」

胡叡亦の真剣な表情を見た阿芬は、自分が臨床看護師の原則に背いてパニックになりすぎていたのだと知った。看護師長か監督官に見つかれば、きっとまたどやされたに違いない。

しかし、阿芬が病室から出て行ったのを見送った胡叡亦は大きくため息をついた。

いったいどうなってるわけ？

精神科の病棟で十六年間も患者たちをケアしてきた胡叡亦だったが、これまで一度として別々の患者が同じ幻聴を耳にしたケースを聞いたことがなかった。しかもこれほど変わった幻聴などこれまで聞いたこともなかった。それに郭湘瑩もズーズーも、日本語が分かるわけではなかったし、阿芬にしても「ミナコ」という発音が本当に正確なものであるとは限らなかった。

しかし、患者の幻聴に現れた殺人鬼「ミナコ」は、自分が無意識のうちに見つけた昭和八年に起こった神隠し事件の主人公「美奈子」と不思議なつながりを持っていた。それを偶然と解釈することはできたが、それで納得できる人間などいないだろう。

しかも、興味深かったのは「奇声」を聞いた者たちはすべて不慮の事故に巻き込まれて亡くなっていることだ。ただひとり「美奈子」だけは生きて帰って来た。それどころか、「奇声」を耳にした人々はみなその名前を口にしている……こうした数々の偶然の一致が、胡叡亦にまだ解けていない謎があることを確信させた。

あるいは、美奈子はこの呪いを解く方法を見つけたのかもしれない。

突如湧き上がって来たこの考えは、胡叡亦に『山と雲と蕃人と』に書かれたある一段落を思い出させた。つい最近読み直したばかりだったので、まだ記憶に新しかったのだ。

昭和六年、鹿野(しかの)忠雄(ただお)は大学二年生の夏休みに連続七十日間の登山を敢行することに決めたが、そこには玉山主峰に加え、その衛星峰及び南玉山の登攀も含まれていた。八月下旬、ようやく台風が去っていったのを確認した鹿野忠雄は、すぐに玉山南峰と南玉山への登山計画を立てた。午前五時、彼らは新高駐在所から出発し、七時二十五分に玉山山頂に到着した。玉山山頂には小さな祠があって、「新高祠」と呼ばれていたが、それは新高郡守であった今井昌治が主導して建設したものだった。一九二五年、新高祠で拡張工事が行われ、鎮座祭が執り行われた。今井昌治は原住民たちが背負った椅子に腰を下ろし、その視線は随行員たちとはまったく別の方向を向いており、ひどく傲慢な雰囲気を漂わせていた。

鹿野忠雄の記述によれば、新高祠には山の神の御神体——小さな鏡が一枚——が納められていて、そのすぐそばにはひと瓶の清水が置かれてあったらしい。それが書かれたページのすぐ隣には、一九三八年に撮影された祠の写真もつけられていた。しかし、戦後政府が替わってから新高祠は燃やされ、いまはすでに存在しなかった。

もしかして、新高祠と何か関係があるのかもしれない。

だがよくよく考えてみれば、美奈子が新高祠への参拝を通じて呪いを解いたわけはなかった。なぜなら、美奈子は玉山の山頂まで登ってはいないからだ。胡叡亦は考え方を変えてみることにした。すると、美奈子は「神隠し」にあったからこそ、新高祠と関係が生まれたのかもしれないという考えが浮かんできた。

夫がしょっちゅう日本の文化や歴史について語っていたので、胡叡亦はいわゆる御神体が何を指しているのか、そして日本の神話や神道、神社の参拝方法などについても多少の知識は持っていた。

一般的に、参拝とは「神域」に入ることからはじまる。「神域」に足を踏み入れる前には必ず入り口にある鳥居でお辞儀をして、そうしてようやく鳥居をくぐることができるのだ。そして参拝前には自身の身体を浄めるために、手水舎で手を洗ってから拝殿へと進み、賽銭を投げ入れ鈴を鳴らし、お祈りをして最後におみくじを引く。参拝者の中には、絵馬やお守りを買って記念のお土産にする者もいる。

当時、山岳地域に暮らしていた有力者たちは、水里坑登山口などにも鳥居を建てることを提案したが、結局はうやむやに終わってしまい、新高祠は日本国内でも数少ない鳥居をもたない神社となったのだった。そのために、新高祠の「神域」の範囲をいったいどのように定義すればいいのかいまだにはっきりとは分かっていない。

しかしいずれにせよ、神社が建てられた場所の近くが「神域」であることに変わりはないはずだった。そこは神霊が住まう場所であって、「不浄」なものはその「神域」に自由に出入りすることは許されない。その程度の知識は胡叡亦にもあった。

ここまで理解できると、次に美奈子の神隠しの原因について向き合ってみることにした——例の奇声以外にいったいどんな可能性があるのか。もしも登山隊から脱落した目的が新高祠、あるいは美奈子自身の身にあった「不浄」と関係しているのだとしたら……。

ふと、自分の眼前でまだ生きている美奈子を目にしたような気がした。

こっそり野営地を離れ、真っ暗な山中へと消えていく美奈子。

もし仮に美奈子が自身を不浄だと考え、山の神が住まう神域に入って行かなかったのだとすれば、いったい何をしていたのだろうか？

そこで胡叡亦は、日本のある習俗について思いが至った。神道において死は不浄なものとされ、だからこそ神社の境内には墓地がなく、大部分の日本人は仏教的な方法で死と密接に関わる葬式を執り行うのだそうだ。

となると、美奈子は誰かの死に触れてしまったのかもしれない。

頭をふって飛躍してゆく考えをふり払おうとしたが、それでもその考えを止めることはできなかった。美奈子が自分を「不浄」だと思った原因はさておき、おそらく手水舎での儀式のように、自身の身についた「不浄」を祓うために何かをしようとしていたに違いない。そうであればこそ、翌日には登山隊について登山をはじめようとした。ただ、美奈子は山の魔力を甘く見すぎていたために、結果三日間の神隠しにあってしまったのだろう。

そうすることで、美奈子はあの声の呪いを解いた？

夫の落ち着いた声で読み上げられた「台湾日日新報」の記事を思い出した胡叡亦は、自分の考えが間違っていないという確信を持つにいたった。

捜索活動をはじめて三日目、捜索を切り上げようとしたちょうどそのとき、ブヌン族の者が美奈子を楽楽駐在所に送り届けてきた。聞けば美奈子は全身ずぶ濡れになった状態で、楽楽谷温泉近くの渓谷の絶壁に沿った細い脇道に倒れていたらしい。ブヌン族の話によると、そこはOung-oung（峡谷）と呼ばれている場所で、必ず銃を撃ち鳴らして霊を追い払う必要があるそうだ。救出された美奈子はおかしな声を耳にしたと繰り返し述べていたそうで……

全身がずぶ濡れになった状態。

美奈子は自らをずぶ濡れにすることでその呪いを解いたのだ。

胡叡亦はようやく手がかりとなる一すじの光を目にした気がした。

美奈子が何をやったのかがわかれば、ズーズーを救うことができる。

あるいは、楽楽谷温泉にまで足を運んでみる必要があるかもしれない。

*

国道三号線に沿って真っ直ぐ南へ進む道は単調で退屈な景色が続き、呉士盛は何度も眠ってしまいそうになった。

窓の外は真っ暗で、街灯とヘッドライトがいくら前方を照らしても、あるいは車が速すぎるせいか、あってもなくても変わりがないように思えた。ガードレールの反射板と道路鋲がなければ、きっととっくに事故を起こしていたはずだ。

台中から台七十四号線の快速道路に乗り換え、国道三号線へと入っていった。そして、インターチェンジを下りた後、台十六号線を山に向かって走り続けた。遠くにそびえる巨大な山を眺めると、黒く濃い雲と霧が山頂を覆っている様子に思わず恐怖を感じてアクセルを緩めてしまった。

マジで山に入っちまうぞ……。

どうにか心に広がる恐怖を抑えた呉士盛は、ようやくアクセルを踏み込んだ。

しばらくすると、「玉山国立公園」の方向指示が現れた。集集鎮（ジージー）と濁水渓（ジュオシュイシー）の支流を流れる川の間に横たわる水里郷（シュイリー）を抜けると、窓の外の景色も徐々に変わっていった。木々が増え、道はくねくねと細く伸びていった。道には人も見えず車も走っておらず、しかも高速道路の暗さとも違って怪しい雰囲気を持っていた。

気持ちを奮い立たせた呉士盛は、時折バックミラーを覗き込んでは、後部座席でおかしなことが起こっていないか確認した。

右折して玉山景観公路に入れば、あとは信義郷（シンイー）のエリアだった。右手の窓から外を見れば、濁水渓のもう一本の支流である陳有蘭渓が見えた。真っ黒な川からは轟々と音が響いていた。ここから陳有蘭渓に沿って一路南へと車を走らせ、くねくねと羊の腸のように入り組んだ山道を進めば、玉山景観公路の最南端であるタタカエリアに到着するはずだった。

タタカエリアは、行政区分上では南投（ナントウ）県信義郷と嘉義（ジアイー）県阿里山郷の両方に属していて、玉山主峰に向かうためには必ず通らなければならない場所だった。ここから通称「阿里山公路」と呼ばれている台十八号線にのれば、目的地である東埔（ドンプー）のタタカ駐車場に辿り着く。

芝生にレンガを敷きつめた駐車場に車を停めた呉士盛は、助手席にあったリュックを掴んだ。ちょうど車のドアを閉めようとしたときに、脳裏にふとあのカセットレコーダーのことが浮かんだ。

しばらく考えて、やはりカセットレコーダーを持って行くことにした。

一般登山者たちは駐車場で登山用の装備を整えると、国立公園警察隊タタカチームに入山許可証をチェックしてもらい、審査場を過ぎるとシャトルバスに乗ってタタカ鞍部に向かうのだった。多くの登山者たちはすでに鮮やかな色をしたウィンドブレーカーを羽織って出発の準備をすませていた。呉士盛は景色を見に行くふりをしながら、何でもないようにひとり別の方向に進んでいった。

誰も自分を見ていないことを確認すると、雑草と枯れ枝を押しのけてサッと茂みの中に身を隠した。茂みに隠れた呉士盛はリュックの中から懐中電灯を取り出し、用心のために足下の勾配に光を当てた。

名前も知らない針葉樹林の中は木々の間が狭く、わずか二百メートルほどの坂道を登っただけで、身体中から汗が噴き出していた。二十分ほど歩いて、ようやく茂みを抜け出して楠渓(ナンシー)林道までたどり着くことができた。楠渓林道はアスファルトで舗装され、車一台分ほどの幅があった。

登ってきた方向から判断すれば、おそらくここを右手に曲がればいいはずだった。

周囲を確認した呉士盛は、さきほどの登山者たちがすでに遠くまで行ってしまったのだと思い、彼らに追いつくために足を速めた。

すると林の中から突然何かの物音が響き、ひどく彼を驚かせた。

しばらくその場に立ち尽くした後、呉士盛はようやく再び足を進めた。

猿でもいるのかな？

山道には凍り付いた水たまりが至るところにあって、夜になれば気温は十度もなかった。こんな薄っぺらなジャケットなどではとても寒さを防ぎきれなかった。予備の衣類を持ってこなかったことをひどく後悔した。

楠渓林道の両側にはツガ林とニイタカヤダケの茂みがあって、曲がりくねった坂道が続いた。時折虫の鳴き声が響いて心がかき乱され、何かよからぬものが出てくるのではないかと思って、その度に足を速めた。

気が張り詰めていたせいかもしれない。息切れが激しくなってきたので、しばらく巨木の下で休息をとることにした。ポケットからスマホを取り出してGoogle mapを開いた。すると、いまいる場所が楠梓仙渓(ナンツーシェンシー)林道と玉山林道が交差する地点で、道が三筋に分かれているのだと知った。

この木があの有名な巨大ツガだったのか。

しばらく休息をとると、再び立ち上がって前進を続けた。もし計画通りに進まなければ今晩中に無事に下山できなくなるぞと己に言い聞かせることで、これ以上サボれないようにした。標識に従いながら、彼は楠渓林道に沿って歩いた。

玉山登山口まで、あと一・四キロメートル……。

巨大ツガを過ぎると、林道はやや下り坂になっていった。地面には霜が降りて、氷の欠片(かけら)もあったので滑りやすくなっていた。幸いにも急勾配というわけではなかったので、注意深く歩けば問題なかった。五十メートルほど進むと、路傍に砕かれた奇妙な木片が現れた。

山道にはガードレールのない道もあって、枯れた木に低いワイヤーを張ってガードレール代わりにしていた。覗き込めば底は真っ暗な闇で、もしもうっかり谷底に落ちてしまえば命はなかった。

再び歩くこと十分ほどで、長方形のレンガを敷いた三日月の形状をした展望台にやってきた。展望台を過ぎると、今度は自分の背丈よりも高い石碑を見つけた。そこには玉山登山口と書かれてあった。

呉士盛はそこでこの場所の地形を観察することにした。ここはちょうど二つの山の間にある窪地になっていて、タタカ「鞍部」と呼ばれるだけあって確かに馬の鞍に似ていた。

彼は足早に山道を下っていった。二柱の石柱を通り過ぎると、おそろしく細い登山道が続いていた。左の石柱には「玉山北峰　海抜三九二〇メートル」、右の石柱には「玉山東峰　海抜三九四〇メートル」と書かれてあって、菱形をした看板には登山客に向けて「落石注意」「強風注意」といった警告文が書かれてあった。

深呼吸をした彼は、勇気を振り絞って細い登山道を進んでいった。

右手には何の補助柵もなく、誤って足を踏み外せばすぐにでも底の見えない谷底に落ちていきかねなかった。

この細い登山道はせいぜい人間ひとりが通れるほどの幅しかなく、基本的に一方通行だった。もし向かいからやって来た人とかち合えば、身体を反らして道を譲るしかなかった。ぽっちゃりとした体型の人間なら、身を反らす際に前後にいる他の登山者たちを谷底へと落としてしまいかねなかった。

小さく、一歩ずつ前進していった。場所によっては木々や背の低い草むらが生えている箇所もあって、そういった山道は少しだけ安心して進めたが、木々も草むらもないような場所では、できるだけゆっくりと歩みを進めて眩暈(めまい)のするような高さを意識しないようにした。

細い登山道は徐々に砂利道へと変わっていき、やがて人が踏み固めた獣道へと変わっていった。視界が大きく開けると、前方には急な勾配が現れた。彼はセメントで固めた道の低い壁に沿って、ゆっくりと前へと進んでいった。

しかし、数歩も進まないうちに左側の山壁は突然垂直の角度に切り立った状態になってしまい、両手を広げて左側の壁ぎわに半ばうずくまるような格好で恐る恐るこの山道を通過するしかなくなってしまった。

だが、本当の挑戦はまだはじまったばかりだった。

山道はますます険しさを増してゆき、何度も大きな曲り道に出遭ったかと思えば、今度はぐらぐらと揺れる木の桟橋があって、はたして自分がネットで調べた情報が本当に正しかったのかどうか疑いが生じてきた――なぜ自分は他人が笑いながらやすやすと通れる道をよろめきながらしか進むことができないのか。

マジで体力が落ちちまったんだな……。

彼は自分の体力のなさを反省した。あるいは、恐怖のあまり手足がちゃんと動いていないだけなのかもしれなかったが、本当の原因はおそらく、毎日長時間タクシーを運転していたために、身体中の筋肉と関節がすっかり凝り固まってしまっていたせいなのだろう。どちらにせよ、孟禄亭にたどり着いたときには、思っていたよりも多くの時間を食ってしまっていた。急がなければ十分に経験を積み、体力のある登山者たちに追いつくことはできなかった。

孟禄亭は粗末な山小屋に過ぎず、登山者たちが雨を避けて、しばらく休憩する場所として使われているようだった。しかし、これ以上休息をとるわけにはいかなかった。早く次の地点に向かわなければならない――彼は前峰登山口に向かって足を進めた。

進めば進むほど道は険しさを増し、しかもふくらはぎがズキズキと痛みはじめていた。姿勢を低く保ち、懐中電灯を握りしめた彼は両手両足を使って、半分匍匐（ほふく）前進をする要領で速度を保った。

獣道が徐々に高さを増してくると、気温はそれにつれて下がっていった。ふくらはぎが強張り、何度も痙攣が襲ってくるだけでなく、太ももと腰の部分にひどい疲労がたまっているのが分かった。このときになって彼はようやくタクシーを運転する姿勢が猫背の習慣を作って、自分の健康を徹底的に害していたことに気づいたのだった。

何とかして次の目的地まで耐えきってみたが、すでに自分の体力が限界に来ていることは分かっていた。しかし、標識に書かれた文字によれば、前峰登山口を過ぎた後も、まだ五・八キロの道のりを歩かなければ排雲山荘にはたどり着けないようだった。つまり、まだ半分の距離も進んでいないうちに体力が尽きてしまったというわけだ。

しかし、そんな呉士盛を得意にさせたのは、白木林の景観台で引き返そうとしている男女二人の登山者だった。実際、この道は踏破するのが困難なことに間違いはないのだ。

二人が携帯用のコンロを片付けているのを見た呉士盛は、空気中にインスタント麵の香ばしい匂いが漂っていることに気づいてひどい空腹を覚えた。

なんだよ。タクシーの運ちゃんをやってたって、俺の体力もそうバカにしたもんじゃねえな！

何のトレーニングも受けていないにもかかわらず、自分は彼らよりも体力があるのだ。山を無事下りたら、少し身体を鍛えてやろうか。

しかし、こうした心理的な優越感も空腹の前では一瞬で泡となって消えてしまった。しかも、両手足はすっかり寒さでかじかんでどうにも耐えられなかった。そこで彼は大胆にも二人の登山者に話しかけてみることにした。

「悪いんだが、そいつをちょっとばかり分けてくれねえかな？」

夫婦と思しき登山者は彼の声に足を止めると、呆気にとられたようにお互いの顔を見合わせた。女性の登山者が男性の登山者を一瞥すると、男性が口を開いた。

「お湯は持ってますか？」

「いや、持ってねえんだ」

「見たところ、ガスコンロも鍋もないようですが……そんな装備でここまで登ってきたんですか？」

「俺はその、日が昇る頃には山を下りるつもりなんだ」

「服だって薄すぎますよ……本当に大丈夫ですか？」

「ちょっと登るだけだから、平気だよ」

「でも、僕たちもお湯を使い切ったところなんです。インスタント麺だけ渡しておきますから、前を歩いている他の登山者に追いついたら彼らからお湯をもらってください」

男性登山者はリュックからインスタント麺を二袋取り出して、それを呉士盛に手渡した。

「一袋よぶんに渡しておきますね」

「悪いな」

「いえ。とにかく無理をしないように。山では冗談ですまないことがたくさんありますから」

二人の登山者は呉士盛に手を振ると、身を翻して後方にある小道へと向かい、タタカ方面へと消えていった。

無理しないようにだって？

俺が無理しているように見えるってのか⁈

彼らから恩恵を受けたにもかかわらず、腹の中はムカムカしていた。

バカにしやがって！　絶対最後まで歩ききってやるからな！

そう思った呉士盛は、他の登山者からお湯をもらうのもいやになって、直接袋から硬く乾いたインスタント麺を取り出し、それを口の中に放り込んでバリバリと咀嚼していった。

カロリーを補充して、しばらく足を休息させると再び出発した。心の持ちようかあるいはただ単純にカロリーを摂取したせいか、大峭壁までの道はひどく順調だった。五時間ほど山道を進んでいくと、空がしらじらと明けはじめた。

木陰は依然として真っ黒だったが、淡く青い空の下、徐々に水墨画のようなシルエットへと変わっていった。更に時間が経って太陽が昇ってくると星が消えていったので、懐中電灯をしまった。空が明るさを取り戻すと、草木や生き物たちも元の色を取り戻し、風景を眺めるだけの余裕が生まれてきた。

大峭壁一帯は崖になっていて、そこに真っ直ぐに高く伸びたタイワンツガとタイワンクモスギが生え、時折名前の分からない松の木やススキ、セキチクなども目に入ってきた。しかし、大峭壁を過ぎてからは、林の様子もモミの木が中心のずいぶんと単調な景色へと変わってゆき、うす暗闇のなかではただ旗竿が無数にそびえ立っているように見えた。そこには有名な玉山リンドウも生えていた。この季節、玉山リンドウはすでに見ごろを過ぎていて、真っ赤な茎の上にわずかに小さな葉がついているだけで、あまりパッとしない見た目だった。葉っぱに残る氷結した露から判断するに、いまこの場所の気温は零度を下回っているのだろう。

速足で歩くことで体温を保っていた呉士盛は、無数の石段を登り続けた。すると、巨大な杉の木が天に向かって伸びているのが目に入って来た。

そのすぐ後に、更に危険な栈橋が現れた。栈橋にかけられた金属プレートの番号から、すでに自分がずいぶんと遠くまで歩いてきたことが分かった。栈橋の両端に固定された鉄の鎖に手をかけながら、見よう見まねで橋を渡っていった。

橋を渡り終えると、地面に「〇・五↓排雲」と書かれているのが見え、喜びのあまり思わずため息を漏らしてしまった。しかし、ようやく長い石段を登って排雲山荘までたどり着いたと思ったら、今度は再び「入園許可証をお渡しください」といった警告文が出されていた。登山者たちの中には山荘で食事を取って体力を補充する者もいれば、登山リュックを山荘に置いて軽装で山頂を目指す者もいた。入園許可証をチェックされるのを避けるために、呉士盛は再び隙を見計らって山小屋の後方へと回り込み、鉄条網の隙間を潜り抜けて木々の間へと入っていった。

呉士盛は遠く木々の隙間から、登山者たちが排雲山荘左手の医務室のそばにある登山口から次々と出発していく様子を眺めていた。標識を見る限り、玉山西峰まではここから三キロもないはずだったが、険しさがまったく違うためにきっと楽には登れなそうだった。

チャンスを見計らって、呉士盛は人々の話し声に紛れるようにして木々の間から抜け出してきた。三分ほど歩くと三叉路に突き当たり、そこからは複雑な地形で小石が散らばる台地が広がっていた。太い木の根が剝き出しになっていて、場所によっては壁に固定された鉄の鎖や木の根にしがみついて、這い上がるように登らなければならなかった。

空には美しく青い層が浮かび、雲は薄く、風は激しさを増していった。ニイタカヤダケはゴムの鞭のように時折身体に打ち付け、吹き付ける突風が何度も彼の身体の重心を不安定にして、危なく砂利道に叩き落されそうになった。海抜が高くなるにつれて空気は人を凍りつかせるほど冷たくなってゆき、コウヨウザンには霜がついていた。

この瞬間、登山者たちは目の前に続く砂利道をただただ懸命に歩いていて、まるでこの山と無言で闘っているように一言も言葉を発さなかった。それは征服目前の神聖な時間のようだった。

登頂間近になって、ようやく登山者のひとりが同行者に向かって話す声を耳にした。「もう三千五百は来たはずだぞ！」口ぶりからその興奮具合が伝わって来た。

残り百メートルを切ると、明らかに足どりを速める者が現れ出した。西峰には三角点がなく、すでに登頂した者たちが標識の前で準備していたカードをもって、お互いに記念写真を撮っていたのだ。

台湾百名山ナンバー二十五……海抜三千五百十八メートル？

自分でも知らないうちに、百名山の一つを征服しちまってたのか！

呉士盛は急に得意になった。昔は登山の話などを聞いても自分とは縁がないと思っていたからだ。登山好きの友人からよく自慢げに登頂した写真などを見せられてきたが、いまの自分はそんな彼らの仲間入りを果たしたわけだ。彼は心の中でひそかに笑った。

登山者たちは順番に標識の前で写真を撮っていたが、そのときになってようやくそこに「山神廟（西山祠）」のある方向が書かれていることに気づいた。

やっとすべてを終わらせられる……。

あとはあのピノキオに似た法器を燃やして、それを祠の下に放り込んで燃え上がるのを待てば、ミナコのあの恐ろしい呪いが解ける。そうすれば、あの声が際限なく人を殺すようなこともなくなるはずだ。

人ごみに交じってモミ林を抜けた彼は、標識の反対側へと向かった。

そこからは玉山北峰と玉山風口、そして玉山主峰の尾根が一望できた。山々の連なる山麓には原住民の集落が見えた。視線を上げれば、遥か彼方には、これも百名山のひとつである関山（グァンシャン）がそびえていた。

西山祠はひどく目につく場所にあって、その大きさは土地神さまの祠よりもやや大きいくらいで、ちょうど手を合わせてお参りをしている者がいた。祠の神殿は伏見稲荷大社と同じ「流造（ながれづくり）」の建築様式を採っていて、最も幅広い「平入り」の形式だった。祠の前に立った呉士盛はそこで意外な事実を発見した。

観音像？

こいつは……ミナコの力の及ぶ範囲なのか？

西山祠に祀られた観音像を見た呉士盛はひどく困惑した。観音像がここに置かれている理由が分からないわけではなかった。政府が替わったのだから、こうした文化や宗教に付随するこまごまとした点には細心の注意を払う必要があった。女道士の言葉によれば、この祠こそが日本人の残した禍（わざわい）であって、ミナコの悪霊が巣食う場所であるはずだった……しかし、現在ここに鎮座しているのは観音像なのだ。それならどうして日本の悪鬼がこの場所を引き続き侵すことができるのか？

チクショウ……俺にはできねえ……。

他の多くの台湾人と同様、呉士盛にとって観音菩薩は清朝統治期に信仰が伝来して以降、最も崇拝を受ける五柱の神（観音菩薩、天上聖母（ティエンシャンシェンムー）、関聖帝君（グァンシェンディジュン）、灶君（ドゥジュン）、土地神）のひとつであった。幼い頃から両親と、神棚の縁起のいい場所にかけられた「観音像の絵」を拝んでは、先祖とともにそれを祀って朝晩線香をあげてきたのだ。あの女道士の言葉に従うならこの西山祠は焼き捨てねばならず、そうなればここにある観音像も燃やしてしまうことになる。しかし、それは彼にはできない相談であった。

けど……もしあの女道士が言っていることが本当なら？

女道士の言いつけ通りにしなければ、自分の命はないのだ――こうした考えは呉士盛の頭にこびりついて離れなかった。いまはまだ人目が多いからだと口実をつけることができたが、人影がなくなった後はどうすればいいのか。近くにあった木陰に戻っていくと、彼は敬虔にお祈りをしていく人々の姿をぼんやりと眺めていた。

最終的に実行の決心をさせたのは、ある中年女性だった。

その女性は祠の前に座るとカメラに向かって「イエイ」とピースサインをしてみせた。あでやかで真っ赤なジャケットは一目で高級品だと分かった。頰がこけて目じりは垂れ下がり、鼻梁が平らなその女性は、呉士盛に悲惨な死に方をした郭湘瑩を思い起させた。夫婦関係がよかったかは別として、ミナコは自分の妻と家庭を奪い去っていったのだ。ミナコが憎かった。殺してやりたいほどに憎かった。

木陰でピノキオの形をした法器に火をつけると同時に、彼は自分にこう言い聞かせた。小さい頃からちゃんとお祈りをしてきたんだ。観音さまだってお許し下さるはずだ。おそろしく素早く祠の裏手で火をつけた彼は、火のついた法器を祠と石の台座の隙間にそっと投げ込んだ。そして何事もなかったかのように祠の反対側に立つと、眼下の景色を眺めた。

よほどのアクシデントでもない限り、消防隊が駆けつけた頃には祠は灰になっているはずだ。登山客のなかに水筒を持っている者がいたところで、山風に煽られて燃え上がる火柱を消せるはずはなかった。

祠の前ではいまだにカメラに向かってポーズを取る人々が楽しそうに笑っていた。

誰も彼が仕出かしたことに気づいた様子はなかった。

そのことを確認すると、安心して他の登山者たちとともに登山口に向かって歩きはじめた。

悩んでいたことにようやくけりをつけられたせいか、その心はひどく軽かった。ここから眺めれば、タタカ登山口との間にある山道まで見渡せる気がした。それからふと、何かを思い出したように分厚い西山峰の頂を振り返った。

うん？

煙が上がってない……。

まさか消されちまったのか？

呉士盛の身体に緊張が走り、慌てて祠のもとへと走って行った。

頂に近づけば近づくほど、西山祠が無事であることが分かって来た。

信じられないといった様子で山頂を眺める呉士盛は、足を速めて山をよじ登っていき、自分が他の登山者たちとはぐれてしまったことどころか、足下に崩れやすい落石があることにすら気づかなかった。そしてそれほど危険でなかったはずの岩の上から足を踏み外し、あっという間に谷底へと落ちていってしまったのだった。

山腹を転げ落ちていく呉士盛の脳裏は真っ白になっていた。崖から墜落したことのない彼にはただ身体が何度も岩にぶつかっては下へ下へと沈んでいく感覚だけがあって、それに抗う力はまったく残っていなかった。頭に浮かんだ唯一のことと言えば——ああ、これで俺もおしまいか——といった自暴自棄な気持ちだけだった。

何度転げ落ちたことか、ようやく墜落が止まった。

身体を起こそうとしてみたが、五臓六腑がボコボコに殴られたようで動くことができなかった。くるぶしがひどく痛み、おそらく骨折しているようだった。後頭部も腫れていた。背負っていたリュックが尖った石の衝撃を遮っていなければ、おそらく命もなかったはずだ。

痛みが少し和らぐのを待ってから身を起こすと、現状を確認することにした。

さきほど転がり落ちてきた方向から察するに、ここはおそらく西峰と北峰の間にある岩の隙間なのだろうが、自分の予測が正しいとは言いきれなかった。転がり落ちるときに何度もひっくり返ってしまったのだから、方向も何もあったものではなかったからだ。正直、現状で唯一分かることと言えば「ここにはたくさん石が転がっている」ということくらいだった。

くるぶしを動かす。まだ動くぞ。しかし、もしも本当に折れているのだとすれば無駄に動くべきではなく、救援を待つのが正しい選択だった。そこで彼はポケットから携帯を取り出した。

電話で助けを求めようとしたそのときになって電波が拾えないことを知った呉士盛は、ようやく事の深刻さに気づいたのだった。

山上に向かって大声で叫んでみた。声が裏返るほどの大声で叫んだにもかかわらず、なぜか何の動きもなかった。

上にいるやつらはみんな耳が聞こえないのか？

チクショウ、バカ野郎ども！

自分がミスを犯したにもかかわらず、相手がそんな自分の危機を察知してくれないことを責めたてるやり方は、まさに彼の生存哲学でもあった。

心の中は罵詈雑言で溢れ、自分を見つけられない彼らはきっとろくな死に方はしないだろうと呪いの言葉をかけ続けた。そうすることで、彼は次第に冷静な判断能力を失っていった。

正午が近づいていた。山嵐が山の間から吹き込み、徐々に岩の狭間に倒れ込んだ呉士盛を覆い、その発見をより難しくさせていった。寒さで身体がガタガタと震えはじめ、一刻も早くここを離れなければ死んでしまうと思った。

痛みに堪えて立ち上がり、二、三歩足を踏み出してみた。まだ歩ける。しかし、呉士盛はすぐにまた転げ落ちた元の場所へ戻ってくるはめになった。そこには絶望しかなかった。

なんてこった……こんなもん、どうやって登ればいいんだ……。

ほとんど垂直の岩壁を前に何の道具もなく、しかも足に怪我まで負っている。こんな状態でいったいどうやってよじ登れというのだろうか？

霧がますます濃さを増し、周囲の岩場を覆い隠していった。最悪だったのは、空に乳房のように垂れ下がった積乱雲が現れたことだった。気象のことなど分からなかったが、あの深い灰色の雲を見ればすぐに土砂降りがやって来ることくらいは分かった。切り立った崖を探すと、何とか横になれる場所を見つけて、そこで静かに雨が行き過ぎるのを待つことにした。

思ったとおり、豆粒ほどの大きさの雨が降って来た。やがてそれは雨のカーテンへと変わって、最後には滝のようになっていった。

まずかったのは、雷まで落ちてきたことだった。

岩陰に身を隠す呉士盛は、寒さと大自然の恐ろしさのせいで震えが止まらなくなった。細く尖った木の枝に何度か雷が落ちた——最初は小さな放電にすぎなかったがやがてそこに青い炎が立ち、同時に轟々と音を響かせた。こうした光景は、山で遭難した人間の心をかき乱すのに十分だった。

溢れた冷たい雨水が薄いジャケットを急速に浸し、彼はぶるぶると震えた。

このままじゃ、凍死しちまう……。

カチカチと音を立てる歯音は、まるで死神のカウントダウンのように彼の脳裏に響いていた。

第五章

美奈子

きらきらと輝くタクシーが文心路（ウェンシンルー）にあるマクドナルド前に停車した。

タクシーから降りた郭宸珊（グオチェンシャン）は、トランクを引きずりながら、自分の身体がひどく疲れているのを感じた。

物別れに終わったあの晩、北京のホテルで一晩泣き明かし、翌日未明に一時間ほど眠ってから目を覚ました。携帯には夫から二十六件もの不在着信が残っていたが折り返す気持ちはなく、台湾へ戻るチケットを予約した。

これってつまり、私たちの結婚生活は二十六件分の留守電の価値しかなかったってこと……。

以前まだ二人が恋人同士だった頃、夫と別れる別れないといった大げんかをしたことを思い出した。その際、わざと連絡を絶った郭宸珊の携帯には百件を超える電話が掛かってきた。それだけでなく、夫は郭宸珊の家の近くにあった喫茶店に一日中座り込んで、家から出てきた彼女に土下座して謝るつもりでいた。

本当に関係を修復したいなら、昔と同じように空港で私を待っているはず……。

しかし、夫は現れなかった。もう当時のように、夫は自分のためにすべてを投げ出してくれるような男ではなくなっていた。郭宸珊は何にも邪魔されることなく北京を発ち、台湾へと戻って来たのだった。

　自宅のマンションの中庭を通りすぎると、ふとこの家に対して強烈な嫌悪感が湧き上がって来るのを感じた。中庭の噴水がある場所に立ち、ビルとビルの合間に見える真っ黒な建物を眺めた。これまでずっとそれを不吉だと感じていたが、いまになってその理由がようやくわかったような気がした。

　ああ、これは私の墓標なんだ……。

　それは市議会の新しい議場ビルであったが、郭宸珊のいる場所からは黒いガラスが幕のようにその側面を覆っているように見えた。スイスの著名な建築家がいる事務所が設計したものらしく、市民からの受けもよかったが、いまの郭宸珊からみれば自分を真っ暗な墓穴へと引きずり込むに十分な風貌をしていた。

　引っ越した頃、どうしてこのことに気がつかなかったのだろうか？　ここは屋根の高い大広間に豪華な応接間やオーディオルーム、贅沢な茶室にワインルーム、料理教室に美容センター、カラオケルームに麻雀ルーム、ジムに隠れ家的なスパまで頭がくらくらするほど魅惑的なものに囲まれていた。しかし、実際には一年も経たないうちにこうした夢は覚めてしまい、家族は離散し、自分ひとりだけがこの何も変わらない物質の城塞に残され、ただ死を待つだけになるということにどうして気づけなかったのだろうか。

　ネガティブな感情は徐々に郭宸珊の脳裏を閉じてゆき、光のない迷路のなかで出口を求めるように、しまいには心の奥深くに埋もれていた密室に突き当たった。密室からはひどく聞きなれた声が自分を呼び、郭宸珊はその扉を開けた。

復讐すればいいさ。

もともとあんたのものだったのを取り返すだけじゃない……。

郭宸珊は確かにその声を聞いた。

これは……誰の声？

長い間考えた結果、ようやくそれをどこで聞いたのかを思い出した。

それは実に美しいハプニングだった。

すでにあれから三年以上の月日が流れていたが、その日の情景はいまでも映画を見るように鮮明に思い出せた。セレブたちがあるバーのテラス席で腰を下ろし、日の光は頭上に広げられた巨大な日傘を通ってなみなみとつがれたケープコッドのグラスに突き刺さり、血のように赤い液体をさらに明るくきらめかせていた。


その声は郭宸珊の斜め向かいから聞こえてきた。全身をバーバリーの服で固めた女性が右手にグラスを掲げ、左手で優しく胸に抱いた赤子を撫でていた。その女性は子供ができる秘訣について話していた。唇が開き、鼻の孔が語気にしたがって収縮を繰り返しているあの得意げな表情をどうしても忘れることができなかったが、その気持ちを理解することもできた。もしもその赤ん坊がいなければ、夫は家族からのプレッシャーでとっくの昔に別の女を探してきて仲良くやっているはずだったからだ。

なるほど、烘爐地（ホンルウディ）に行ったんだ……。

女性は烘爐地の南山にある福徳宮で註生娘娘（チュシエンニャンニャン）（註：子供の神さまで、子宝に恵まれない信者たちが参拝に訪れる）に願ってようやく子宝に恵まれたのだという。すると、でもあれって陰廟（インミャオ）（註：

一般的な神さまではなく、不遇の死などを遂げた怨霊を祀っている廟）じゃなかったかしらと言う者がいた。それを聞いた女性は笑って答えた。「仮にそうだったとしても、ちゃんとお礼参りしておけばいいでしょ！」その後、別の女性が福徳宮は陰廟ではなく、「ナイトクラブ（墓地）」の近くにあるだけなのだと、受け売りした話でその誤解を解いていた。

するとと今度は若返りや夫の心を操る秘術などについて話しはじめる者が現れたが、そこでもまた烘爐地の名前が出た。何でも当地の霊験あらたかな法師を訪ねたところ、夫が改心して浮気相手と別れただけでなく、美容整形外科に行ってプチ整形するような必要もなくなったのだという。

当時はそれを笑い話として聞き流し、自分がそうした邪道を必要とする日が来るとは思ってもいなかった。わずか三年の間に、自分がそうしたレベルにまで堕ちていってしまうことになるとは思ってもみなかった。

スマホを取り出した郭宸珊は、林淑美（リンシュウメイ）の番号を探し出してコールした。

「もしもし？」

「淑美さん？　宸珊だけど」

「あら、何かご用？」

「いまお時間あるかしら？　ちょっと探して欲しい人がいるんだけど」

「いまから夫とスカッシュに出かけるところなんだけど、お急ぎかしら？」

「ええ、とっても」

「大丈夫？　お声がなんだかとっても――」

「大丈夫じゃないの。だからお願い」

「誰を探して欲しいの？」

「名前は忘れちゃったんだけど、旦那が化学塗料関係の仕事をしていたのは覚えてる——」

「化学塗料？　会社の名前は？」

　自分の名前と関係があったので、郭宸珊はその塗料会社に「宸」の字が含まれていたことは覚えていたが、具体的な名前はすっかり忘れてしまっていた。

「宸なんとか……忘れちゃった」

「宸の字が入ってる会社？　もしかして琇琴(ショウチン)を探して欲しいの？」

「ああ、そう、琇琴。電話番号はお持ちかしら？」

「ええ。すぐにメールで送るわ」

　電話が切れて十秒もしないうちに、林淑美から携帯の番号が送られてきた。その長い番号を長押しすると携帯の画面にメッセージボックスが現れ、電話、Face Time、メッセージ、連絡先追加、コピーの項目が現れた。

　しばらく悩んでから、郭宸珊は最終的に電話の項目をタップした。

＊

　車が東埔(ドンプー)に入ってからは、そこら中に崩れた山壁が目に映ったが、そのことは胡叡亦(フールイイー)に当時の惨状を思い起こさせた。しかし温泉街に近づけば近づくほど、観光地らしい商店や旅館が増えてゆき、単純な山間の景色は薄れていった。

車を下りると、急ぎ足で予約していた温泉旅館へ入っていった。車を駐めてスーツケースを引きずってきた夫が旅館に入ってきた頃には、胡叡亦はすでにチェックインの手続きをすませていた。二人は大きな荷物を部屋に置くと、小さめの鞄だけを提げて旅館をあとにした。

楽楽谷温泉に行くには八通関(バートングァン)古道を通ってゆくのが常道であったが、胡叡亦と夫は開高巷(カイガオシャン)の山道に沿って南へと向かった。道々に続く壁には、時折ブヌン族のトーテムとカラフルな絵が描かれていた。トンネルを一本通り抜けて、標識に従って斜面を登っていった。木製の路線図にはそこが古道の起点——東埔登山口であることが示されていた。

上り階段の隣には、ブヌン族のトーテムを彫り込んだ巨大な石柱があって、地面のプレートには古道の歴史なども彫り込まれていた。二人は無数の粘板岩を敷きつめた石段を登って、マチク林へとわけ入っていった。

地面には雨水を含んだ枯れ葉が散って、滑りやすくなっていた。旅館のカウンターにいたスタッフによると、昨日の午後に突然大雨が降ったらしく、必ず雨具を用意して出るようにと注意してきた。

しばらく歩いているうちに突然道が険しくなって、落石注意の看板も増えてきた。なるほど、ここがあの有名な父子断崖と呼ばれる場所か。沙里仙渓(シャーリーシェンシー)の断層がずれて山路の岩肌を粉々にしていたが、幸いにも他の歩道はまだ楽に歩くことができた。二人はすぐに最初の分岐点——楽楽谷温泉の分かれ道へとたどり着いた。

分岐点にある標識によれば、直進すれば雲龍滝に着き、雲龍滝をこえて先に進む者は申請書類を出さなければならないとされていた。しかし、胡叡亦には古道の風景を楽しむ気はなく、そのまま分岐点を右折した。歩道は急激に下降してゆき、その高低差は三百メートルほどもあって、場所によっては七〇度近い角度がある上に台風によって起きた地すべりのせいで、歩いて行くには相当危険であった。

二人は峻嶮（しゅんけん）な土石の道に沿いながら、「之」の字の形をした小道をゆっくりと踏みしめていった。数十分後には、陳有蘭渓（チェンヨーランシー）と楽楽渓の交差地点が見えてきた。

何とか坂道の突き当たりまで降りると、ようやく斧で削り取ったように壮麗な陳有蘭渓の峡谷が見えた。彼らは陳有蘭渓の右岸に沿って、昔貨物用のケーブルリフトに使われたと思われる廃棄されたワイヤーロープの台座の跡を通り過ぎていった。

「昔、古道の山荘はこの近くにあったんだって」

歴史と地物（ちぶつ）の変遷を研究することが好きな夫は、ケーブルリフトの遺跡を目にすると、いてもたってもいられないように興奮した様子で口を開いた。

古道山荘はまたの名を呉結（ウージェ）作業員休憩所とも言った。清朝時代に呉結という男の祖先がこの楽楽谷で開墾をはじめたが、呉結の代になると渓谷に二階建ての雑魚寝できる休憩所を建て、安い宿泊費でもって観光客をもてなしていたらしい。当時観光客たちは陳有蘭渓を跨ぐケーブルリフトに乗って鍾乳洞を見学できたそうで、登山者たちからはずいぶんと人気だったそうだ。そのために、山荘の内外にはどこも登山サークルの幟や記念の文字が書き込まれていた。

しかし、玉山管理センター設立後、国立公園警察と信義（シンイー）警察署分局の刑事たちは、呉結が許可を得ず勝手に営業を行っている上に小型の発電機まで設けて北峰の谷にある水力発電を利用し、脱税と過剰開墾の嫌疑があるとして彼を移送したために、古道山荘はその姿を消してしまったのだった。

二人は石に書かれた指標に沿って川を遡ってゆき、注意深く川底にある巨大な岩を跨いでいった。比較的水が深い場所では、膝にまで渓流の冷たい水がのぼってきた。

「着いた！」

胡叡亦は嬉しげに夫の方を振り向いた。左手に見える壁面からは水が流れていて、かすかに硫黄の匂いがした。

「これが温泉？」

「ああ。煙が見えるだろ？　ははは」

カラフルな図案の岩壁を見つけると、胡叡亦は靴とソックスを脱いで、岩の上に腰を下ろしてお湯の中に足を浸した。

「気持ちいい！」

夫も大きな岩を探してその上に腰を下ろした。服が濡れることもいとわずに、彼はそのままお湯の中へ飛び込んでいった。

さすがに渓流に削り取られた峡谷だけあって、両側には登ることの難しい険しい岩壁がそそり立っていた。

胡叡亦は思わず、当時美奈子（みなこ）がこの岩壁の上に閉じ込められて、動けなくなっている情景を想像した――それを見つけたブヌン族もきっとずいぶんと頭を痛めたことだろう。

「そうだ。ここに来たのは美奈子のあの新聞記事が理由だっけ……呪いを解くとか言ってたけど……いったいどういう意味なんだ？」

「私の考えでは、美奈子はわざと登山隊から脱落してここにやって来たんじゃないかって思ってるんだ」

「わざと脱落した？　何のために？」

「おそらく、触っちゃいけない何か不浄なものに触れてしまったんだと思う……もしかしたら、それは誰かの死や葬儀だったのかも。どちらにせよ、美奈子は直接山頂に行くわけにはいかなかった。そこには祠があったから」

「なるほど……けどそれが呪いとどんな関係があるんだ？」

「神社にはどこも手水舎があって、参拝者が不浄を洗い流すようになっているでしょ？　きっと美奈子は自身の身体の不浄を洗い流す必要があった。ところが、逆に祓うべきあの呪いの声まで、連れてっちゃったんじゃないかな」

「つまり……禊をしたってこと？」

「ミソギ？　何それ？」

「手水舎まで知ってるんだから、てっきり禊も知っているかと思ったよ。神社にある手水舎っていうのは、簡潔化された禊なんだ。分かりやすく言えば、禊は水を使って自分の身体を清め、不浄を洗い流すんだ。以前『古事記』を読んだことがあるんだけど、記憶に間違いがなければ、イザナギノミコトは黄泉（よみ）の国で死のケガレに触れてしまったために、筑紫の日向（ひむか）の国で禊の儀式をしていたはずだ」

「それは知らなかった……つまり、美奈子はこの温泉で禊を行ったってこと？」

「禊には色々な形式があるんだ。手水舎以外にも水行や滝行、水垢離（みずごり）や寒垢離（かんごり）なんかもある……

君も映画なんかで滝の下で修行する人を見たことがあるだろ？　あれがいわゆる滝行で、禊の一種なんだよ」

「なら、温泉にも禊の効果ってあるの？」

「もちろん。日本の浴場と温泉文化は禊と関係があるんだ。まだ温泉がいまほど普及していなかった時代、一般民衆は『参拝』を口実にしてしか温泉に浸かることはできなかったんだ」

「ということはつまり……」しばらくの間考え込んでいた胡叡亦が口を開いた。「美奈子がここに来た理由もやっぱり……」

「ええ」

「病院で起こった事件とも関係があるの？　例のズーズーとかいう患者？」

「なるほどね。君は本当にズーズーが死んじゃうんじゃないかって思ってるわけだ」

「どういう意味」

「別に。ただ驚いただけさ。まさか君がこんな話を信じるなんて」

「私はただ――」

「昔の君は占いすら信じなかったじゃないか。今度のことはそれとどこが違うんだ？」

「どこが違う？」

夫からそう言われると、確かに自分がその点について考えてこなかったことに気づかされた。どうして自分は今回に限って……この世界に幽霊がいるなんて信じてしまったのか？

「きっとあの人たちを信じているからだと思う」

「誰を信じてるって？」

「ずいぶん長い間精神科の病院で働いてきたけど、あの人たちはこの社会で一番嘘がつけない人たち。だからきっとその声は存在するんだと思う」

「だけど彼らには精神的な問題があって、幻覚の類じゃないとは言い切れないだろ？　つまりよく言われるあれだ……幻聴症状？　医者だってきっとそう診断したんだろ？」

「幻聴なんかじゃない。それだけは確か」

「君にそんなふうに言われれば、そうじゃないかって気もしてくる。世の中には霊感を持っていて、幽霊を見ることができる人間だっているから。その声を聞いて精神状態を惑わされることだって……それほど不思議じゃないのかもしれない。他の場所も見てまわる？」

温泉には十分浸かったので、夫について雲龍滝一帯を見て回ることにした。濡れた衣服と靴は吹き付ける風で自然に乾かすことにした。正午近くになって、二人はようやく旅館へ足を向けた。

胡叡亦と夫は旅館近くで原住民料理を提供するレストランを見つけた。休日でもなく、また食事の時間も過ぎてしまっていたので、レストランには彼らしかいなかった。

食事を終える頃になって、胡叡亦はブヌン族らしき老婆がレストランの入り口に腰を下ろしているのに気づいた。その目は遠い山林を眺めていて、何を考えているのか分からなかった。

「もう九十一歳なんだ。見えないだろ？」

さきほど食事を運んできてくれた店長と思しき中年男性が親しげに話しかけてきた。店長の言葉を聞いた胡叡亦は確かに不思議だと思った。原住民の平均年齢から考えると、この老婆はひどく長寿だった。

「あなたは？」

「あのばあちゃんの息子だよ」

原住民の朗らかな声を耳にした胡叡亦はうれしくなった。

「お母さん、ずいぶん健康なのね」

「ああ、昔はよく山道を登っていたから。それで身体が丈夫なんだ」

「よく山道を登っていた？」

「日本人がいた頃、俺のhudasmumu（ひいじいちゃん）がここに越してくる前、日本の駐在所で警丁をしていたらしくて、よく水里（シュイリー）と観高（グァンガオ）の間を行ったり来たりしてたんだ。おふくろはそれについて一緒に走り回ってたってさ……何にせよここいらの道や八通関の古道なんかについては、おふくろに聞けば間違いないよ」

当時日本政府が行った原住民の集団移住計画について、知らないわけではなかった。霧社事件以降、日本人は台湾の原住民たちを厳しくコントロールするために強制的な移住政策を実施した。昭和九年、警務局理蕃科は「蕃人移住十ヵ年計画」を作成し、それによって「郡大社蕃脱出事件」が発生した。新高郡の蕃地も現在の信義郷（シンイー）にあたり、集団移住政策が徹底された地区のうちのひとつだった。郡大社の多くの氏族や集落では、祖先が暮らしていた土地から現在の東埔村と羅娜（ルオナァ）村などへ移り住むことを強制されたのだった。店長が口にした「ここに越してくる前」とは、おそらくそうした集団移住政策のことを指しているのだろう。

「警丁って？」

「まあ、雑用係みたいなもんだよ。使いっ走りをしたり、手紙を運んだりするんだ。あんたも知ってるようにさ、あの頃の俺たちはそんなことばかりやらされてたんだ。やれ道を直せだ山におぶっていけだ。どれも俺たちが一番やれそうなことだろ」

　口調こそ軽いものだったが、胡叡亦はそれでも彼が原住民の強いられてきたその社会的地位に不満を示しているのだと感じた。

「おふくろは退屈で死にそうなんだ。興味があるなら話し相手になってくれないか。俺は皿洗いしてるから」

「ええ、そうさせてもらう」

　会計をすませた夫は旅館に戻ってひとっ風呂あびて休みたがっていたので、胡叡亦が一人だけレストランに残ることになった。レストランの入り口で腰掛けを見つけると、老婆の前に腰を下ろした。その顔には深いしわがあったが、皮膚が浅黒いせいか見た感じは若々しかった。ただし、手の甲の皮膚はしわが目立ち、かなりの高齢であることが見て取れた。

　胡叡亦に気づいた老婆はわずかに微笑を浮かべた。二本の深いほうれい線は今朝踏破したばかりの渓谷を思い起こさせた。

「おばあちゃん、こんにちは」

「はい、こんにちは」

　老婆の返事に胡叡亦は再び驚いた。この年齢の原住民の老人がこれほどきれいな中国語を話すとは思わなかったのだ。しかも、頭もずいぶんはっきりしているようで、平地の若者となんら変わりなかった。

「おばあちゃん、ずいぶんお元気なんですね。さっき息子さんから九十いくつになるって聞いたんですが、おばあちゃんは私が知っている若いブヌン族の友だちよりもずいぶん健康に見えますよ」

「ああ、そう……あなたは誰と知り合いなの？」

胡叡亦は一瞬悩んだが、ブニの名前を出すことはやめた。

「アピンと知り合いです」

アピンとはズーズーの原住民名だった。

「後ろの名前は？」

老婆が言っているのは、おそらく氏族の名前なのだろう。

「ちょっと分からないです」

「Islituan？　Tansikian？　Manququ？」

老婆は続けざまに胡叡亦には分からない名前を三つ口にしたが、胡叡亦の表情を見てすぐに質問を続けても無駄なのだということを理解したようだった。

「いいのよ。ここには遊びに？」

老婆にそう問われて、思わず答えに詰まってしまった。

遊びに来たって言えなくもないかな？

でもどちらかと言えば、個人的な調査と言った方が正しいかもしれない。

しかしこうした答えはあまりに現実離れしていたし、老婆が自分のことを警察だと勘違いしてしまう可能性もあった。

「ええ、温泉に浸かりにきたんです」

「それなら、dah-dah-han には行った？」

胡叡亦は「dah-dah」というブヌン語を知っていた。それは動物が舌で食べ物を舐めるという意味だった。楽楽谷温泉には温泉に含まれる鉱物を舐めるために、動物たちがしばしば現れていた。そのために「dah-dah」には温泉という意味も含まれていたのだ。老婆が指しているのは、きっと楽楽谷温泉のことなのだろう。

「行きました。今朝入ってきたばかりで、気持ちよかったです」

「いまは雲龍（ユンロン）滝の後ろには行けなくなってるんだってねえ。おしいことさ……山を越えたところには、美味しいタマリロがなっているんだ。昔はよくそこまで行ったんだよ」

老婆が言っているのはおそらく郡大林道の後ろにあるあの樹林のことなのだろうが、そこは台風や地震のせいで岩壁がすっかり崩れてしまい、曲がりくねった小道と補助ロープを使ってようやく進むことができる場所だった。おそらく玉山管理センターとしては、登山者たちが危険な目に遭わないように、入山管理制度を採ることにしたのだろう。

「そうなんですか。だけど私はおばあちゃんみたいに体力がないから、きっと登っていけないですよ」

「そんなことないよ。たくさんの人がwulitu（山枇杷のなる地）で火を熾（おこ）してるんだ。それに、楽楽山小屋も。昔行ったことがあるけど、あの頃はまだ日本人の駐在所だったかな」

楽楽駐在所だ。

当時、美奈子は八通関に繋がる山道の分かれ道でブヌン族に見つけられ、楽楽駐在所まで送り届けられた。昔この分かれ道は、楽楽駐在所の警察官たちが山を下りて温泉に入るための道だったが、いまでは雨風にさらされてすっかり通れなくなってしまっていた。しかし、駐在所の方は楽楽山小屋に改装されていた。何度かの修理を経て更に給水塔も新しくなり、登山者たちが泊まることのできる避難場所に変わっていた。

老婆が楽楽山小屋について話すのを聞いた胡叡亦の頭に、ふとある考えが思い浮かんだ。九十一歳であるならば、昭和八年に老婆は七、八歳だったわけだ。もしかしたら美奈子の神隠し事件について何か覚えているかもしれなかった。

「おばあちゃん、美奈子（メイナイツ）って知ってますか？」

「美奈子？　誰だい？」

笑って諦めようとしたときに、ふと当時彼らは日本語でしゃべっていたことを思い出した。日本人はカタカナを使ってブヌン語の言葉を置き換えていた。ブヌン族もブヌン語の単語をその音に似た日本語の発音にのせて話していたのだ。

「ミナコ。知ってますか？」

老婆は眉間にしわを寄せた。

「ミナコ……」

老婆の表情が沈思から疑惑、懐疑から驚きへと変わっていくのが分かった。複雑な顔の筋肉の変化から、老婆が記憶の最も深い部分からその湿った名前を拾い上げてきたのが分かった。

「ミナク。あんた、ミナクのことを言ってるのかい？」

発音が少し違っていたが、すぐにブヌン族の言葉の中に「美奈子」の日本語にあたる音がないせいなのだということに気がついた。

「はい。日本人の女の子で、昭和八年に新高山に登って失踪した子です」

「………」

突然顔をそむけた老婆の表情は、ひどく沈み込んでいるようだった。

「おばあちゃん、どうしたんですか？　気分でも悪いんですか？」

老婆の顔からサッと血の気が引いていくのを見た胡叡亦は思わず心配になって尋ねたが、老婆はそれには答えずに、別れの挨拶もなく建物の中へと消えてしまった。胡叡亦はひとりレストランの入り口に残される形となってしまった。

しかし、老婆がこうした謎の行動をとればとるほど、何か人に言えない秘密を隠しているのだと思えてきた。そこで胡叡亦は無礼を省みずにレストランの中まで老婆を追いかけていった。

「おばあちゃん！　……おばあちゃんどうしたんですか？　私、何か言っちゃいけないことを言っちゃったんですか？」

老婆はゆらゆらと揺れる足を止めると、手で腰を押さえながら心配そうに胡叡亦を見つめていた。ずいぶんと経ってから、老婆はようやく口を開いた。

「もうこれ以上は何も聞かないで！」

老婆の強い口調に驚いてしまったが、精神状態がますます不安定になっていくズーズーのことを思い出し、気持ちを奮い立たせて自分の悩みを直接口に出すことにした。

「おばあちゃん、知っていることがあれば教えてくれませんか？　アピンが……ずっと自分はミナクに殺されるって言ってるんです……」

老婆は垂れさがったまぶたをかっと見開き、そこからは黄色く濁った暗い白目の部分が見えた。その態度から、老婆が美奈子について何かを知っていることが確信できた。

ゆっくりと近くにやって来た老婆は、テーブルの下からプラスチックの腰掛けを引っ張り出すと、肘をついて頭を抱えた。

「ミナク……あの子はまだ生きているのかい？」

「は？」

「当時、hahanup（ハンター）があの子を助けてから、tumuku（首長）と taini-uni（長老たち）が夜に palihansiap（会合）を開いて、ミナクを Hasisiu（派出所） の tamu-ungan（警察） に送り届けることを決めたんだ。uvaaz（子供） は近づいちゃいけないって。この子は hanitu（悪霊） だからって……」

話のなかにいくつもブヌン語を挟んできたので一瞬老婆が何を言っているのか理解できずにいたが、前後の文脈を繋げればなんとなく言いたいことを理解することができた。それに、最後の言葉ははっきりと分かった――何にせよ美奈子は悪霊であって、だからこそ老婆は当時現場から離れるように指示され、美奈子に近づいてはいけないとされたのだ。

「ミナクは本当に hanitu だった……。だけど、バイスは言いつけを守らずにこっそり taluhan（小屋） にミナクを見に行ったんだ。三日後にバイスは latuk の声を聞いて山の中へ駆けて行って、そのまま戻ってこなかった……」

「latuk？」

「ああ、latuk さ」

スマホを取り出して、「lato」や「lado」で始まる言葉を探してみたが、関係する情報は見つからなかった。しかし、胡叡亦は老婆の語尾が少しだけ短くなっていることに気づいた。澄んだ舌根音があって、おそらく子音の「k」の破裂音のように思えたので、検索欄に「latok 音」と入力してみた。

　すると、ネットに「弓琴（きゅうきん）」という文字が現れた。タップすればそれは竹で作った弓の一種で、細いワイヤーを弦にするブヌン族の楽器であることが分かった。

　演奏時には琴の一端を口に咥えて左手で弓を持ち、右手で弦を弾けば抑揚のある音が流れるのだった。

「だけど、分からないんです。どうしてあの子は――ミナクはhanituと呼ばれたんでしょうか？」

「ミナクがhanituだったわけじゃない……あの子にはihdian（痛み）もkainaskalan（喜び）もなかった……bunun（人）じゃなかったんだ……」

「おばあちゃん、hanituって何ですか？」

「私たちには二つのhanituがあって、ひとつはここに、もうひとつはここにあるんだよ」老婆はそう言いながら、代わる代わる左右の肩を叩いた。「こっちがmakwan hanituでこっちがmashia hanitu。makwan hanituは人間を悪くさせて、怒りや貪欲、ケンカをさせるんだ。mashia hanituは人間をいい人にさせて、他人を助けたり、誰かを愛したりすることができる。けどミナクは……そのどちらもなかった」

「どうして？　ミナクはいったい何をしたんですか？」

　老婆は頭をふった。

「あの子のtama（父親）がhanituを持って行ってしまったんだ」

「hanituを持って行った？　バイスも同じだったんですか？　ミナクに持っていかれた？」

「タイニ・ウニは、matisnanulu（夢占い）だって言ってた。眠ってからhanituが身体を離れて色んな場所に遊びに行ってしまって、夢のなかで見たことが全部……バイスは眠った後、hanitu が消えちゃったんだよ」

胡叡亦は初めて matisnanulu（夢占い）という言葉を耳にした。前後の文脈から判断するに、おそらくバイスは夢遊病に似た症状に罹って、二度と戻ってこなかったのだろう。老婆のその表情から、ひどく傷ついていることが見て取れた。

階段の下で呆然と立ち尽くしていた胡叡亦は、一歩一歩階段を上っていく老婆を見送った。暗がりで依然として壮健な影が階段を上ってゆき、胡叡亦の視界の外へと消えていった。その表情はぼんやりとしていて、伝統が徐々に遠ざかり、ただ伝説だけが残っていくのを眺めているかのようだった。

*

焼けつくような日差しのせいで、岩場全体が焦がされていた。目醒めたときには服はほとんど乾いていたが、昨日雨の中で半日を過ごしてしまったので身体からは体温が失われ、頭がズキズキと痛んで喉の調子もおかしかった。

再び直角に切り立った岩壁をよじ登ろうとしたが、補助とすべきハーケンや斧どころか、縄すら手元にはなかった。

電波が届く場所が見つかればなんとかなるんだ……。

スマホのバッテリーを調べてみると、まだ五十パーセントほど残っていた。故障もしておらず、正常に動いていることは不幸中の幸いだった。携帯を片手に岩場を歩き回り、何とか電波が届きやすい場所を探し出そうとしてみた。

知らず知らずのうちに北に向かって五百メートルほど移動すると、前方に渓流が流れていることに気づいた。

川だ！

呉士盛（ウーシーシェン）の気持ちは思わず奮い立った。渓流があるということは、必ず近くに民家があるか、少なくとも川下りをする登山者と出会えるはずだった。そこで、川に沿って道を下っていくことにした。

しかし、その目論見は間違っていた。今日が平日であることを忘れていたのだ。歩けども歩けども登山者に出会うことはなく、渓流に足をつけて歩く彼は、かえってようやく乾いた服を再び濡らしてしまう結果となってしまったのだった。

やがて、二キロほど川を下ったところで分かれ道に着いた。

しばらく迷った後、彼はコンパスを取り出して、最終的に東に向かって進むことにした。玉山西峰は渓流の西側にあるはずで、西側に向かって歩いていけば再び山道を登らなくてはならなくなるか、滝に突き当たって登っていけない可能性があったからだ。

しかし、この賭けは完全に失敗した。

地形が徐々に険しくなっていくにつれて、どうやら自分が道を誤ったことに気づきはじめたが、己の間違いを認めるのが遅すぎた。枝を摑みながらいくつもの川を渡ってきたために、すでに同じ道を引き返すことはできそうになかった。

こうなると、引き続き前に進んでゆき、山の向こう側に集落があることを期待するしかなかった。

空がだんだん暗くなってくると、さすがに緊張しはじめた。頭の中は山で迷ったらどうなってしまうのかということでいっぱいだった。鳥の鳴き声と獣が移動するときに発する音に何度も驚かされるなかで、ますます混乱を深めていった。

木々の隙間から暗い橙色に変わった空を見上げると、自分が間違っていたことをいやでも思い知らされた。今夜、山中で一晩過ごすことは間違いなかった。途中で乾パンを口にしたが、それでもひもじかった。山には熊もいるらしいのに、手元にある唯一の武器と言えば万能ナイフ一本だった。不安のあまり思わず泣き出しそうになった。今晩無事に過ごせる気がまるでしなかった。

林に落ちている枯れ木を拾ってきた彼は、岩壁に背をもたせかけて火をおこすことにした。ライターに指をかけると、自分がもうずいぶん長い間タバコを吸っていないことに気づいたが、意外だったのはタバコを吸いたいといった気持ちがまるで起こらないことだった。

火があれば、動物たちも近寄って来ないだろう。

彼を驚かせたのは、自分がこの時ほど切実に生きたいと思ったことがなかったことだった。

空腹ではあったが、あと二、三日ぶんの食料は必要だった。そこで朝汲んでおいた川の水を飲み、胃袋を膨らますことで満腹感を得ようとした。

徐々にではあるが、呉士盛は山の雰囲気に慣れはじめていた。

一定の間隔で聞こえてくる虫の鳴き声に時折強く吹き付ける山風、それに骨身に染みる空気、それらすべては彼が街でタクシーを運転しているときには感じられないものだった。

彼は風に揺られて不断に変化する炎を見つめていた。燃え上がる木炭の匂いを勢いよく吸い込むと、ふと安心感を覚えた。郭湘瑩と娘が自分のそばにいるような気がした。一家そろって一緒にキャンプファイヤーを囲み、ただ無為にのんびりとした時間を楽しんでいるような気がしてきたのだ。

ぼうっとしていると、ふと何者かの視線を感じた。燃え上がる焚火を挟んで、誰かが自分を見つめていた。

彼は慌てて顔を上げた。

するとそこには、とび色の和服を着た女の子がいた。

青白い顔に純然たる黒い瞳。その瞳からは虚無以外のなんの感情も感じ取ることができなかった。

「……お前は？」

「ミナコデス」

え？

ミナコ?!

呉士盛は驚きのあまり後ずさりしたが、ミナコはこちらに近付く気配を一切見せなかった。

こいつは、まるで空気みてえだな。

「俺を……殺しに来たのか？」

彼の問いかけに、ミナコは答えなかった。二人は同じ姿勢を維持したまま、焚火を囲んで暖を取り続けた。

本当にこいつがミナコなのか？

目の前にいるのはただの人畜無害な少女にしか思えず、なぜ郭湘瑩があれほど恐れていたのか理解できなかった。

それどころか、身体が何かの影響を受けているのか、ミナコが自分のそばにいてくれることがむしろいいことのように感じられてきた。

再び焚火に枯れ木を加えると、火の勢いは風によってさらに激しさを増していった。

彼はゆっくりとまぶたを閉じた。両手と両足を伸ばして、身体の疲れをほぐすと、そのまま夢の世界へ落ちていった。

翌朝、冷たい風に目を覚ました。

焚火は消えて、ミナコは影も形もなくなっていた。クッキーをひとかけら食べると、夜明けの薄明かりの下、再び歩みを進めた。

山の地形が変わっていた。足下の砂利道は下りの山道へと変わってゆき、やがて平らになっていった。「崖崩れ　通行禁止」の標識を越えると、前方にひどく落ち窪んだ場所があって、しかも風でなぎ倒された枝と幹が道の真ん中に横たわっていた。その崩れ具合から、道によっては西峰をよじ登ったときと同じように、岩壁に張りついてゆっくりと足を運ぶ必要があることが分かった。

岩壁を越えると、崖崩れを起こした渓谷へとたどり着いた。近くに距離を示す標識が立っていた。彼はきっとこの近くで登山者に遭遇し、この山から抜け出すのを手助けしてもらえるはずだと思った。

腐食した木の階段で一休みすると、思い切って赤い金属で作られた危げな橋を渡りきった。橋の床板はすでに抜けており、いつ崩れてもおかしくなかったが、彼はツイていた。橋を渡り切った後、砂利だらけの禿げ上がった荒れ地へやって来たが、その前方は開けた草原になっていた。草原にある石の展望台のそばに渓流があるのを見つけた彼は、そこですぐに水分を補給した。

この時刻、太陽はすでに空高く昇っていた。スマホを取り出すと、バッテリーは三分の一ほどしか残っていなかった。すでに山間部を離れたはずなのに、電波が届く場所を見つけることができないどころか登山者と出会うこともなく、彼の気持ちはひどく落ち込んでいった。

とにかく、前進するしかなかった。石段に沿って川に入り、上流にある石の橋脚に向かって歩き続けた。石段には先ほどの道と同じようにたくさんの木の枝や幹が倒れて、ひどく歩きにくかった。渓流を渡ると、彼は踏みしめられた獣道に沿って上流へ向かった。獣道の幅が広くなるにつれて、自分が正しい道を歩いているのだと思うようになっていった。

心の中でそう思っていたが、背の低いニイタカヤダケが密集した竹林に足を踏み入れてからは、山道は再び下り坂へと変わっていった。

ふと竹林の中に一人の男の影を目にしたような気がして、慌ててその跡を追った。男の影は切り倒された木々の間をすり抜けてゆき、木炭を焼く土窯の辺りで消えていった。

なんだ……あっという間に消えちまったぞ。

そこは木々が密集して外から日の光が入ってこなかったために、ひどく薄暗かった。腰を落として林の中に入ると、辺り一面にニイタカヤダケと玉山ツツジの樹が生えていて、窪んだ溝を通って潜り抜けていくしかなかった。

水の流れる音が徐々にはっきりと聞こえるようになってきた。呉士盛は足を速めた。地面にはお碗の欠片や石ころ、それにトタン板を積み上げた簡易式の竈があった。

きっとさっきのやつが残していったんだ！

呉士盛はその男がここでキャンプをしていたのだと予測した。さっきは小便か何かをしていて、次の目的地に向かっていったのだろうと思った。そう思いながら渓流を跨ぎ越え、坂を上ってその跡を追った。

またお碗の欠片？

ある疑念が心に浮かんだが、きっと男がうっかり割ってしまったものだろうと思うことにした。稜線を回ると、勾配はやや緩やかになっていった。分かれ道に着くと、再び木炭の窯があった。

どうする……どっちを選ぶ？

右の道を選びたくなかった。そこで、彼は左手にある坂を上っていった。乱雑に生い茂るニイタカヤダケと倒れた樹をかき分けていくと、獣道は徐々に狭まってゆき、それ以上男のあとを追うことはかなわなくなってしまった。向こうに平たい大きな石を見つけた彼は、道々小石で木の幹にマークをつけながらそちらに向かって進むことにした。

なんだ？

前方には廃棄された鉄の階段があった。この辺り一帯にはニイタカアカマツとニイタカヤダケがたくさん生えていて、鉄の階段のある辺りだけは普通に歩けそうに見えた。坂を上がると、石を積み上げた堤と高く聳える石壁があって、あちこちに塹壕（ざんごう）のように長く伸びた窪地が見えた。

そのとき、再び例の人影が通り過ぎるのを見た呉士盛は、慌てて大声で叫んだ。

「おい！　ちょっと待ってくれ」

しかし、その人影は振り向きもしなかった。

呉士盛はすぐさまその場から駆け出した。

彼は玉山ツツジの幹を摑むと、えいやと砕石の敷かれた高い坂によじ登った。するとそこには巨大な岩を積み上げたような坂道が現れた。

そこらじゅうに人の形跡があるのに、なんだって人っ子ひとりいないんだ！

彼はひどく落胆した。堤と砕石を乗り越えて石段に跳び上がった彼は、石段の隙間から伸びていた玉山ツツジの枝に引っかかってひっくり返りそうになってしまった。しばらく坂道を進むと、ふと何かが腐ったような悪臭が漂ってきた。

くせぇ！

口と鼻を覆ったが、臭いがあまりにも強烈であったために、続けざまに酸っぱいものを吐き出してしまった。

もともとその場からすぐに立ち去るつもりだったが、どう考えてもおかしいと思った彼はその臭いのもとをたどるように二メートルほどの長さの排水溝のそばまでやって来た。そこには水色のジャケットを着た男が二つの石板に挟まれるように倒れていた。黄色く濁った水が排水溝に溜まり、ゆっくりと流れ落ちていた。

とうとう耐えきれなくなって、すぐそばで嘔吐した。ほの白い胃液が強烈な酸っぱさを放ち、遺体の腐乱した臭いと相まって彼をますますたまらなくさせた。

すぐにもその場から離れたかったが、死体が背負っているリュックを見つけてしまった彼は、中に食料が入っているかどうか調べなければ、夜になって腹が減ったときに絶対に後悔するぞと己に言い聞かせた。

軍手をはめると慎重にリュックのチャックを開いて、中にあるものをひとつひとつ取り出していった。

リュックには食料の他にも地図にガスコンロ、調理器具にヘッドライト、ラジオにカメラ、それに寝袋まで入っていた。死人のものを使うのは気が引けたが、飢えへの脅威と生存への執着から、やはりそれらを持って行くことにした。遺体に向かって三度手を合わせると、すぐさまその場から離れた。

なんだってまたあんな場所で死んじまったんだ?

どうにも分からなかった。食料だって十分あったし、獣に襲われた形跡もなかったのにあんな死に方をするなんて。ましてや、大の男が幅二十五センチほどの溝に落ちてしまうなんて。それにおかしいのは場所だけではなかった。不注意で転んでしまったとしても、リュックに圧し潰されて這い上がれなくなるなんてことがあるのだろうか?

死体から奪ったツナ缶を食べながら、そうしたことについて考えをめぐらせていた。

まさか、俺も……。

直接死体を目にしたためか、自分も同じ目に遭うのではないかと想像してしまった。呉士盛は地図を取り出した。何にせよ、とにかくこの山から抜け出す道を見つけなくてはならなかった。昨日は携帯の電波が届かず、参考にできるような地図もなかったから迷ってしまったが、いまはこうして地図もある。きっと下山できるはずだ。

地図は「二万五千分の一」の玉山群峰の縦断図で、その下には玉山南峰、東峰に南玉山の高低差が示されていた。地図を見る限り、呉士盛は自分が西峰から滑り落ちた後、北峰の方向に向かって前進したために、村や集落を見つけられなかったのだろうと判断した。

彼はすぐさまさきほどの草原らしき場所にあたりをつけた。おそらくそれは八通関大草原だった。自分が横切ってきた渓流から判断するに、おそらくすでに荖濃渓（ラオノンシー）支流の南側の岸までたどり着いていて、東側にあと少し進めばバナイコの山小屋に着けるはずだった。通常そこは登山者たちのキャンプ場だったので、きっと彼をこの山から連れ出してくれる人間に出会えるはずだった。

石段の崩れかかった土石を避けながら、彼はおそるおそる坂を下っていった。ニイタカアカマツの太い幹を横目にのぼると、「之」の字の形をした道に沿って歩き、数えきれないほどの数の石段を下っていった。排水溝を越えると、岩壁に水の流れる場所までやって来た。一番高い場所から下を望むと、荖濃渓の川底を俯瞰することができた。

泥水のたまった窪地と短い渓道を過ぎた後、地図を頼りに上流に向かう坂を歩いてゆき、松林へと足を踏み入れた。地面がひどく滑りやすかったせいで、ずいぶんと体力を消費してしまった。

空が再び暗くなりはじめていた。

携帯を見ると、すでに日没に近かった。彼は足を速めた。そしてようやく八通関大山の登山口東側へとたどり着いた。様々な苦労を経て稜線を越え、バナイコの山小屋を見つけ出したのだった。

うん？

バナイコの山小屋を目にした呉士盛は、ひどく落ち込んでしまった。

これが山小屋か⁈

目の前にあるバナイコの山小屋は、おんぼろのプレハブ小屋に過ぎず、外の壁には黄色いペンキが塗られ、落書きまでされていた。扉もなく出入り口は空きっぱなしで、誰も住んでいないことは一目瞭然だった。

渓流にかけられた桟橋を渡ると、山小屋の中を覗いてみた。

やっぱり誰もいねえか。

山小屋はひどく乱雑で、異臭が辺り一面に立ち込めていた。あるいは、この中で用を足した登山者がいたのかもしれない。木板にドラム缶、木の切り屑にビニールシートが一面に散乱し、壁には一面修理した跡があって、日の光がそこから差し込んできていた——。

これのどこが山小屋なんだ！

苦労して見つけた山小屋は、どうしようもないほどひどい場所だった。

彼が想像していた山小屋とは電気や水道が通っていて、真っ白なシーツの上で十分な休息が取れる木造の小屋だったのだ。

何よりひどかったのは、ここでも電波が届かないことだった。

スマホのバッテリーは十三パーセントしか残っておらず、赤い警告色に変わっていた。

「クソったれ！　ぶっ殺してやる！」

騙されたと思った呉士盛は、思わず大声で怒鳴り声を上げた。

今夜はこんな場所に泊まらなきゃいけないのか……？

唯一喜べたのは、今晩は寝袋の中で暖を取れることだけだった。寒がりというわけでもなかったが、山の中で薄手のジャケット一枚で一晩中冷たい風に吹かれると、すでに中年になった身体にはずいぶんこたえるはずだった。

昨日よりも寒そうだ……。

空はすでに墨を垂らしたような紫色へと変わっていて、巻雲の薄い幕が空全体に広がっていた。雲は徐々に厚みを増し、レンズのような形をして月のまわりに光の輪を作り出していた。時が経つに従って暗さは深まってゆき、雨が降り出しそうな気配がしてきた。彼はもう、これ以上山歩きをすべきではないと判断した。

どれだけひどい山小屋だろうと、風よけくらいにはなった。木の切り屑とドラム缶を蹴とばして寝場所を作った呉士盛はそこに寝袋を広げた。寝袋に向かって手を合わせた彼は、三度拝んで急いで寝袋の中に入って行った。一刻も早く、暖かい寝袋の中で朝になるまで眠りたかった。そしていったい幾度目のことか、明日こそは必ず山を下りるのだと自分に言い聞かせるのだった。

夜の八時頃、激しい雨が降った。大量の雨水が破れた屋根から漏れ落ち、まるで水道をひねったように小屋の中に流れ込んできた。ふと破れた風よけが鳴らす音で目を覚ました。寝袋の下半身の部分がすでに水に浸かっていて、冷たさのせいで足の感覚がほとんどなくなってしまい、わずかに麻痺したような痛みしか感じなくなっていた。

慌てて寝袋から抜け出すと、靴と靴下を脱いだ。すると自分の足の指がすでに軽い凍傷に罹っていて、ソーセージのように腫れあがって、青紫色の斑点が浮かんでいることに気がついた。

軽く触れてみると、深く鈍い痛みが伝わって来た。驚いた彼は慌ててズボンを絞って乾かし、足の上にズボンを引っぱった。ズボンの温かさで、指がもとの状態に戻ってくれることを期待したのだ。

　しかし、靴下を履き直そうとすると、腫れあがった指が邪魔をした。結局歯を食いしばって、無理やり足を靴下に突っ込むしかなかった。

「あう、ああ！」

　痛みのあまり泣き声を抑えることができなかった。横になった状態で低く呻きながら、身体が徐々に痛みに慣れてくるのを待った。

　ようやく痛みが過ぎ去って、痛みへの警戒を解き、一呼吸しようとしていたそのとき——。

　とび色の和服を着たミナコが、山小屋の入り口で自分をジッと見つめているのに気づいた。

　この瞬間、呉士盛はいま自分の目の前に立っている「もの」が人間ではないのだと確信した。なぜなら雨水はその身体を穿ち、まったく弾かれていなかったからだ。

　しかも、今回のミナコは前回のように人畜無害な存在ではなさそうだった。彼は「この」ミナコの背中に邪悪な黒い光の輪が燃え上がっているのを感じた。極度のプレッシャーのせいか、大声で叫ぶこともできなかった。

　なんだ？

　ミナコの頭がぐるりと回った——。

　いや、身体全体が回ってるんだ。

　さっきのあれが背中で、こっちが正面か。

　ミナコの頭と体が百八十度回転して、さっきとはちょうど正反対の方向に変わっていた。そして腹ばいの姿勢になると、両手と両足をまるで虫のように動かしながら這い上がって来た。

その顔は異常なほどに青白く、深く口腔を広げて瞳孔の見えない目で上を睨みつけ、真っ黒な髪の毛は地面にこすれてざらざらと耳障りな音を立てていた——。

足が凍傷になっていることも忘れて立ち上がった呉士盛は、後ろへ数歩とび跳ねた。

しかし山小屋には出入り口はひとつしかなく、彼は屋根の隙間から流れる水柱を挟んで、カメムシのような姿をしたミナコと対峙するしかなかった。

そのときふと、ミナコが自分に近づいてこられない理由を思い出した。

呪符があったんだ！

ジャケットのポケットに手を入れると、ざらざらした紙の感触を感じてほんの一瞬だけ安心できた。

肌身離さず持っていてよかった。リュックに入れていたら、きっと今頃あの怪物に殺されていたに違いない。

壁にぴったり張りつくと、山小屋の修理途中の壁から突き出た木片がジャケットを破った。呉士盛の動きに合わすようにミナコも身体をうねらせながら動き、その目はぼんやりと彼を見据えていた。

入り口は目の前で、何の障害物もなかった。

チャンスを見て一気に駆け抜けるんだ——。

呉士盛はバネのように左手を伸ばすと、入り口近くにあったリュックを摑んで山小屋を飛び出した。身体に力を込めた瞬間、足の指からは切り裂かれるような激痛が伝わって来たが、痛みに構わず必死で渓流にかけられた橋を走っていった。

小屋の外では雷がゴロゴロと鳴り響き、暴風雨が彼の身体に叩きつけ、数秒も経たないうちに全身ずぶ濡れになってしまった。林の中に滑り込んだ彼は足を引きずりながら逃げまどったが、躓(つまず)いて身体が土手の上に転がり、掌に小枝が突き刺さってしまった。

「あううっ！　チクショウ！」

痛みのあまり大声を上げた。掌から滲み出す血を見た彼は、小枝を引き抜くことができなくなってしまった。

「ふう！　はあ、ふう、ふう！」

力を込めて深呼吸をしながら、引き続き土手を上り続けた。

クソッたれ！　どうすりゃいいんだ？

ふと、あの女道士の言っていた言葉を思い出した。呪符があればしばらくの間ミナコは彼を殺せないが、その効果は一週間しかもたないということだった。山で迷って三日目、さらに登山の準備に費やした時間が一日、ということは三日の内にこの山を抜け出さなければミナコに殺され、あの男と同じようにこの人里離れた場所でゆっくりと腐っていくしかないのだ。

懐中電灯はなく、木々と雨雲があらゆる光を遮断していた。強風が地面に落ちた落ち葉と枯れ木を掃き散らし、長く垂れ下がった木の枝や幹がさながら亡霊たちの手のように空中で踊り狂っていた。呉士盛は石碑と木の幹の間に縮こまって風雨を避けていたが、その全身はぶるぶると震えていた。

突然、風に飛ばされてきた酒瓶が石碑にゴトンとぶつかって、呉士盛をひどく怯えさせた。何とか落ち着きを取り戻した彼は、自分が寄り掛かっていた「石」に穴が空いていることに気づいた。酒瓶と思って取り上げてみれば、それは水鹿（サンバー）の頭蓋骨だった。

「ああ！　チクショウ――」

腕が痙攣（けいれん）を起こし、手にしていた骨が転がり落ちた。

なんて場所だ！

胸のあたりが激しく起伏を繰り返し、肋間が裂けるように痛んだ。さきほど驚きすぎたせいで、あばらのあたりがひどく痛んだ。

クソ、クソ、クソ……クソ！

ジャケットのポケットに手を入れて暖を取ろうとした呉士盛は、呪符がすっかり湿っていることに気づいた。しかも……。

破れてる?!

電流のようなものが鼠径（そけい）部から湧き上がって来て、身体のコントロールがきかずに小便が噴き出した。

破れた……破れちまった。

呪符を取り出して直接その目で確認する勇気がなかったが、同時に呪符の護身効果がすでに切れてしまっていることが分かった。

それとほぼ時を同じくして、白く濁った靄（もや）が右側の林の中から湧き上がってくるのを目撃した。

靄はどんどん近づいてきて、やがて形と輪郭を持ちはじめた。呉士盛まで残り十センチほどの距離まで近づいたとき、それはすでに密集した気体などではなく、独立した身体を作り出していた。

こいつは……手か？

白い靄が作り出したその身体は軍服を身にまとい、首を落とされた軍人たちのようだった。腕をもち挙げた彼らはまるで存在しないその目で握りしめた銃の照準器を睨みながら、前方にいる別の靄に向かって狂気じみた調子で掃射を繰り返しているようだった。

向かいにいる靄の集団は、素早く移動を繰り返しながらその身を隠していた。自分が目にしているものが本当かどうかを確認するために、何度か力を込めて瞬きをしてみた。やがて靄は四散して気流へと変わり、木々の合間を素早く飛びぬけて、肉眼では追いつけないほどの速さで敵の隊列を打ち破っていった。軍人たちは一人また一人と倒れてゆき、呉士盛は彼らが泣き叫ぶ声を耳にしたような気がした……。

こいつは何だ？

映画のおかげで霧社事件について耳にしたことがあったが、いま目の前で繰り広げられている血なまぐさい戦いはまさにそれであった。しばらく経つと頭のない軍人たちは殲滅されてしまったが、もう一方の白い靄もずいぶんと薄くなってしまい、ほとんど見ることが叶わなくなっていた。ふと、自分が石碑の後ろに刻印された文字を抱きしめていることに気づいた。彼は指先でその凹んだ溝の部分をなぞっていったが、途中で驚いて手を離すと後ろにあった木の幹の下に倒れ込んだ——。

「戦死の地？」

自分の下半身が再び濡れるのを感じた。

一刻も早くこの暗くジメジメとした場所から立ち去りたかったが、どうやってこのお天道様の見えない化け物たちの住む山林から抜け出せばいいのか分からなかった。

　ヘッドライトをつけた彼は、コンパスの指示に従って林を突き抜けていった。しかし、確かに西に向かって進んでいるはずなのに、目の前には同じような光景ばかりが現れた。まるで同じ塹壕と土手の中をぐるぐると回っているようで、山小屋に戻ることすらかなわなくなってしまった。どの道を進んでも薄暗い樹林が立ち並んでいて、地図の表示も見分けることができなかった。諦めて空を見上げて月や星の位置から方角の見当をつけようとしても、木々の隙間からわずかに漏れた光が見える程度だった。

　絶望のなかでスマホを取り出すと、バッテリーはわずかに残っていたが、相変わらず電波は届いていなかった。

　俺は……マジでここで死んじまうのか？

　落ち葉の積み重なった地面の上に沈み込んだ彼は、力なく首を垂れた。

　死にたくねえよ……。

　他に方法はないのか？

　仮に飢え死にしなくても、きっとミナコに殺されちまう……。

　リュックから徐漢強（シュハンチャン）のカセットレコーダーを取り出した呉士盛は、そこに遺言代わりに自分の音声を上書きすることにした。

「お、俺は呉士盛……台北の北投（ベイトウ）区に住んでるもんだ……」

「もし俺が死んで……死体が腐っちまってたら……火葬して欲しい――虫に食われるのはいやだ……」

「それから、弟に妹……あと親父――愛してたよ……」

「もしも下の妹と連絡が付けば、線香を上げに来るように伝えて欲しい。お、おれ、俺に……」

思わず咽(むせ)び泣き、それ以上言葉を継ぐことができなかった。録音の停止ボタンを押すと、リュックが別の人間や獣たちに持って行かれたときに録音機が一緒に消えてしまわないように、ジャケットのポケットの中に放り込んだ。

太い根の上に横たわった彼は、地図をリュックの上に放り投げて、暗闇のなかで無意識のうちにくるぶしを引っ掻いていた。どうやら虫に刺されたようで痒くてたまらなかった。そのときふと、地図の裏面に歪(いびつ)に曲がりくねった文字がびっしりと書き込まれていることに気づいた。

なんだ？

地図を摑んで、ヘッドライトのスイッチを入れた。文字はひどく乱雑な上に重なり合っていたために、読んでいく順序も分からなかった。チェックマークか句読点かも区別がつかないほどだったが、それでも忍耐強くそれを読み進めていった。

「声……ここじゃない……罠？　なんのことだ？」

最初こそ何を書いているのか分からなかったが、それを読み進めるうちに彼はどこかで似たような内容を見たことがあるような気がしてきた。

「あ！」

違う。似たような内容なんかじゃない――。

似たような筆跡だ！

似たような筆遣いに似たような文章、あの阿里山(アーリーシャン)から届いたハガキにそっくりじゃないか！

こいつは……徐漢強が書いたのか?!

ってことはつまり……あの腐って体液が流れ出た男の死体は……。

「徐漢強、あれが徐漢強だったんだ！」

誰もいない林の中で、呉士盛は驚きの声を上げた。

＊

車を路肩に停めると、郭宸珊はバーキンのバッグからメモ用紙を取り出した。そこには烘爐地にいる法師を見つけ出す方法について書かれていた。黄琇琴(ファンショウチン)の言葉に従って車で坂を上っていった。

「小道から登って行けば、五十メートルほどでタイヤの工場が見える……」

郭宸珊は独り言をつぶやきながら、周囲の地形を詳細にチェックしていた。

「ここだ」

「板金・塗料焼付」と書かれた看板を左に曲がると勾配が増してゆき、道沿いにあるレンガの壁にツタが生い茂って、薬草の淡い匂いが前方からうっすらと漂ってきた。

その匂いを追っていくと、二階建ての一軒家にたどり着いた。

目の前にたたずむ背の低い一軒家に、郭宸珊は思わず眉をひそめた。この家屋は、おそらく違法建築なのでわざとこれほど低く建ててあるのだろう。

入り口にあるコンクリートの地面には、郭宸珊とさほど変わらない年齢の女性たちが丸い座布団の上に座って、何やらぶつぶつと呪文のようなものを唱えていた。彼女らは一定の頻度で額を地面にこすりつけては、時折ゴッンゴッンと鈍い音を響かせていた。

中には郭宸珊の存在に気づいて、嫉妬の入り混じった目でその服装をじろじろと観察する者もいたが、彼女はそれを意に介さなかった。入り口にあった石敢當(シーガンダン)までやって来ると、木の壁を指の関節の部分で軽く「コン、コン」と二度叩き、そのまま部屋の中に入って行った。

部屋の窓にかけられたカーテンはすべて閉められていて、暗がりの中では自分の指先さえ見えなかった。視界から小さな光が消えるのを静かに待って、目が暗闇に慣れると、さらに部屋の奥へと進んでいった。広間へと通じる廊下は長く続き、壁の両側には八卦鏡(はっけきょう)と山海鎮(さんかいちん)、それに複雑な模様の呪符が掛けられてあった。地面には線香や手振りの鈴、それに見たことはあるが、名前を知らない神具仏具の類が積み重ねられていた。廊下の突き当たりは広間になっていたが、そこには誰もおらず、左手には祭壇が置かれていた。十数脚のプラスチックの椅子が縦横九列に並べられ、誰もそこに立ち入ったりはしていないようだった。

「お電話を下さった郭さんかしら？」

振り返ると、そこには真っ黒な丈の長い中国服を着た女道士が立っていた。一見した感じ、女道士は武侠小説に出てくる峨眉派(がびは)の家元といった出で立ちだった。その目はひどく飛び出していて、頭のてっぺんには太く短い髪の毛があって、両頬は唾か何かの粘液のせいで酸っぱい臭いがした。

これがあのえらいセンセイ？

「ええ」

女道士は郭宸珊の服装とバッグを値踏みするように見つめると、黄色い歯を見せて言った。

「うちの料金について、お友だちから聞いていらっしゃいますか？」

「ええ」

バーキンのバッグから三センチほどの厚さの封筒を取り出した郭宸珊は、それを女道士へと手渡した。女道士はさもうれしそうにそれを懐へしまい込んだ。

「では、郭さん。今日いらっしゃったのはいったいどういったご用件で？」

郭宸珊はしばらく沈黙した後、ゆっくりと口を開いた。

「あの女に死んでほしい」

突拍子もない願いであったはずだが、女道士は驚いた顔ひとつ見せなかった。むしろ笑みを浮かべながら郭宸珊の肩を叩くと、声を落として言った。

「では……どうやって死んでもらいましょうかね？」

驚いた郭宸珊は思わず口をぽかんと開けた。

「どうやって？　……どういう意味？」

「あなたがいま思っている通りですよ。小鬼（シャオグイ）の助けさえあれば、相手にどんなふうに死んでもらうかなんて自由自在ですよ」

「一番……普通な死に方は？」

眉間にシワを寄せた女道士はいかにも残念だといった表情を浮かべた。

「普通ですか？　縊死（いし）、溺死（できし）、焼死（しょうし）、横転死にひき殺し……死姦（しかん）なんてものもありますがね。死姦を選ぶ人間は多いですが、あなた自身がどうしたいかですよ。費用はどのみち同じですから」

「死姦？」

「ええ、人さまの夫を寝取った姦婦を小鬼に死姦させるんです。まあ、適当な罰でしょう」

郭宸珊は突然胸の辺りがムカムカして怖くなってきた。

「それはさすがに……残酷すぎない？」

「聞いたことがございませんか？　敵に慈悲をかけることは己に残酷であることだと。仏教徒だって、言ってるじゃないですか。『慈悲は禍を生み、下種（げす）な人間を生み出しやすし』と。どうぞもう一度よく考えてお決めくださいませ」

「願いはいつ頃叶うんでしょうか？」

「これは陰暦で考えないといけませんが、あなたは実にツイてらっしゃる。来年はちょうど丁酉（ひのととり）の年なので、一番近い日となると――」女道士は指を折りながら答えた。「一月八日。もうすぐですよ」

「分かった」

「小鬼を育てたら、呪符を燃やして与えてやればけっこうです。そうすればあなた自身は手を汚さずに、やりたいようにやることができますから」

「分かったからもうこれ以上怖いことは言わないで。で、私は何をすれば？」

「どうぞこちらに」

女道士は郭宸珊を廊下の左側にある小さな部屋に連れて行った。部屋の真ん中には輦車（れんしゃ）が置いてあって、女道士は背の低い腰掛けに登って、神輿にある炉のそばにへばりつくと、ライターで親指ほどの太さをした線香に火を灯した。女道士は神輿の腕木を支えながら人差し指と中指で金紙を挟んで火を点すと、中空にサッサッと呪符に文字を書き込むように手を動かした。

「神よ、どうぞ御出でくださいませ！」

その身体が前後に揺れて辺りに酸っぱい臭いが広がりはじめたので、郭宸珊は思わず鼻をつまんだ。右手をサッと伸ばした女道士は、そばにあった木のテーブルから桃の枝を取り出し、米粒が入った木のお椀にごちゃごちゃと入り乱れたタンキー文字を書いた。文字を書き終わると、元の状態へ戻って一枚の黄色い紙を取り出して、そこに書かれた文字に従って呪符を写し取った。

「あなたの旦那さんがよく着る服を見つけ出して、この呪符をそのみぞおち辺りに貼っておくといいでしょう。それから、服は彼が見つけられない場所に隠しておいてください。そうすれば一生あなたから離れることはできないでしょう」

呪符を受け取った郭宸珊は軽く頷いた。

「あと……」

「何でございましょう？」

「例の小鬼なんだけど、友だちの話じゃ、自分の血を飲まさないといけないって……本当？」

「もちろんでございますよ。小鬼を『育てる』わけですから」

女道士はそう言って笑い出した。その奇妙な笑い声を聞いた郭宸珊は、全身に鳥肌が立つのを感じた。

「それって、どのくらい飲ませればいいわけ？」

「普通は毎晩十一時から一時の間、中指の指先に小さな穴を空けて飲ませるんです。あなたは女性なので、右手の中指に穴を空けてそれを四十九日間続けてください。絶対に中断してはなりません。さもなければ、小鬼に呑まれてしまいますからね」

「呑まれる⁈」

「ええ、はい。小鬼も腹が空きますので」

「四十九日が過ぎれば、もう血を飲ます必要はない？」

「飲ます必要がなくなるわけではなく、お供え物を換えるのです。郭さん、小鬼はあなたのためにたくさんのことをしてくれますが、あなたもまた小鬼に報いてやらなければなりません。さもないと、あの赤子の魂にも申し訳が立たないじゃありませんか」

「でも、もしも万が一呑み込まれてしまったら？　どうすればいい？」

「ちゃんと養ってやれば、自分の主を呑み込むようなことはございませんよ。郭さん、ずいぶんと怯えていらっしゃるようですが、本当に小鬼を飼う覚悟はおありですか？　この後まだ死者の出る場所で赤ん坊の霊を集めなければならないのです。こうも思い切りが悪くては、心の準備が整わないままことに臨んで恐ろしい結果を招いてしまう可能性があります。私でも抑えられないような事態にでもなれば、それこそどうしようもありません」

女道士は両手を袖のカバーの中に突っ込むと、頭を傾けながら不安げな眼差しを向けてきた。

「分かった。ここまで来たんだから、最後までやり遂げる。絶対あの女にひどい死に目を見せてやる」

「では、来週月曜日に再びお会いいたしましょうか？」

郭宸珊はしっかりと頷いた。

郭宸珊を入り口まで見送った後、女道士は背を向けて部屋の中へと戻っていった。

腕時計に目をやると、五時半になっていた。太陽はすでに沈み、西の空の際にはオレンジ色の線が一本残っているだけだった。

コンクリートの地面には相変わらずたくさんの中高年の女たちが三跪九叩の姿勢で礼拝していたが、ヘアバンドをしたある女がジッと郭宸珊の方を見つめていた。その表情はまるで乾いた死体のそれのようで、郭宸珊を丸呑みにでもしかねない勢いであった。

この背の低い建物にある霊場にしろ、あるいはそこに集う人々にしろ、どちらも異様な恐怖を感じさせた。何やら人殺しを目論んで小鬼を飼おうとする人々が集まっているような気がしたのだ。

女道士の言葉が脳裏でぐるぐると巡っていた。無意識のうちに胸に抱いていたバーキンのバッグをきつく抱きしめると、郭宸珊は速足で山を下りていった。

＊

旅館に戻った胡叡亦は、シャワーを浴びてから布団の中に潜り込んだ。

熟睡している夫の隣に横になると、老婆が言っていたhanituについてスマホで調べてみることにした。あるホームページを開いてそれを読み進めているうちに、自然と独り言が漏れていた。

「hanituがブヌン族の精霊信仰ってことは知ってたけど、まさか『善』と『悪』の区分があったなんて……」

精霊信仰はいわゆるアニミズムの一種で、一般的に巫術的な特色を備えていた。hanituはある種の超自然的な力で、dihanin と相対する存在とされている。dihanin は漢人たちにとっての神さまのようなもので、hanitu は幽霊のような存在であった。

老婆の語ったところでは、右肩にある mashia hanitu は善霊で、左肩にある makwan hanitu は悪霊だった。ブヌン族の人々は一旦 hanitu が身体から離れてしまえばその身体も死んでしまうのだと信じていた。つまり、人は死んだ後に霊魂が抜け出して hanitu になってしまうのだ。身体は腐っていくが hanitu は消えることなく、天界にも冥界にも行かず浮世を徘徊するしかない。その違いは、hanitu が身体にいるときにそれは「生霊 mihumis-tu-isang」と呼ばれ、死んだ後には「死霊 mataz-tu-isang」と呼ばれることだった。

ネットには、ブヌン族の人々は三種類の霊がいると信じていると書かれていた。「kanasilis」に「banban-tainga」、それから「人間の幽霊」である。「kanasilis」と「banban-tainga」はどちらも「人間」の形をして現れるが、前者は全身青色で後者は大きな耳と角を持っているらしく、子供をさらってその脳みそを好んで食べるそうで、三種類の幽霊たちの特色は大きく違っていた。老婆の言葉によれば、美奈子はきっと三番目の霊――「人間の幽霊」に属するはずだった。

人間の幽霊にもいい霊と悪い霊の違いがあって、悪霊になる者は通常殺害されたとか不慮の事故で死んだ者たちで、怨恨を抱いてこの世を徘徊して無辜(むこ)の人々を甘い言葉で山中や崖まで連れ出し、その命を奪うのだった。その際にはただ巫術で呪いを解くしかなく、そうして自らの hanitu を取り戻すことができた。

しかし、どうしても分からないことがあった。日日新報の記事によれば、美奈子は確かに救助されて、命を落としたわけではないのだ。理論的に言えば、悪霊になるわけがなかった。美奈子は死んでおらず、温泉で禊を行って呪いを解いたのだ。にもかかわらず、老婆はなぜ美奈子を悪霊だと言ったのか？　なぜ美奈子の hanitu が父親に連れ去られたと言ったのだろうか？

夫が胡叡亦の方向に寝返りをうった。数秒間眠り続けた後、胡叡亦の視線に気づいた夫はゆっくりとその目を開いた。

「戻ってたんだ？」

「ねえ、ひとつ聞いてもいい？」

「何？」

「今朝言ってた、あのなんとかナギノミコトって、黄泉の国に行って死穢（しえ）に触れてしまったから、筑紫の何とかって国で禊（みそぎ）の儀式をしたんだよね？」

「ああ」

「どんな死穢に触れたの？」

夫は大きな欠伸（あくび）をしてから答えた。

「彼の妻イザナミノミコトが、火の神カグツチを産んだときに焼け死んじゃったんだ。イザナギノミコトはどうしても諦められずに、黄泉の国まで妻を追って行った。イザナミノミコトはひどい火傷ですでに腐敗がはじまっていたから、イザナギノミコトに再三盗み見してはいけないと警告したんだ。ところがイザナギノミコトはその言いつけを聞かずに顔中に蛆の湧いた妻の姿を見てしまい、驚いて逃げちゃったんだ」

「それから？」

「それから、自分が侮辱されたと思ったイザナミノミコトは、黄泉醜女（よもつしこめ）と八柱の雷神たちの大軍にイザナギノミコトのあとを追わせた。だけど、結果的にイザナギノミコトに撃退されちゃった。そこで、イザナミノミコトは自らそのあとを追うことにした。イザナギノミコトが黄泉比良坂（よもつひらさか）と呼ばれる場所まで逃げて来たとき、意を決して巨大な岩で道を塞ぎ、こうして二人の関係は決裂してしまったってわけだよ」

「何だか悲しい話。でも、イザナミノミコトは死んだわけじゃないんでしょ？　それならなんで死穢になるわけ？」

「黄泉の国にいるんだ。死穢じゃないとは言えないさ」

「そっか。でもイザナミノミコトの話を聞いていたら、以前あなたが言っていた例の地獄谷で亡くなった女の人のことを思い出しちゃった」

「千代子？　確かに似ているかも。磺泉（ファンチェン）の高熱で死ぬのは、焼け死ぬことと大差ないかも……」

「黄泉（ファンチェン）？」

「硫磺（リウファン）の磺（ファン）。けど、発音がまったく同じだね。それに、日本語の漢字だと確かに黄色の黄になる……」

　これも偶然？

　胡叡亦は思わず考え込んでしまった。一連の偶然は美奈子と関係する限りにおいて本当の偶然ではなく、目に見えない関連性があるように思えた。そう考えれば考えるほど、地獄谷とそこで命を落とした千代子について興味を覚えるのだった。

「ねえ、ちょっと手伝ってくれない？」

　夫は眉間にしわを寄せた。

「何を手伝えばいいのかな。君がそういう事を言うときは、ロクなことじゃないんだから……」

「もう一度楽楽谷温泉まで行って、そこの水をバケツに入れて持って帰りたいんだけど」

「なんのために？」

「ズーズーのためよ。私だって呪いなんて信じないけど、もしも何もせずにズーズーが本当に死んじゃったら、きっと一生良心の呵責に苦しむと思うから」

「バケツなんてどこで手に入れるんだよ」

「レストランの近くに雑貨屋さんがあったでしょ。そこで売ってた気がする」

「わかったよ。ちょっとした運動だと思えば。いつ出発する？」

「明日の朝。今日はもう疲れた」

「じゃ、いまからどうする？」

夫の目が怪しく光った。

「あなたは何がしたい？」

「あれ、持ってきてない？」

「あんなのいらないよ。ホルモンを飲むようにしてから、ずいぶんよくなったんだから」

「ってことは？」

「もう。若くないんだから」

胡叡亦がうるさがる様子を見た夫は笑い声を漏らした。身体を起こした夫は胡叡亦の上に覆いかぶさるようにして、その髪の毛を優しく撫でた。

思いがけず、これまで感じたことのないほど気分が落ち着いていた。月経が止まったばかりの頃には皮膚にはりが無くなっただけでなく、下半身も縮んで乾いてしまったように感じていた。しかも膣の柔軟性がなくなってしまったせいで、夫が少し動くだけで激痛が走るようになっていた。後に医者からホルモンを飲むように言われてからはずいぶんとよくなった。しかも月経が止まってからは、妊娠のことを心配しなくてもよくなったので、若い頃とは違った快感を得られるようになっていた。

久方ぶりの交わりを終えた後、二人はそれぞれうっとりとした状態で夢の中へと落ちていった。そのために、窓の外では大雨が降って、空に光る稲光が遠くの山々を照らし出していることにすら気がつかなかった。

十時すぎまで眠っていた胡叡亦は、携帯の音に呼び起こされた。

床から出たくなかった胡叡亦は布団から手を伸ばした。

携帯は？

そこらじゅうをぺたぺたと触って、ようやく携帯を見つけ出したと思ったら、うっかりそれを床頭台（しょうとうだい）の下に落としてしまった。

結局、布団から抜け出るしかなかった。

起き上がって床に落ちた携帯を拾い上げた。

それは知らない番号だった。

しばらく迷ってから、胡叡亦は電話を取った。

「もしもし？」

受話器からは雑音が響き、電話の相手はひどい雨風の中にいるようだった。木の枝や雨滴がガラスの窓を打つような音も聞こえた。

「助……お願……早……」

「もしもし？　よく聞こえないんだけど、どなたですか？」

「お願……頼……お……早……早く……お願いだ……」

長い間集中してみて、ようやく「お願いだ」といった言葉だけははっきりと聞き取れた。胡叡亦はほとんど叫び出すほどの音量で、相手が誰であるのかを尋ねた。

「どなたですか？　ちょっとよく聞こえません！」

しかし、雑音があまりに大きすぎて何も聞こえなかった。

「誰だよ？」

胡叡亦の声に起こされた夫が尋ねてきた。

「分かんない。きっとかけ間違えだと思うけど……」

「なら、切っちゃえよ」

「そうね」

胡叡亦は再び暖かい布団の中に戻っていった。口を歪めて携帯を切ろうとしたそのとき、何やら奇妙な感覚が指先に集まってきた。何かがおかしかった——。

なんでだろ……この声、どこかで聞いたことがあるような……。

思いを巡らせてみたが、どうしても声の主が誰であるのか思い出せなかった。

あれ？

待って。

もしかして?!

胡叡亦は布団から跳び起きた。携帯を摑んで両目を見開くと、窓の外に吹き荒れる暴風雨に目をやった。何やら不吉な予感が胸の奥から湧き上がって来ていた。

＊

解読を続けた結果、ようやく徐漢強が地図の裏に書いていた情報の半分ほどが明らかになった。

「そういうことだったのか」

徐漢強は少女の声を聞いたと書いていた。少女の声はまるでラジオから聞こえるようで、どこか遠く、だだっ広い場所から伝わってくるような感じがした。そしてそれは彼にしか聞こえず、他の人間たちには聞こえなかった。少女は台湾語に日本語の歌も歌っていたが、中国語では歌わなかった。その口ぶりと言葉の言い回しから、現代の人間ではないらしいことも分かった。そこで徐漢強は聴力検査を止めて、近所の無線基地局を疑うことも止めた。

明らかに少女は、呉士盛が考えていたものとは違っていた。それはミナコの化身などではなく、台湾語を話す別の少女だった。声が聞こえはじめて数日も経たないうちに、徐漢強は幻覚を目にするようになった。ときにはその幻覚があまりに真に迫っていたために、どれが真実なのか分からなくなるほどであったらしい。幻覚のせいで彼は仕事中に電動丸ノコに触れてしまい、右手の親指をむざむざ切り落としてしまった。

徐漢強の記述によれば、少女はおよそ十二、三歳で、顔の部分にひどい火傷の跡があってその顔形もはっきりとせず、まぶたも溶け落ちてしまっているらしかった。徐漢強には台湾語が分からなかったので、少女が一方的に話すことがほとんどだったそうだ。まるでガイドと観光客のように、幻想が生み出したそれぞれの場所を見て回っていたのだ。

ずいぶん後になってから、とび色の和服を着た「ミナコ」と呼ばれる女の子が幻の中に現れるようになった。ミナコの歳は少女とそれほど変わらなかったがひどくおどろおどろしく、いつも少女を絞め殺そうとしていた。少女もミナコを恐れているようで、徐漢強に助けを求めてきた。

徐漢強は徐々にどこまでが幻覚で、どこからが現実なのかの区別がつかなくなってきた。目を開けると、ミナコが自分の顔を彼の顔に貼りつけるようにして睨みつけていることもあった。ときには歯を磨いているときに、鏡の中にミナコの袖が映ることもあった。ミナコはいついかなる場所にも現れ、本来幽霊など怖がることのなかった徐漢強も、やがてその身心を衰弱させていった。

ここまで書いた徐漢強は、突然筆を止めて地図を九十度回すと、狭い行と行の間にカセットレコーダーのことについて書きはじめた。

彼が旧式のカセットレコーダーを使ったのは、誰かが携帯を使っているときに幻覚が突然中断したために、その奇妙な声がある種の無線電波の類ではないかと疑ったからだった。そこで彼は、様々な方法を使って自分の耳が無線電波を受け付けないように試してみた。例えば工事現場のヘルメットをかぶってみるとか、一晩中ラジオをつけるとか、ゴムバンドで携帯を頭の上に縛り付けたことまであった。彼はこうした方法が朝方や雷雨が降るようなときに、とりわけ有効であることを発見した。

自身の仮説を証明するために、徐漢強は声と幻覚が現れた際、それを録音してみようと思った。自分には聞こえるが他人には聞こえないその奇妙な声を録音できるかどうか試そうとしたのだった。

カセットテープには確かに「ガガ――ガガ――」とか「ビビ、ビビビ……」といった雑音が混じっていた。カセットテープの原理から考えれば、録音の際声は録音機のコイルによって誘導電流へと変換され、磁場の変化を生み出すはずだった。録音機の磁気テープには磁性粉があって、環状型の磁気ヘッドを経て磁性粉は磁化し、磁場の変化によって磁性の強度や磁極の方向が異なる「残留磁気」を生み出すのであって、単純な無線電波とは違っていた。

録音機は無線電波のシグナル音を録音することができないのだ。「声」は音波の特質があってこそ、録音機の受信器に取り込まれて録音機に磁化されるのだった。

けど、この世界にそんなものはあるのか？

音波と光波の特質を兼ね備えた存在？　まるでテレビのAV端末じゃねえか。もしかしたら、左右でサウンドチャンネルもあったりしてな。呉士盛は冗談っぽく考えてみた――が、どう考えてみてもそれはすでに呉士盛の理解の範疇を越えていた。それに死んだ後、人の魂がある種の分裂・変化を経て、特有の混合波へと転換するなどといったことはどうにも信じがたかった。

しかし、声が侵入する頻度を低くすることは問題の根本的な解決にならないどころか、より受け入れがたい逆効果を生み出してしまった。ミナコが実際に徐漢強を攻撃するようになりはじめたのだ。一番深刻だったのは、徐漢強は自分が作業現場の鉄筋組立の上にいるのか、十階の高さの足場の上にいるのか分からなくなってしまったことだった。もしもそばに他の人間がいなければ、とっくに身体が粉々になってしまっていたことだろう。

あるいは、ミナコは実体を持った幽霊なのかもしれないと、呉士盛は思った。ミナコに脳みそを乗っ取られることを拒否することは、宿主の体内から寄生虫を抜き出すことに似ていて、ミナコにとってはその存立危機に関わるものだったのかもしれなかった。

しかし、ミナコに頭脳を奪われてしまうことは、同時に五感と思考をコントロールされ、毒を持った意識に自らの身を任せるのと同じで、いずれはミナコの傀儡（かいらい）となり果てて自我を失い、他人を傷つけるようになってしまいかねなかった。それを受け入れるにせよ、あるいは拒絶するにせよ、最終的にはミナコに殺されてしまうのだ。

ここまでメモを読み進めてきた呉士盛は、ふと郭湘瑩の末期の様子を思い出した。

あいつは……ミナコの幻覚に取り殺された。

ミナコを祓う方法はないのか？

徐漢強が最初に採った方法は、地形を利用してその声を根絶することだった。高い山は無線電波を遮ることこそできないが、その一部を吸収することができ、特に金属鉱山などがある場所では電波の消耗はとりわけ大きかった。そこで、徐漢強は台湾北部の郊外にある山々を歩き回った――呉士盛が読み取れた場所だけでも、陽明山（ヤンミンシャン）に十四坑山（シースウケンシャン）、獅球嶺（シーチョウリン）、土庫岳（トウクウユエ）、直潭山（チータンシャン）に象山（シャンシャン）などがあった――しかし、その効果はそれほど大きくはなかったらしい。

最終的に、徐漢強は阿里山と玉山を訪れ、そこで命を落とした。徐漢強自身の言葉を借りれば、「ミナコの罠にかかった」ために山奥へとおびき出され、出られなくなったのだと言う。

なら俺も……ミナコの罠にかかっちまったのか？

もしも、もしも抜け出せないのだとしたら……。

地図を折りたたみ、リュックの中にしまい込んだ。

雨脚はやや弱まっていた。ヘッドライトを固定した呉士盛はこの交差地点からもう一度回ってみることにした。携帯には相変わらず電波が入らず、コンパスの針もグルグルと回り続けていた。いまはただ天に向かって、自分がこの密林から無事抜け出せることを祈るしかなかった。

およそ二メートルの高さに「人」の形に石積みされた土手に沿って北へと向かった。周囲にはススキと木の枝がびっしりと生えていて、数メートル先には梁五つ分ほどの幅の版築の土壁があった。版築を避けて進むと、切れた有刺鉄線が地面に落ちていて、危うく踏んでしまうところだった。

深呼吸をして、ゆっくりと自分の気持ちを落ち着かせた。錆びついた有刺鉄線が靴を突き抜けるような事態にでもなれば、すでに凍傷に罹っている足はおそらく細菌感染を起こして、完全におしゃかになってしまうはずだった。

前方に桟橋がかかっているようだったので前進したが、近付いてみれば橋げたはすでに破損しており、橋げたを固定している橋座の部分も水に浸かってぐちゃぐちゃの泥のようにしか見えなかった。

対岸に渡るのを諦めようとしたちょうどそのとき、頭の上に何やら冷たいものが落ちてくることに気づいた。

雪⁈

山について詳しくはなかったが、何といっても彼は数十年この島で生活してきたのだ。彼の印象では十一月に山で雪が降っただとか、観光客が雪を鑑賞したなどといったニュースは聞いたことがなかった。しかし、その冷たい欠片の屑を掌にのせてみると、確かにそれは真っ白な雪だった。

呉士盛の体温に触れた雪はすぐに水へと変わっていった。指についた水を払って頭を上げると、前方に平屋の横長の木造家屋が見えた。部屋数が七つか八つはありそうな家で、父親が昔言っていた日本の集合住宅に似ていた。

こんなとこに民家があったのか！

煙突からは灰色の煙が上がっていた。呉士盛は喜びのあまりすぐさまロープを取り出すと、橋のそばにあった木の幹にそれを結び付けた。そして、ロープを摑みながら注意深く一歩一歩川の底を進んでいった。

幸いにも川の勾配はそこまで急ではなく、しかも先刻の暴風雨のおかげで川底に溜まっていた水はすべて流れ去ってしまっていたので、再び靴を濡らさずにすんだ。無事対岸までたどり着くと、再び土手を登りはじめた。両手両足を使って土手を登る彼は拾ってきた太めの枝を補助に、ツルを摑んで身体を引き上げながら、反対側にあった桟橋の橋座まで這い上がって来た。

その集合住宅ふうの家屋は、二〇二と番号の書かれた真ん中の部屋にだけ灯りが点っていた。近付いてみると入り口に木の表札がかけられていて、そこには墨で「松田」という文字が彫り込まれていた。

木の引き戸を何度か軽くノックしてみた。しばらくすると、中学に上がったばかりの年頃の少女が引き戸を開けてくれた。その皮膚は白く、唇は桃色で可愛らしい島田髷を結っていた。淡いとび色の和服を着ていて、熟れはじめた日田梨のように清らかな感じがした。

こんな山中に日本人の女の子が住んでたのか？

入り口に立ち尽くしていた呉士盛は、家の中に入っていいものかどうか迷っていたが、少女は一向に口をきかず、戸を開いたまま彼が自ら入って来るのを待っているようだった。

もしかしたら、俺が遭難者だってことに気づいたのかもしれない。

「悪いんだけど……何か温かいものをもらえねえかな？」

少女は首をかしげて、何やら考え込んでいるようだった。

やがて少女は頷き、呉士盛をひとり土間に残して長い廊下の奥へと消えていってしまった。

しばらくすると、再び顔を出した少女が彼に手招きをして、再び廊下の奥へ消えていった。

「ここで食うから気にしないでくれよ！」

ピカピカに磨かれた床を汚してしまうことを恐れていたが、どんなに大声を出しても少女は何の反応も示さず、また再び顔を出してきて彼を手招きするようなこともなかった。

耳が悪いのかな？

ズボンが濡れている上に足の指が凍傷に罹って腫れあがっていることを考慮すれば、再び靴を脱いでそれを履き直すことは難しかった。そこで靴は脱がずに、土間で靴裏についた泥だけを落として、そのまま廊下に足を踏み入れることにした。

最初に見えたのは客間だった。しかし少女はそこにはおらず、また他の人間もいなかった。部屋にはコタツと腰かけが四つ、床の間には掛け軸と先祖の位牌があって、ひどく上品に飾り付けられていた。

廊下を進んで部屋を三つほど通り過ぎて、ようやく茶の間の方から人の声が聞こえてきた。部屋に入ってみると少女がストーブで鍋を温めているところで、香ばしい匂いが鼻をついた。ようやく助かったのだという気持ちが溢れ、思わず泣き出しそうになってしまった。

手渡された木のお椀には、温かい味噌汁が注がれていた。

「すまねえな！」

腹がへって仕様がなかった呉士盛はお椀を両手で抱え、ごくごくとそれを飲み干した。

続いて、漬物とナスの炒め物が手渡され、少女は暖炉から焼けたぼた餅を取り出した。呉士盛がそれにむしゃぶりついていると、少女は窓を開けてそこから段ボール箱をひとつ運び出してきた。窓の外では雪が降り積もりはじめていて、真っ白な砂浜のようになっていた。

窓が三層になってるのか？

一番外側がガラス窓になっていて真ん中が網戸、そして一番内側に再びガラス窓がはめられていて、段ボール箱はちょうどその窓と窓の間に置かれていたようだった。段ボール箱を開けた少女はそこから白菜にニンジン、それから松茸を取り出してくると、それらを包丁で切ってストーブの上に置かれた鍋に入れてぐつぐつと煮はじめた。

それにしても、ずいぶんめずらしい光景だな……。

外では雪が降っているのにそれほど寒さを感じなかったので、思わず窓の構造や自然を利用した野菜の保存方法などについて思いを巡らせていたが、考えれば考えるほどおかしな気がしてきた。

台湾にこんな場所があるなんて聞いたことがないぞ……。

手に持っていたお椀を置くと、少女の背中をジッと見つめた。

おかしい……。

歯に何かが挟まっているのを感じた彼は、舌先で歯の間を探ってそれをペッと吐き出した。

魚の骨か……。

しかしよくよく眺めてみれば、魚の骨だと思ったものは小さく枝分かれしていた。更によく見てみれば、そこには関節があって、しかも前後の太さから考えてみて普通の魚の骨とはずいぶんと形が違っていた……。

こいつは?!

何かに気づいたようにくるりと振り返った少女が、ジッと呉士盛を見つめてきた。

二人の間に奇妙な沈黙が流れた。

おかしい。絶対におかしいぞ……。

すると、髪の毛が一本天井からひらりとテーブルの上に舞い落ちてきた。

何だ……。

ゆっくりと顔を上げると、暗い色をした何かが天井に貼り付いていた。

凍り付いたように身動きが取れなくなった。

こいつは……。

天井にへばりついたミナコが、ジッと彼を見つめていた。百八十度回転するその頭から真っ黒な髪の毛が流れ落ち、飛び出した両の目と腐乱したその顔を覆い隠していた。

すると、鍋の前に立っていた少女の顔まで形を変えはじめた。もともと白かった皮膚は蒼白になって、両目は空っぽの孔へと変わっていった。

　こいつは、昨晩見たミナコだ。

　つまり、ミナコは二人いる?!

　まず最初に指先の筋肉が動き、やがて身体の他の部分も正常に動くようになっていった。テーブルを蹴とばした呉士盛は、茶の間の入り口に向かってよろめきながら走り出した。

　次の瞬間、幻覚はシャボン玉が弾けるようにして消えた。そこには茶の間もなければ客間も廊下もなく、家屋そのものが存在しなかった。彼はミナコの幻覚に騙され、ニイタカヤダケの竹林の中へ引き込まれていただけだったのだ。竹の幹をかき分けて逃げ出す際に、掌やジャケット、それに顔まで引っかき傷だらけになってしまった。

　はなから同じ場所をぐるぐる回ってただけじゃねえか！

　彼は狂ったように竹林を走り抜けたが、木の根と石ころに足をとられて何度も転んでしまった。地面に棄てられていた酒瓶のガラスの欠片のせいで膝がぱっくりと割れて血が噴き出したが、一刻もこの場所に留まりたくないといった恐怖がその痛みに勝った。

　北に向かって走り続けていると、ふと前方に開けた場所があることに気づいた。おそらく道が途切れているのだろうと思った彼はすぐに速度を落とした。思った通りにそこは谷になっていて、真っ直ぐに走り続けていればきっと命はなかっただろう。

　周囲を見渡すと、この辺り一帯は土石流や崖崩れがひどく、遺棄された林道のようだった。それでも先に進もうとすれば、崩れて鉄の鎖がかけられた危険な道だけしか残っていなかった。他に進むべき道がないといった状況の下で、彼は林の中へ戻っていって木の幹に印をつけるしかできることがなかった。

ダメだ。どこも同じようにしか見えない！

ふとさきほど自分がいったい何を口にしたのかと思い、吐き気を覚えた。口の中に指を突っ込み、舌の付け根あたりをほじくって胃の中身を全部吐き出した。

葉っぱに泥、それから……。

なんだこりゃ……?!

コオロギにタイワントゲネズミの尻尾、それにゴキブリの躰の一部が出てきた。呉士盛はすぐに味噌汁の中に入っていたものがカツオ節などではなく、コオロギの羽であったのだと気づいた。それにさっき歯の間に挟まっていたのは魚の骨などではなく、ゴキブリの脚だったのだ。ならぼた餅は……考えれば考えるほど吐き気がひどくなって、胃酸がとめどなく噴き出してきた。

チクショウ……ぶっ殺してやる……。

死んじまう……このままじゃ、死んじまう……。

ウラジロガシが雨を一部遮ってくれていたが、雨脚は依然猛烈で、時折爆発するような雷鳴が谷全体に響き渡っていた。彼は苔がびっしりと生えた岩の上にへなへなと座り込んだ。すぐ近くには、動物が掘り返したような土の跡と角を研いだ跡が残っていた。

泣きたかったが、泣くに泣けなかった。

だけど……俺はまだ生きたい……。

生きる欲求を完全に捨て去ることはできなかった。

ポケットから録音機を取り出した彼は録音ボタンを押した。

「家に帰りたい……ガチャ……」

「ガチャ……死にたくない……ジジ……」

「ジジ……腹へった」

声は嗚咽になって、やがて泣き声へと変わっていった。

「……クビになってから、婷婷(ティンティン)が家を出て行ってから、お前が死んじまってから……」

複雑で痛みに満ちた様々な思い出が胸の内側からせり上がって来た。

「どうしてだろう？　……ガチャ……どうして俺は逃げることしかできなかったんだ……」

「なんでこうやってひとり山の中で死ぬはめになって、ようやく気がつくんだろうな……」

「ガチャ……もし、もしも……」

呉士盛は半分まで言いかけてから、言葉を呑み込んだ。

待てよ……。

ありゃ……鬼火か？

それは彼が生まれて初めて目にした鬼火だった。しばらくの間、彼は恐怖も忘れて静かに鬼火が雨の中で舞う様子を見つめていた。

携帯を取り出すと、バッテリーは三パーセントしか残っていなかった。

電波はないか。

彼はカメラを開くと、青白い鬼火に向かってシャッターを切った。

まるで最後の任務をこなしたかのように携帯の画面は真っ黒に変わって、画面上にバッテリー切れを示すマークが表示された。

鬼火はその後も数秒の間燃え続け、やがて暗くなっていつの間にか消えて行ってしまった。

こいつも……幻覚か？

ちょうどそう考えていたとき、新たな鬼火が浮かび上がって来た。しかし今度の鬼火は火の勢いが激しく不規則に上下に揺れ、まるで何かを警告しているようだった。

何だ？

突然ひどくせわしげな足音が後ろの木々の間から響いてきた。

振り返った彼は反射的に飛び起き、反対方向に向かって必死に駆け出した。

次の瞬間、彼がつい先ほどまで座っていた岩の上にミナコが跳び移ってきた。髪の毛は放射状に広がり、その首はぐるぐると絶え間なく回っては関節が擦れるような耳障りな音を立てていた。その腰は昆虫の体節のようで、両手両足はモーターのように前後に揺れ、通り過ぎた場所の落ち葉や枯れ枝などが掃き散らされていった。彼との距離は徐々に縮まっていた。

もうおしまいだ……。

今回ばかりはいつもと違っていた。きっと女道士の法力が消えちまったんだ。俺はここでくたばっちまう——逃げ出したい気持ち以外で頭に浮かんだことと言えば、そんなことしかなかった。

振り返る余裕もなく、ただ光のある方向に向かって駆け続けた。

林を駆け抜けると、眼前には雑草の生えた坂道が広がっていて、坂道の先にはガードレールが設置されていた！

坂道を駆け上がり、必死になって草むらをかき分けた。指は鋭利な葉に切り裂かれて鮮血が流れ出した。ようやく半分ほど登り切ったと思えば、ミナコはもうすでに坂道の入り口まで追いついてきていて、その距離は五メートルもなかった。

坂道を這い上がる最中にうっかり右足の靴を落としてしまったが、それがちょうどミナコの目にあたった。そのすきをついて、転がるようにガードレールを乗り越えると、ひどく見慣れたアスファルトの地面を踏みしめた。凍傷を負った右足を引きずりながら、彼は道路の上をびちゃびちゃと流れる滝のような雨水を踏みしめ、街灯のある方向へ歩みを進めていった。

ミナコは一瞬でガードレールの上に飛び上がってくると、憎々しげに呉士盛を睨みつけた。伸縮自在なバッタのようにアスファルトの地面に跳び移ってきたミナコは、すぐさま彼のあとを追いかけてきた――。

あれはなんだ?!

次の街灯の背後に、電話ボックスが見えた。

希望の光を目にした呉士盛は、百メートル走を駆け抜けるような速度で突っ走った。

まさに生け捕りにされる寸前、電話ボックスの中にその身を滑り込ませることに成功した。ガシャンと扉を閉めると、背中を扉にあてて力いっぱい両足で反対側のアクリルの壁を踏みしめて、死んでもミナコを電話ボックスの中に入れまいと踏ん張った。

雨水と混じった汗が額を滑り落ち、目に沁み込んだ。それに驚いた彼はひっきりなしにしゃくり上げた。流れ出る涙はいったい幸運を喜ぶものか、はたまた恐怖のあまりなのか区別がつかなかった。やがてミナコは電話ボックスから離れていった。

てっきりミナコが自分を殺すことを諦めたのだと思い、ホッと一息をついた呉士盛であったが、ミナコは勢いをつけて再び電話ボックスにぶつかって来た。助走をつけて体当たりしてくる衝撃はこれまでの比ではなかった。肺の中の空気が一気に抜かれてしまったような感じがして、猛烈に咳き込んでしまった。

何度か体当たりされると、アクリル板にひびが入ってきた。しかし、ミナコはしばらくの間呉士盛を泳がせるように電話ボックスの上に跳び上がると、鉄の屋根越しに、「スゥ――スゥ――」という奇妙な声を発していた。

慌てて受話器を取り上げたが、一一〇にも一一九にも一向に通じなかった。ポケットに手を突っ込むと一元玉が三枚だけ残っていたが、彼にはかけられるような電話番号はひとつもなかった。

クソったれ……電話番号なんて覚えてるもんか……。

父親や弟の電話番号すら覚えていないのだ。普段連絡することのない同僚の番号など覚えているはずもなかった。絶望した彼は電話機に覆いかぶさるように倒れ込んだ。もうどこにも進むべき道が残されていないように感じた。

やっと……やっとここまで。

気がつくと、電話ボックス内が静かになっていた。彼は直感的に身体を後ろへと傾けて、扉をきつく押さえた。

透明のアクリル板越しに血走ったミナコの瞳があった。

俺ってやつはどこまで役立たずなんだ……。

崩れ落ちるように座り込んだ彼のお尻から「カチ」という音がして、何か硬いものが入っているのが分かった。

ズボンのポケットに手を伸ばし、その異物を取り出してみた。

名刺？

こいつは……。

彼が摘まみ上げた胡叡亦の名刺には、職業とメールアドレス、それに携帯番号も書き込まれてあった。

跳ね起きた彼は小銭をすべて公衆電話に突っ込むと、胡叡亦の携帯に電話をかけた。

プルルル……。

早く、早く出てくれ！

お願いだ！

ようやく胡叡亦が電話に出た。

「もしもし？」

「助けて、助けてくれよ！　俺は呉士盛、以前病院で会っただろ！　お願いだ！　早く助けに来てくれ！　誰かここによこしてくれ！　早く、お願いだ！」

「もしもし？　よく聞こえないんだけど、どなたですか？」

「お願いだ、頼むよ！　呉士盛だ！　病院で会った呉士盛！　俺のカカア、覚えてるだろ！　お願いだ！　早く……早く助けに来てくれ！　警察を呼んでくれ！」

「どなたですか？　ちょっとよく聞こえません！」

「呉士盛だ！　呉士盛、病院で会った！　お願いだ――」

受話器からは別の男の声が聞こえてきた。男が言った。

「誰だよ？」

「分かんない。きっとかけ間違えだと思うけど……」

「違う、かけ間違いなんかじゃない！　間違いじゃないいんだ！　頼むよ！　お願いだ！」

あれ？

「もしもし？　もしもし？　もしもし？」

声が消えた……？

呉士盛は呆然として、受話器を取り落してしまった。

頼むから電話を切らないでくれ……。

だが、遅かった。胡叡亦はすでに電話を切ってしまっていた。最後の賭けも失敗に終わったのだ。

今度こそおしまいだ。

受話器を戻す気力さえ失っていた。電話ボックスに座り込む彼は、ミナコが屋根の上から飛び降りていくのをジッと見つめていた。

ミナコは再び助走をつけようとしているようだったが、アクリル板が破られなかったとしても、彼自身これ以上この状況に耐えられそうになかった。

耐えきれずにすすり泣く目から涙が溢れ、頬と鼻の下から流れ落ちていった。震える指先で録音ボタンを押すと、そばに自分の話を聞いてくれる人がいる体で話を続けた——。

「お、俺は……死にたくねえ……」

「死にたくねえよ……」

「娘が……まだ俺のことを許してくれてないいんだ！　頼むよ！」

ガチャ。

録音機のテープが最後まで回った。

録音機を握りしめて、目を閉じた。涙が流れ、頬を滑り落ちていった。

おわった。

彼のまなじりにひとすじの影が飛ぶようにしてぶつかってくるのが見えた。

俺の命は……ここでおしまいだ。


あれ？

誰かが話している声が聞こえる……。

電話だ！　まだ切れてなかったんだ！


両足に緊張が走り、一瞬のうちに力がみなぎってきた。「ボン」という巨大な音が響いたが、何とかミナコの攻勢を防ぐことに成功した。ただし、アクリル板に走った亀裂は更に大きくなっており、すぐ破られてしまうことは一目瞭然だった。

慌てて受話器を摑むと、ありったけの力を振り絞って大声で叫んだ。

「もしもし！」

「ああ、呉さんですよね？　呉士盛さん？」

「そうだ、呉だ！　助けてくれ！　誰かをここに寄こしてくれ！　頼むよ！」

「呉さん、落ち着いて。いまどこですか？　場所が分からないと、救援の呼びようがありません」

「どこって、電話ボックスだよ！」

「まだ小銭はありますか？」

「ねえ！　ねえんだ！」

背後から再び「ボン！」という音が響いてきた。

猛烈に咳き込んだ呉士盛の口から痰が飛び出し、受話器に飛沫がべったりとこびりついた。

「え⁈　なんの音ですか？　それよりそれじゃまずいから……ちょっと考えさせてください……」

「なにがまずいんだ！　頼むよ。このままじゃ、あいつに殺されちまう……」

「呉さん、落ち着いて。近くに何か目印になるようなものはないですか？」

「街灯に電柱がある！　ここいらの景色はどこも一緒だから説明なんてできねえんだ！」

「ちょっと待って！　電柱があるんですか？　そこに書かれている番号は見えますか？」

「番号？」

身体をねじって頭を電話ボックスの角に押し当てると、何とか電柱の側面に貼り付けられていた青い鉄板を見ることができた。しかし、暴風雨のせいでそこに書かれた文字をはっきりと読み取れなかった。

「ちょっと待っててくれ！」

呉士盛が受話器を置くと、ミナコは再び後退をはじめた。

クソったれ！　もうすぐ通話が切れるってのに！

一か八か扉を開けて、横に一歩足を踏み出してみた——。

そして普段ではありえないほどの速度で電柱に書かれた番号を暗記すると、電話ボックスに戻って全力でミナコの攻勢に備えた。これまでにはなかったような勇気と生への意志が彼の心を鼓舞していた。

生き抜くんだ！

呉士盛は受話器を取り上げると、大声で叫んだ。

「電柱の番号は……本部（ベンブ）渓（シー）……十八号……Ｌ０６０９ＣＥ８２だ！」

「待ってください！　いまメモしますから」

「本部渓十八！　Ｌ０６０９ＣＥ８２！　Ｌ０６０９ＣＥ８２！　聞こえたか？」

ブ、ブ、ブ……。

聞こえたか……。

聞こえたのかよ……。

電話は今度こそ切れてしまった。

再び電話ボックスの上に跳び上がったミナコは、地獄の番犬のような奇声を上げていた。

いまはただ静かに胡叡亦の呼んだ応援が来るのを待つしかなかった。

第六章　脱出

浴室のスタンドミラー前に立った郭宸珊（グオチェンシャン）は、自分の裸体をジッと見つめていた。

いくら美容に励んでも、結局老化には勝てないのだ。それが自らの身体を観察して感じた唯一の感想だった。どんなにマッサージをして身体を造り込もうがおっぱいは垂れ下がるし、腹だって出てくる。子供を二人も産んでできたシワや弛（たる）みなどは、たとえ美容医療の治療を受けてもその効果は限定的だった。とりわけ首周りのシワは、何度もフェイスリフトを繰り返したせいで七面鳥の首のようになってしまい、とても見られたものではなかった。

それに比べてあの南方訛りの中国人は、少なくとも美容に関しては自分よりも成功しているようだった。

身体を直角に折り曲げて、身体の側面をチェックしてみた。

あれ？

左手で右腰の皮膚を少し前に引っ張ってみると、そこに痣（あざ）のようなものができていた。

いつぶつかったのかしら？

郭宸珊は自分の身体を何よりも大切にしていたので、粗忽な動きをするはずがなく、何かにぶつかったり怪我をしてしまえばすぐに気づくはずだった。鏡を見る段になってようやく気がつくなどということはありえなかった。

「どうしちゃったのかな……」

舌打ちをしながら湯舟に足を入れると、全身をお湯の中に沈めていった。

何にせよ、あの人は私の元に戻って来た……。

あの女道士の法力を認めざるを得なかった。呪符を夫のスーツに入れた途端、翌日には夫が飛行機に乗って戻って来たのだ。しかも会社には長期休暇を申請して、その間のことは副社長に代理をしてもらうということだった。こんなことは過去数十年間一度も起きなかったことで、きっと社内では上役から部下まで古い社員たちはみんな驚いていることだろう。湯舟に浸かりながら、そんなことを思っていた。

でも……あの女の始末はどうつければいいのかな？

そこまで考えると、思わず悪寒が走った。

それは不愉快極まりない出来事だった。

昨日の午後、郭宸珊は友人と会食するといって夫を振り切り、こっそり車で延平北路(イエンピンベイルー)まであの女道士に会いに行った。車のドアを開けた途端、形容しがたい臭いが漂ってきた——いや、臭いというのも正確ではなかった。なぜなら、長らくその臭いを嗅いでいると、やがて麝香(じゃこう)のような香りへと変わっていったからだ——何にせよ、ひどく緊張していたせいかもしれない。一刻も早く用事をすませて、件(くだん)の女道士と手を切りたかった。

郭宸珊は女道士と一緒に二階建ての店に向かって歩いていった。この辺りの家屋の外観はかなり歴史があるようで、背の高い家屋の中にはイオニア式の柱と勲章のような形をしたレリーフまであった。

目の前にあるこのおんぼろの店は、その入り口にある胸壁(パラペット)に十五センチほどの日本式の化粧レンガが張られていて、日本統治時代から残された家屋なのだろうということが見て取れた。日本式の化粧レンガには三つの縁起物（ブッシュカン、桃、ザクロ）が描かれていたが、時間の波に洗われてはっきりと識別することはできなかった。

女道士は工事用に作られた鉄の門の中に滑り込んでいったが、そこには工事の日程と施主の名が記されてあった。

中を覗き込むと薄暗く、怪しげな雰囲気に満ちていた。

「ねえ！　なんでこんな場所まで来なくちゃいけないわけ？」

「まずお入りになってください。話はそれからいたします」

「いやよ。暗すぎるから、入りたくない」

「暗いからここがいいのですよ。いったいやるのかやらないのかどっちです？　いただいたお金はお返しいたしませんよ」

「……………」

眉間にシワを寄せた郭宸珊はしばらくの間考え込み、ようやく門を潜って建物の中に入って行った。

すると、女道士はすぐさま扉に閂(かんぬき)をかけた。外から差し込んでいた陽光が遮られ、二人は暗闇に包まれて壁を伝って前に進むしかなくなった。奥に向かって進めば進むほど、カビの臭いが強くなっていった。

「階段がございますので、お気をつけください」

女道士について二階に上がっていった。目が慣れてくると、二階も一階とそう大差なくがらんとしていることに気づいた。工事現場の人間が飲んだらしい薬酒のガラス瓶が転がっているだけだったが、廊下の突き当たりにあった狭い部屋が郭宸珊の注意を引いた。自分の中の何かが、そこには決して足を踏み入れてはいけないと警告しているようだった。

布袋から懐中電灯を取り出した女道士が、廊下を照らし出した。

「ついていらしてください」

「懐中電灯があるなら、早く出しなさいよ」

「ここは懐中電灯が必要ないことが適わないのです」

必要ないことが適わない？　どういう意味？

直感的に深く聞いてはならないと感じ、そのまま静かに女道士のあとをついて行った。

部屋に足を踏み入れると、突然気温が五度近く下がったように感じ、懐中電灯の光も心なしか薄くなった。天井のコンクリート部分が裂けて配管が剝き出しになっていて、薄汚れた床のタイルには得体のしれない液体がこぼれていた。

「それではいまからはじめます。郭さん、どうかわたくしの指示だけに従うようにしてください。余計な動きをすると非常に危のうございます。それから、このさき質問などは一切ご遠慮いただきます。何か聞きたいことがあれば、終わったあとにお願いします」

郭宸珊は緊張しながら頷いた。

女道士は懐中電灯を東南の角に立てると、布袋からひとつまたひとつと法具を取り出して床に並べていった。ロウソクと線香に火を点すと、麝香の匂いが辺りに広がった。

「清き蒼天よ、大地の霊感よ……」

女道士は燃やしたお札を空中で舞わせながら、口腔で呪文を唱えていた。蜂の羽音のような単調な音が小さな部屋の中にこだまし、部屋の中の空気がじっとりと湿り出していくのを感じた。

「弟子よ！」

女道士が「弟子」という言葉を出す度に、郭宸珊は跪いて額を地面につけるように命じられ、再び身体を起こした状態で次の叩頭の命令を待っていた。

法術が一段落ついたところで、女道士は呪文を唱えるのを止めて、布袋から今度は一枚のビニール袋を取り出してきた。郭宸珊は元々無関心な態度で静かに女道士が儀式を終えるのを待っているつもりであったが、ビニール袋の中にあるものを目にして、驚きのあまり声を上げて吐きそうになってしまった。

その瞬間、「ゴトン」と音を立てて懐中電灯が倒れた。

異常に気づいた女道士が郭宸珊をじろりと睨むと、すぐさま別のお札を燃やしながら、同時に忙しげに呪文を唱えはじめた。端から見ていてもその表情がひどく強張っているのが分かって、自分がやってはいけないことをやってしまったことに気づいたのだった。

「あなたさまの深いご恩に感謝いたします。不肖の弟子が粗相をいたしまして……」

女道士が自分に代わって水子の霊に謝っているのだということは分かったが、湧き上がってくる嫌悪感を抑えることができず、一秒もこの場に留まりたくはなかった。

「跪きなさい！」

郭宸珊が耐えきれなさそうだと見た女道士はすぐさま彼女を怒鳴りつけた。三十分近くその場で耐えた郭宸珊は、部屋の外に出た頃にはふらふらになって、視界もぼんやりとしていて話をすることすらままならなかった。

「ねえ、あれって……」

「余計なことは考えず、家に戻ったら新鮮な血であの子を育てればそれでいいんですよ。一日三回、それを来年一月八日まで続ければちょうど七千七百四十九日目になります。ただひとつだけ注意してください。その日まで絶対に棺は開けないこと。さもないと、わたくしでもお手伝いできない事態になりかねませんから」

「棺を開けた後は？」

「棺を開ければ、あとは小鬼（シャオグイ）にあなたさまがやらせたいことを命じることができます。毎日三回クッキーや飴玉を与えるように……母親になられたことがおありでしょ？　子供たちが好きなものを与えてやればそれで大丈夫ですよ」

「でもさっきのあれってまさか……」

「さきほどはあなたに殺されかけましたよ。この程度のこと、分かりそうなものですがね。あなたのお友だちから何も聞いていなかったのですか？　まったく、わたくしはこれで失礼いたしますが、何かあればまたお訪ねください」

女道士はぷりぷりとしながら袖を払って去っていったが、残された郭宸珊は脳裏に残ったあの血まみれの場面を拭い去ることができなかった。

あのビニール袋……。

いったいあんなものをどこで手に入れたの？

西門町（シーメンディン）ではもぐりの医者が低価格で女子中学生の堕胎を引き受けていると聞いたことがあったが、堕された赤ん坊をどのように処理しているのか、長らく疑問に思ってきた。未婚の母親たち自身がそれを追及しないのだから、赤の他人がその行方を知るはずはなかった。

もしも堕胎を行った診療所から赤子の死体を手に入れているのだとしたら、それはあまりにも人としてあるまじき行為ではないだろうか？

考えれば考えるほど、自分が大きな過ちを犯してしまったのだと感じた。時速七十キロの速度で現場を離れた郭宸珊は、バックミラーから徐々に遠ざかっていくその建物を眺めながら自分が何かに見返されているように感じていた。

しかしすでに過ちを犯してしまったのだとしたら、いまさら振り返っても意味はなかった。草を刈り取るなら根本から、すでに死に絶えた燃えかすであったとしても、水をかけて火消しをしなければ再燃する可能性だってあるのだ。最終的に郭宸珊は自分の中である取り決めをした――あの女を殺した後、例の女道士にこの小鬼を祓ってもらおう。

浴槽を出てバスタオルで身体じゅうの肌と髪の毛をしっかりと拭うと、注意深くドライヤーで髪の毛を乾かしていった。ところが半分まで髪の毛を乾かしたところで、思わずドライヤーを洗面台の鏡の前に落としてしまった。

何これ！

全身の力を込めて冷静さを取り戻そうとした。

髪、私の髪の毛が……。

指の隙間にあったのはすべて大切にケアしてきた髪の毛だった。

ひと束ひと束優しく乾かしていたはずなのに……。

鏡を見ると頭のてっぺんが禿げ上がっていて、耳の後ろの辺りにも二つほど十円ハゲができていた。

薬も飲んでないし、化学治療だってやってないはず……なのになんで……。

だが、すぐに自分の身体に起こった変化が痣や抜け毛だけではないことに気づいた。全身の皮膚が急速にシワシワになっていたのだ。

長い間お風呂に浸かりすぎたせいよね⁈

ありえない！

長風呂して皮膚が乾燥してしまわないように、普段からお湯に二十分以上浸からないように心がけてきた。普段は何ともなかったはずなのに、どうして今日にかぎって——。

次の瞬間、思わず両目を見開いてしまった。

乳房が急速に萎んでいたのだ。

錯覚、全部錯覚よ！

乳房を持ち上げると、皮膚の下にあるものが消えていくのが感じられた。乳房にはシワが寄ってゆき、最終的には干からびたミカンのようになって、乳首も果物のヘタのように硬くなってしまった。

「ああ……うあう……」

言葉が出ない。

まるで喉を誰かに絞められているようだった……。

口を開いて鏡を覗き込むと、舌がしなびてしまっているだけなく、歯が小さな突起ほどの大きさになって、下あごの骨が見えてしまうほど小さくなっていた。

ありえない、ありえない！

全部あの小鬼のせい！

まだものごとを考えられるうちに、二十坪あるリビングルームを迂回して、直接キッチンへ向かった。

あと一息でキッチンだというところで、踏み出した左足が空気を踏んだようにそのまま空転した。身体が冷蔵庫にぶつかって、にぶい音を立てた。

流し台の下に隠しておいた棺が開いていた……。

緑がかった黒い髪の生えた赤子の死体が、床に這いつくばって夫の顔をかじっていた。

髪の毛は興奮のあまり逆立ち、顔の側面は乾いてひび割れていた。青い血管が浮き出し、遺伝子異常で亡くなった死体が突如甦ったかのようだった。小鬼の喉が膨らみ、食べたものを嚥下（えんげ）していく様子を黙ってみているしかなかった。ひときわハンサムであった夫の顔も、いまでは右目の部分を残すだけとなっていた。

意識が遠のいていく一秒前、郭宸珊の心にあったのは悔恨だけだった。

私の人生ってこんなふうに……。

こんなふうにあいつに……。

の、呑み込まれて……。

最終的に大脳は泥水へと変わって、ゆっくりと梨の形をした鼻の穴から流れ落ちていった。

＊

昼食の時間になると、看護師たちは交替で食事をはじめた。ナースステーションには二、三名の看護師が残っているだけだったが、阿芬（アフェン）はそのうちのひとりだった。ナースコールを聞いた阿芬が飛び出したちょうどそのとき、ズーズーの病室から腑に落ちないといった表情をして出てきた胡叡亦（フールイイー）と廊下で顔を合わせた。

「先輩、ずいぶん早く戻って来たんですね」

「ええ、ホントはもう一日遊びたかったんだけど、見ての通りの休日明け出勤。いやになっちゃう」

「なんでもう一日遊んでこなかったんですか？　私なんて毎日休暇が来るのを待ちわびてるのに！」

「話せば長くなるのよ。ところでズーズーの調子がずいぶんよくなってるみたいだけど、薬を換えた？」

阿芬は申し訳なさそうな表情を浮かべながら頷いた。

「薬を換えたら、落ち着いたんです」

「そうなんだ……それならいっか」

そう言ってみたが、胡叡亦の心には未解決の謎が残っていた。

つまり、美奈子のせいじゃなかったってこと？

同じ病室の患者が亡くなったのを目にしたせいで、ズーズーは病状を悪化させただけだった？

もともと今日の午後に楽楽谷温泉で汲んできた水でズーズーの身体を洗い、状況が好転するかどうかを見極めるつもりだったのだ。まさか苦労して手に入れた「解毒剤」がまったく必要なくなるとは思わなかった。

まあ、いいか。ズーズーが無事であればそれでいいんだから。

「でも……」

「でも、どうしたの？」

「薬を換える前に、ズーズーの調子はよくなっていたみたいなんです」

「薬を換える前によくなってた？　ズーズーの調子が戻ったのは薬のおかげじゃないってこと？」

「私にも分かりません。医学は複雑で、理由なんて分からないことが多いんですよ。先輩、患者さんが待ってるのでお先に失礼しますね」

「ええ、頑張って！」

阿芬が廊下の突き当たりにある病室に入って行くのを見送ると、すぐに朗らかな笑い声が聞こえてきた。その声を聞いた胡叡亦は思わず笑みを浮かべながら、阿芬のような情熱的な医療スタッフがいることは患者にとって幸運なことに違いないと思った。

胡叡亦のプライベート携帯が鳴った。見たことのない番号からだった。

「もしもし？」

「もしもし！　胡――叡――亦――さん？」

声の調子から察するに、それは年配の男性のようだった。

「はい。そうです。この電話はどこで？」

「私の名前は呉振鑑。呉士盛の父親です。何でもあいつを助けてくれたそうで」

「ああ、呉さんのお父さんでしたか！」胡叡亦は少し緊張を覚えた。「……助けたなんておおげさなことじゃないですよ。電話を一本かけただけです。呉さんはその後いかがですか？」

「なんともないですよ。大した問題でもなかったんです。まったく、税金の無駄遣いをさせて……つまりですね、息子を助けてくれたあなたに直接お会いしてお礼を述べたいのですよ」

「でも、いまは勤務中ですので」

「もちろん、お時間のあるときでかまいませんよ！　こういうことは直接会って話をしないと良心が痛むってもんです」

良心が痛む？

ひどく大げさな表現だと感じたが、老人の言うことももっともだと思った。一度くらいは呉士盛を見舞っておかなければ、相手に冷たい印象を与えかねなかった。

「いまはどちらの病院におられるんですか？」

「嘉義にある病院の分院にいるんですが、もう退院手続きをしていまから台北に戻るところですから、何の問題もないですよ」

「そうですか。何事もなかったようでよかったです」

「あまり遠回しな言い方がすきではないのではっきりと申し上げますと、あなたに会いたいのは直接確認しておきたいことがあるからなのです。なので、どうしてもご光臨いただきたい」

「ご光臨いただきたい」といった古びた言い回しを耳にした胡叡亦は、思わず吹き出しそうになってしまった。

「かまいませんよ。どういったご用件でしょうか?」

「美奈子のことです」

これほど意外な答えが返ってくるとは思わなかった。てっきり「なんでうちの息子は山の中に入っていったのか」とか「どうして幻覚症状があったのか」といった医学的な質問をされるものだとばかり思っていたからだ。自分の息子がなんとか一命をとりとめて戻って来たのに、この老人はなぜ「美奈子」のことなどを知りたいのだろうか?　それに、なぜ自分が美奈子のことを調べていたことを知っているのだろうか?

「なるほど、分かりました」

電話越しに質問をぶつけたかったが、シンプルに答えるだけにした。

「では、ぜひご光臨いただきたいと思います」

そう言い終わると、受話器越しに澄んだ音が響き、慌ただしげな会話が聞こえてきた。どうやら近くにいる誰かと話をしているようだった。

電話を切り忘れた?

携帯から聞こえる声が徐々に遠くなっていくのを感じた胡叡亦は、なんだか泣くに泣けず、笑うに笑えないような気持ちになった。自分の母親もよく同じことをしていたからだ。昔の電話と同じように、携帯電話も床に置くだけで自動的に通話が切れると思っているのだ。

あれって老人がよくやる癖だったんだ。

電話を切ろうとした瞬間、胡叡亦の脳裏にふとある奇妙な考えが浮かんできた。

徐々に遠のいていく声……

ふと、夫に言われた言葉を思い出した。

〈……殺された人たちはみんな、死ぬ前に誰かが遠くから自分に話しかけているようなおかしな声を聞いたと言っていたらしい……〉

もし仮に声が直接耳に届くのではなく、携帯のように別の何かを通じて耳には聞こえない信号を受け取るのだとすれば……例えば、転送みたいに？

つまり、奇妙な声を耳にできる人間の周囲には、必ず信号を転送できるような何かがあったのだろう。

その何かとは何か？

この謎を解くことさえできれば、あの声に操られ、死んでいった被害者たちに報いることができるのだ。

言葉を換えれば、この間にズーズーにどんな変化があったのかを知ることさえできれば、すべての謎は明かされるはずだった。

会議室にやってきた胡叡亦は、パソコンの前に腰を下ろして、ズーズーの治療記録に関する医療システムをクリックした。

「これじゃ分かんないかな……」

毎日朝から晩まで記録されていたのは感情の起伏に投薬の時間、診察後の病状についての議論くらいで、唯一意味がありそうな記録は昨日午前十一時から午後五時の間に起こった出来事だけだった。

〈11：35　対象が突然大人しくなる〉
〈12：44　昼食後、薬をPaliperidone（パリペリドン）に換える〉
〈13：13　安定して眠りに入る〉
〈15：25　対象は睡眠中、不安を感じている様子はない〉
〈16：51　対象が起床、暴れ出す様子はない〉

明らかに十一時三十五分を境に、ズーズーからは数日前に見られていたイライラや妄想、幻聴などの症状が消えている。薬を取り換えたことで問題が解決したわけではない。それはありえなかった。決定的な要素は、おそらく薬を取り換える前に発生していたのだろう。

いくら考えてみてもその謎を解くことができなかったので、この問題はとりあえず横に置いておき、別の二名の患者の治療に専念することにした。家族は患者が家に帰ることを望んでいなかったので、患者の社会適応能力を見極めてから、関連する組織を紹介する必要があった。患者当人と家族の希望に従って、患者をリカバリーセンターかコミュニティのリハビリセンター、ハーフウェイハウスか心療内科に送らなければいけなかった。どうやら、仕事が終わるまでに何度も電話をかける必要がありそうだ。

ようやく仕事が一段落ついた頃、夫から電話がかかってきた。

「どうかした？　晩ご飯どこで食べる？」

「呉って人から電話が来ただろ？」

「何で……」胡叡亦は何かにハッと気づいたような顔になった。「ああ！　あなただったんだ……あの人があなたがデモに参加したときに出会ったっていうおじいさんでしょ？」

「ご名答」

「あの人と何を話したの？」

「君が僕に話してくれたことだよ。きっと彼から面白いことを聞くことになると思うよ」

「どういうこと？」

「いまから迎えに行く。晩ご飯を楽しみにしておいて」

やむなく笑った胡叡亦は、電話を切って後片付けをはじめた。

病院の大ホールを抜けた胡叡亦は、車道の近くに停まっていたロケバスが走り去るのに気づいた。


ずいぶん長い間張ってたんだ。

郭湘瑩（グオシャンイン）の件だけでなく、心臓外科の方でも何か事件があったらしかった。しかもそれは、メディアの大好物である医療スキャンダルらしかった。

立て続けに報道されたニュースのせいで、病院の事務は上から下まで疲弊しきっていて、特に広報部はひっきりなしにやって来る記者たちに対応するために多くの広報活動を一時的に中断せざるを得なくなっていた。

外套を羽織った胡叡亦は、路上で車を停めて待つ夫のもとへと向かって行った。

＊

「昨晩十一時四十分、消防署航空隊本部は台北市に暮らす五十一歳男性呉士盛氏が入山許可を未申請の状況で玉山国立公園の八通関に侵入、古道の管制区を越えたといった通報を受けました。航空隊本部はヘリコプターを山に出動させ、本日四時十分に呉士盛氏を吊り上げることに成功しました。また、バナイコの山小屋の近くにある崩れた高繞路上でも男性の死体を発見しました。消息筋によれば、死亡した男性の名前は徐漢強、四十七歳で同じく台北市在住でした。親指が事故によって切断されていて死体の腐敗具合もひどく、しばらくの間は当該地区は封鎖されることになるとのことです。警察はすでに遺族に死亡を通知し、捜査班は現場の調査をはじめており、その死因と死亡時間については解剖の結果を待って真相が明らかにされることになりそうです。続いては……」

スマホを手にした呉盛帆が何度もネットニュースを再生しては大声で笑った。

「兄貴やばいよ！　テレビで報道されてるぜ！」

「このボケナス、さっさと消しやがれ！」

テーブルにうつ伏せになっていた呉士盛の頭の中には、まだ昨夜見た恐怖の光景がこびりついていた。

俺が幻覚を見たっていうのか……？

そんなはずはない……。

台湾電力が使用する政府の公開データベースを利用した航空本部は、電柱の座標と番号からすぐに呉士盛がいる場所を割り出すと、雨脚が弱まるのを待ってヘリコプターを出動させて救援に向かった。呉士盛自身、いったい自分がどれほどの時間救援を待っていたのか分からなかった。なぜなら、最後には疲れて眠ってしまったからだ。

ヘリコプターのプロペラの音に起こされたとき、空はまだ明けていなかった。呉士盛は自分がすでに電話ボックスの中にいないことに気づいた。木の葉が積み重なった地面に横になって、枯れ木や落ち葉で暖を取っていたのだ。

オレンジ色をしたヘリコプターはひどく目立ったが、空中でうろうろしていて着陸できないようだった。最終的にパイロットは空中で旋回を続けることに決めたようで、山頂の坂道上でホバリングをはじめた。

数分後、真っ赤なジャケットを身に着けて赤いヘルメットをかぶったレスキュー隊員が、ヘリコプターから滑り降りてきた。

彼らは呉士盛の傷の具合を確認すると、空中のヘリコプターに向かって何やらジェスチャーを行った。

すると、ロープと金属のストレッチャーが下ろされてきた。

レスキュー隊員が彼を金属のストレッチャーの金網の中に固定して両足を凹みの中に安置すると、電動キャプスタンがぐるぐると回るような音が響き、彼は空中にケーブルで引き上げられていった……。

呉士盛の記憶はここで途切れ、次に目覚めると病院の救急治療室にいた。全身の小さな傷口はすべて適切に包帯で包まれていて、唇がひどくひび割れ、電解質がややアンバランスで低血糖であることを除けば何の問題もなかった。

靴の中で動く指にはまだ麻痺が残っていた。

医者によれば、ステージ二の凍傷に罹ってはいるが壊死するほどではなく、幸運だったということだった。腫れ上がっている箇所についても、三日から五日の間にひいていくらしかった。その言葉を聞いた呉士盛は思わず落涙し、医者の忠告通りに靴下を履いて足の保温に努めた。

父親は丸テーブルの斜め向かいに座っていた。ひどく厳めしい表情で、真っ白な眉毛はほとんどつながりそうなほどであったが、怒っているはずの父親がなぜか今回ばかりは悪態をついてこなかった。

「兄貴、なんだってまた用もないのに山の中になんか入っていっちゃったんだよ。しかも、タクシーを運転して行ったんだろ？　山なんて普段登らないくせに、突然百名山に挑戦するなんて。せめて誰かと一緒に行けばよかったのに」

「うるせえな」

「もしや湘瑩さんが亡くなったことと関係があるんじゃないか」

レストランに入ってからずっと沈黙を保っていた父親が口にしたこの言葉に、呉士盛も呉盛帆も驚いてしまった。とりわけ呉士盛は大きく目を見開き、開いた口を閉じることも忘れてしまっていた。父親のその言葉は、つまり彼がおそらくミナコについて何かを知っていることを意味していたからだ。

「義姉さんがどうかしたって？」

「この前、デモに参加したときに、退職した美術教師に出会ったんだが、人伝にうちの電話番号を聞き出して言って来たんだ。自分の妻は最近ある奇妙な声について調べていて、どうやら俺が言った魔神仔(モシナ)と関係があるようだって」

「ちょ、ちょっと待ってくれよ。何でまた魔神仔(モシナ)の話なんてしてるんだ」

呉盛帆は見当がつかないといった表情で、その話を遮るように父親の顔の前に手をかざした。

「その美術教師の奥さんの名前は胡さんと言うんだが」

「はあ?!」

呉盛帆のあげた驚きの声は、レストランの他の客の注意を引いた。

「これからここに来てくれるから、この件について聞いてみるつもりだ。それにしてもお前ってやつは家族に何の相談もなく、その上何の準備もせずに山の中に入っていって。どれだけ世間に迷惑をかければ気がすむんだ。お前を助けるためにお国がいくら払ったか知ってるか？」

「………」

呉士盛は顔を背けようとしたが、首の右側に引っ張られるような痛みがあって顔を背けることを止めた。

「五十万元だ。救出には五十万元かかったんだ。お前がいったいどれくらい働けば五十万元を手にできる？」

呉士盛を睨みつける父親の瞳には、嫌悪といつくしみの入り混じった複雑な感情が浮かんでいた。

「もうすぐ八十六になる。あと幾年も生きられんだろう。お前はいったいいつ大人になるんだ？　もう待ちきれんぞ」

「俺は別に……」

「父さん、もういいだろ。兄貴だって別にわざと遭難したわけじゃ――」

「わざとじゃない？　そんなふうに考えているからいつまで経っても勝手気ままで無責任なんだ！」

「女道士がいたんだ。そいつもその声が聞こえるって言ったんだよ」

「女道士？」

「とにかくそいつには霊感があって、タクシーにのっけちまったんだけど、あんまりにもおかしいもんだから降りろって言ったんだ……そしたら、湘瑩が死んだのはミナコって日本の幽霊がやったんだって」

「それでそいつが玉山に登れとお前に言ったのか？」

「いや。それだけじゃない。あの死んじまった――」呉士盛は呉盛帆の携帯を指さしながら続けた。「あの死んじまった徐漢強にもその声が聞こえたんだ。だからあいつも山の中で死んじまった」

「死んでる人間なのにどうして声が聞けたことが分かるんだ？」

「録音機だよ。それに地図も。地図の裏にびっしり文字が書き込まれてたんだ」

父親はいぶかしげな表情を浮かべた。

「地図には何が書いてあったんだ？」

「声だよ。あの声……あのミナコっていう日本の幽霊が、徐漢強を山中まで連れて行って殺したんだ。俺も同じ目に遭うところだったんだ！」

　呉士盛の話を聞いた呉盛帆は信じられないといった表情を浮かべた。でたらめを話していると思ったが、父親の表情は異常なほどに冷静で、しかも呉士盛の話をちゃんと理解しているといった様子だった。

「ミナコ。その子の名前はマツダミナコだ」

　え？

　二人は同時に声を漏らした。

「し、知ってるのか？」

「新京（しんきょう）に住んでいたときに、家族ぐるみで付き合っていたからな」

「新京？　いつのことだよ」

「いまでは長春（チャンチュン）と呼ばれているな。四歳のときに、私はお前らのじいさんに連れられて新京に引っ越していったんだ。お前らのじいさんがな、ミナコの父親と一緒に新京で一旗揚げようとしたんだ。私たちはミナコの父親をマツダセンムと呼んでいた。松田専務は華北にあった映画会社の管理職に就いていたからな。とにかく、ミナコも父親に連れられて新京に来た。その頃、私たちは満州人たちが暮らす通化街に住んでいて、ミナコが住んでいる場所からそう離れていなかった。だから、ミナコに色々あったことも知っていた」

　つまりミナコは、実在した人物だった?!

ありえない！

呉士盛は思わず叫び出しそうになった。昨晩電話ボックスの中で殺されかけた情景が再びよみがえって来た。

あの怪物が……親父の幼友だち？

親父の友だちだった美奈子……それがあの虫みたいな姿をした恐ろしい悪鬼？

まさか！

「いやいや、ありえないだろ……」

「ありえないって何が？」

呉盛帆は兄の顔面が蒼白になっていることに気づいた。

「ありえないんだ！　だって俺は昨日確か、確かに……」

「お前が見たのは幻覚だ」父親が呉士盛の言葉を遠慮なく断ち切った。

「幻覚？　幻覚なんかじゃない！」呉士盛の表情はゆるぎなかった。「……確かに存在したんだ！この目で見たし、あいつは身体を使って電話ボックスにぶつかって来た！」

「電話ボックスなんてなかったんだ」

「は？」

父親の真剣なその表情を見た呉士盛は、冗談を言っているのではないのだと知った。

「消防署の職員が胡さんから通報を受けて現場に駆け付けたときに、辺りには電話ボックスなんてなく、彼らも不思議に思ったそうだ。それなら胡さんはどうやってお前の場所を知ったのかって？　電柱の番号はでたらめに言えるもんじゃないし、現場にあった電柱の番号も正しかった。

さもなければ、お前を見つけることはできなかっただろう」

「だから何だ？　さっきは幻覚だって言ったじゃないか。それはつまり……」呉士盛はしばらく考え込んでから口を開いた。「どういう理由なんだ？」

「分からん。が、昔も同じようなことが起こったんだ」

「昔？」

呉士盛は無意識のうちに背筋を伸ばしていた。

「あの頃、私は十三歳だった。満州国も台湾も日本のものだった。私はお前たちのじいさんと一緒に台湾に戻って、謝介石（シェジエシー）の一番上の息子の結婚式に参列していたんだ。その夜は友人の家に泊まった。翌朝、その家にいた下女（ツァボカン）が失踪した。大連に戻ってから、人伝にその下女（ツァボカン）が竈の中で死んでいるのが発見されたことを知ったんだ」

「なんで大連に戻ったんだ？」呉盛帆が不思議そうに尋ねた。

「そんなことどうでもいいだろ。で、続きは？」

「お前たちのじいさんは私たち一家全員を連れて、大連の日本人居住区で商売をしてた。小さな頃に聞いたことがあるだろう？　鶴寿の藍染工場だ。あの頃、私の名前は安藤と言った」

「話の腰を折るようなことばかり言うんじゃねえよ！　下女（ツァボカン）が竈の中で死んだことと電話ボックスの間にどんな関係があるんだ？」

「その下女（ツァボカン）を発見した人間によれば、前の日の晩に下女（ツァボカン）の助けを求める声を聞いたそうなんだが、周りの人間は誰もその声が聞こえていなかったから、そいつもそれを無視することにした。だが、翌朝飯を炊こうとしたときにふとそのことを思い出して、腰をかがめて竈の中を覗き込んだんだ。

自分の聞き違いを確かめるためにそうしたはずが、まさか本当に死体を発見することになるとは思わず、頭がおかしくなってしまったんだ」

「テレパシーってやつかな？」呉盛帆が再び口を挟んだ。

「さあな……ああ、胡さんが来たぞ」

胡叡亦とその夫が遠く自動ドアを開けて入って来るのを見ると、父親は立ち上がって二人に手招きをした。

「やあ、どうも！」

「どうも、振鑑さん！　皆さんもこんにちは。呉さん、おかげんの方はいかがですか？」

その場にいるすべての人間と挨拶を交わし、とりわけ自分に対しては怪我の様子について尋ねてきた胡叡亦の夫を見て、呉士盛はずいぶん上品で礼儀正しい人間だと思った。

「ああ、平気だよ。何て言うか、その、助かったよ……」

「どうってことないですよ！」呉振鑑は力いっぱい呉士盛の肩を叩いて言った。「こいつは人さまに迷惑をかけることしかできないんです。あなたたちのおかげで助かりました！」

「とんでもない。ちょっとお手伝いしただけですよ」

呉士盛は胡叡亦が気まずげに外套を脱いで、夫の隣に腰を下ろす様子を見ていた。

「ここの日本料理は絶品なんです。特に日本で獲れたブリと甘えびの刺身は値段こそ安いですが、味は高級料亭や割烹にも負けていません。ぜひ召し上がっていただきたい。メニューはここにあるので、たくさん頼んでたくさん食べてください。どうぞご遠慮なさらずに！」

普段夫と二人で食事することが多い胡叡亦は大勢の男性たちと食卓を囲むようなことがなかっ

たのでどうにも慣れず、頷き笑うことで何とかその場をごまかそうとした。

「ここまでどうやっていらしたのですか？」

呉振鑑はメニューを開きながら、胡叡亦たちに話しかけた。

「車で来ました。この辺りは駐車しやすいので。五人分のセットメニューを頼んで、それからいくつか追加注文して皆で食べることにしましょうか？」

夫が話し上手だったおかげで、胡叡亦はホッと一息ついた。

しばらくすると、料理が運ばれてきた。これを待っていましたとばかりに、夫が話題の口火を切った。

「その、僕たちは最近東埔（ドンプー）の方まで足を延ばしてきたんですが、彼女は……」夫は胡叡亦を指さしながら話を続けた。「あることを聞いたらしいんです。ちょうど呉さんがこの前デモに参加したときに話してくれた……なあ、叡亦？」

胡叡亦はハッとして、呉振鑑に向かって一番の疑問を口にした。

「呉さん。あなたは美奈子という人間を知っていますよね？」

「ええ」胡叡亦の困惑した表情を見た呉振鑑は大らかな声で答えた。「どうぞ遠慮なくご質問くださってけっこうですよ！」

「では、美奈子の最期について……美奈子は山の中で亡くなったわけではないですよね？」

「ええ。ちゃんと生きていましたよ。美奈子は後に中国東北部に引っ越してきて、私たちはお隣同士でした」

「あなたも外省人なのですか？」

「いや、昔東北部に住んでいただけです。あなたは外省人ですか？」

「父親も母親も陝西（シャンシー）省の出身です。でも、私は台湾で生まれました」

「ええ、我々は皆同じ台湾人です。本省人も外省人もありません。小さな頃、私は自分を日本人だと思っていたんですよ。ところが、台湾に戻って来ると再び台湾人になってしまいましたが」

「美奈子が中国東北部に引っ越してしまったのは、あの神隠し事件と何か関係があるんですか？」

「テングガクシのことですか？　私にはよく分かりませんが」

「昭和八年の新聞で、美奈子の神隠しについての記事を見つけたんです。だから今回わざわざ東埔まで行ってきたんです」

「当時の新聞までお調べに？　日日新報ですか？」

「ええ」胡叡亦は頷くと、少し戸惑ってから質問を続けた。「でもそこで原住民のおばあさんに会って、美奈子は悪鬼だって言われたんです」

「悪鬼？」呉振鑑は信じられないといった表情を浮かべた。「いやいや、何か誤解をされているようですな」

「でもおばあさんは確かにhanituという言葉を使ったんです」

「申し訳ありませんが、私には原住民の言葉が分かりません。が、美奈子は決して悪鬼などではありません。それだけは確かです。美奈子は近所に住む優しいおねえさんでした」

「それなら……すいませんが、単刀直入にお尋ねします……美奈子はどうして奇妙な声を聞いたんでしょうか？　あの昭和八年の美奈子の神隠し事件の報道記事にはそう書いてありました。それに不思議な神隠しに三日間も遭っていた美奈子がまったく無傷だったのはなぜなのでしょうか？　当時の美奈子は十三歳になったばかりでした。どう考えても理屈に合わないんです」

「不思議な神隠し？　胡さん、美奈子本人は私に神隠しや失踪については話したことはありませんでした。ただ東北部に一家で引っ越してきたのは、ある友だちの死亡事件が原因だったということだけは知っています」

友だち？　死亡事件？

胡叡亦は新しく現れたこの糸口にとりわけ驚きはしなかったが、この死亡事件が誘発した想像に思わず声を上げてしまった。

「友だち……死亡事件？　その友だちとは誰ですか？」

「美奈子はその事件を忘れることができないようでした。ある時期、美奈子がこの件で頭がおかしくなってしまったと思った人間もいるほどでした。家から一歩も外に出ず、家族すら美奈子を恐れていました。後に父親が美奈子を東北に連れ出してからは、徐々によくはなっていきましたが。そこで私もようやく劉巧舎（リウチャオシエ）について知ることになったのです」

胡叡亦の首筋にかけて戦慄が走った。

劉巧舎⁈

昭和七年六月二十一日の失踪事件だ！

「劉巧舎にいったい何があったんですか？」

「正直言って……私はあれは美奈子のせいじゃなかった、と思っています。あの夜、美奈子と劉巧舎は北投温泉のある旅館の前で落ち合う約束をしていたんです。しかし父親の仕事の関係で約束の時間をずいぶんと過ぎてしまい、美奈子が約束の場所に着いたときには劉巧舎はもう帰ってしまったと思ったんです。しかしその日以来、劉巧舎は二度とその姿を現さなくなってしまいました。マリラと呼ばれた台風がやって来て、ようやくその遺体が発見されたんです……地熱谷の中に横たわっていて、それはもうむごい死に方でした」

「どうしてそんなところで亡くなってしまったんでしょうか？」

「温泉のお湯で焼け死んだとしか聞いていません。あまりにむごい死に方だったために、事件はすぐに大人（だいじん）たちによって緘口令が敷かれたのです。美奈子もそれを人伝に聞いたはずです。それを知った美奈子は毎日涙で顔を濡らしながら、自分のせいだと言っていたのです」

「大人？」

「警察官のことだよ」夫が慌てて説明してくれた。

話を聞けば聞くほど頭が混乱してきた呉士盛は、我慢できなくなってようやく口を開いた。

「ちょっと待ってくれ！　俺にはよく分かんねえんだけどよ……美奈子は死んでなかったわけだろ？　それならなんだって俺は美奈子の……美奈子の幻覚なんかを見たんだ？」

「それって、それってまさか……」

呉盛帆が自分の慌てふためく様を真似している様子を見た呉士盛は、頭にきて彼を肘でど突きながら声を荒げた。

「このボケナス。知ってることがあるならさっさと言いやがれ。もったいぶってんじゃねえ！」

「兄貴が見たのは幻覚なんかじゃないってことさ！　あの……徐なんたらの録音機を聞いたんだろ？　だから兄貴もあの声に洗脳されたんだよ！」

録音した声を聞いてしまったせいで同様の効果が生まれ、美奈子の幻覚を見たということだろうか？

　呉盛帆が出まかせに口にした理由だったが、呉士盛は不思議とその説明が腑に落ちたのだった。

「そりゃ、確かに一理あるかもしれねえけど……湘瑩のやつも美奈子の名前を口にしてたぞ。あいつはあの録音機の声なんて聞いちゃいねえ。それは確かだ！」

「確かに、郭さんも美奈子の名前を言っていました」

　胡叡亦の言葉に兄弟は同時に視線を向け、さらに胡叡亦の視線を追うように呉振鑑の方に顔を向けた。

「例の原住民のおばあさんは、美奈子の魂は父親に連れ去られてしまったと言っていましたが、何か特別な意味があるんでしょうか？」

「それについては、私には分かりかねます。私が思うに、きっと松田専務は娘を台湾人の葬儀に参列させたくなかったのだと思います。美奈子はその頃、父親の冷酷さに心から絶望しているようでした」

「なぜ葬儀に参列させてもらえなかったのでしょうか？」

「当時はまだ、日本人と台湾人では身分が違っていましたから」

「身分が違っていた？」

「実際、美奈子も気づいていたはずです。自分の両親が劉巧舍と仲良くすることをこころよく思っていないことを。当時劉巧舍は老松（ろうしょう）公学校に通っていて、それは美奈子が通う寿（ことぶき）小学校のすぐ隣にありました。学校が終わると、劉巧舍は駅のそばにあるタバコ工場にやって来て、美奈子も母親と栄町にある菊元百貨店をぶらぶらしていました。同じ道を使っていたために二人は知り合うことになったのです。美奈子の言葉によれば、これまでの人生のなかで劉巧舎は一番気の合った友人だったということでした」

　彼らは皆、呉振鑑の話に耳を澄ませ、箸の動きが止まっていた。

「つまり、あの声の正体は……」

「私はあなたたちが何を見たのかを知りません。しかしお話を伺った限りでは……あなたたちの話したことに以前起こった魔神仔（モシナ）に関する怪事件を合わせて考えてみると、その声の主は劉巧舎ではないでしょうか？」

「それってつまり……」数秒の間、呆気にとられた後、胡叡亦はようやく次の言葉を継ぐことができた。「……劉巧舎は自分の声が聞こえる人間を使って、美奈子を探し出そうとしていた？」

「あるいはそう言ってもいいかもしれません。劉巧舎はいまでも、美奈子が自分を見つけてくれるのを待っているのです」

　胡叡亦は更に一歩踏み込んで考えてみることにした。もしもこの考えを敷衍（ふえん）していけば、当時劉運男にひき殺された林黄森梅についても何らかの説明ができるのではないか。林黄森梅は死んでしまった劉巧舎の声に利用されたに過ぎず、その目的は劉巧舎本人に代わって父親を探し出すことで、呉振鑑の言葉を借りれば、父親に自分の存在を気づかせる唯一の方法であったのかもしれない。

　飛躍する結論についていけない呉士盛は、両手を鼻先に合わせて言った。

「あんたたちはつまり……劉巧舎の声が俺に幻覚を見せたって言いたいのか？」

　呉士盛は徐漢強のメモを思い出していた――。

〈……少女はおよそ十二、三歳で、顔の部分にひどい火傷の跡があってその顔形もはっきりとせず、まぶたも溶け落ちてしまっていた。少女は彼に様々な幻覚を見せ、やがてミナコ本人もその幻覚の中に現れるようになっていった……〉


「そうだ。親父、間違いねぇよ。あの女の子だ……」

「あの女の子？」

「言っただろ？　徐漢強が残した地図の裏にたくさん文字が書かれてあったんだって。そこに顔にひどい火傷を負った女の子を見たって書いてあった。それから美奈子……その子はずっと美奈子が自分と、声を聞いた人間を殺しに来るんだって言ってたって……」

「なんだか劉巧舎は美奈子のことをずいぶん恨んでたみたいに聞こえるけど？」

呉盛帆の何気ない一言に、呉士盛はハッとした。

恨みがねじれて生じる霊……。

郭湘瑩と徐漢強が見た美奈子……。

それから、俺が山中で目にした二人の美奈子。善良な美奈子に邪悪な美奈子……。

「徐漢強、それに俺や湘瑩が見た美奈子は、劉巧舎がひどい仕打ちをされて死んでしまった恨みから生まれた悪鬼なんだ！　それは恨みの化身で本当の美奈子じゃない……分かって来たぞ……劉巧舎の心には二人の美奈子がいたんだ！　昨晩俺は同時に二人の美奈子を見た。一人は俺に味噌汁を作って飲ませてくれ、もう一人は俺を殺そうと待ち構えていたんだ！」

「恨みから生まれた幽霊……呉さん、あなたにそう言われて私もようやく理解できました」胡叡亦の夫は長い間沈黙を続けていたが、ここに来てようやく会話に入って来た。胡叡亦に向き直った彼はそのまま話を続けた。「以前、君に話した黄泉の国のイザナミノミコトについてまだ覚えてるかな？　神道ではイザナミノミコトは確かに冥界を司る神とされているんだ。温泉で焼け死んでしまった劉巧舎は、ある意味でイザナミノミコトに似ていないとも言えない」

その話があまりに抽象的で難解であったために、呉振鑑と呉盛帆は眉間にシワを寄せて、信じられないといった表情を浮かべた。しかし、呉士盛の口から「二人の美奈子」といった言葉を聞いた胡叡亦は、すぐにあの老婆が言っていたhanituの意味を理解したのだった。

二つのhanitu!

右肩にあるのがmashia hanituと呼ばれる善霊で、左肩にあるのがmakwan hanituと呼ばれる悪霊……。

人間の魂にも善悪があって、不幸な事故に遭って亡くなった者は悪鬼になって、恨みを抱いたままこの世を彷徨い続ける……。

彼らは無辜の人間を山中や崖の上に誘い出して、その命を奪っていく……。

老婆の声が胡叡亦の耳元でこだましていた。

「呉さんの話はおそらく正しいです。劉巧舎は自分の知っている美奈子はいい人間だと思っていたはずなんです……」しばらく言葉をためてから、胡叡亦は話を続けた。「だけど、劉巧舎の死は……彼女に美奈子のひどい一面を知らせることになってしまった」

「確かに」呉振鑑はゆっくりと頷いた。

「けどよ」呉士盛が理解できないといった様子で反論した。「美奈子はもともと葬儀に参列したかったけど、父親に止められたからできなかったんだろ？　別に美奈子本人は悪くねえじゃねえか」

「あるいは遅刻したくせに、美奈子が劉巧舎のことをまったく気にしていなかったからじゃないかな？」呉盛帆がすぐさま呉士盛に反論して言った。「時間と場所を約束してたんだろ？　なのに、誰もいなかったからってひとりでさっさと家に戻っちまった。そのときにもう少し劉巧舎のことを気にかけてやれば、あるいは劉巧舎だって死なずにすんだかもしれないじゃないか？　それに本当に美奈子本人になんの落ち度もなかったのだとしたら、頭がおかしくなるなんておかしな話だって思わないか？　父親に自分が間違っていたなんて懺悔（ざんげ）までしてさ」

「確かにお前の言うとおりだ。美奈子本人もそう言っていた」

　呉振鑑の顔にはひどくやるせないような表情が浮かんでいた。

「美奈子はまだ生きているのかな？」

「それは分からない。私が佳木斯（ジャムス）の開拓団に二か月ほど派遣されていた時期、美奈子の一家は日本が敗戦する情報を摑んで、本国に帰国してしまったからな。私はソ連軍が侵攻してきたときになって、ようやく連日連夜車を走らせて安東（アンドン）まで戻って来たんだ。それからは家業が潰れて奉天から営口、上海から台湾と逃げてきた」

「それ以来、まったく連絡は取っていないのですか？」

「最後に手紙を受け取ったのは十年前、大阪からでした」

「住所は分かりますか？」

呉振鑑は不思議そうな目で胡叡亦を見つめると、ゆっくりと頷きながら答えた。「分かりますよ」

「美奈子の住所を教えていただけますか？」

＊

荒っぽく鍵で扉を開く音が響いた。

力任せに扉が開くと、そこには二十七、八歳ほどのナイキのシューズを履いた男がひとり立っていた。男はリモワのスーツケースを玄関に捨ておくと、真っ白な高級タイルが汚れることもかまわずに、そのまま部屋のなかに上がり込んでいった。

「マム？　……マム！　母さん！」

反応はなかった。

「何だよ。クソあちぃな！」

キッチンに入った彼は冷蔵庫を開けて輸入品のジュースを取り出すと、ごくごくと喉を潤していった。

黄色いジュースが一滴、真っ白で傷ひとつないタイルに落ちて飛び散った。

あまりにも暑かったせいで、彼は冷蔵庫を開けっぱなしにして冷気を外に放出させていた。

「いい歳したおばさんが音信不通なんてどういうつもりだよ……ファック！」

携帯が鳴った。コレクトコールだった。

「ヘイ！　……ワッツアップ？　……またハングかよ？　ははは、ファック、ヤァ……」

「ノー……ノー……ああ、チクショウ、アイ・キャント・ファインド・マイ・マム、だからそんな金ねえって！」

「違うんだって……ユー・ベット……だからないって、どこにいったかなんてケアしてないんだ……携帯も持ってないみたいだし……面倒くせえババアだよ、シット！」

「だからないって！　ファック……ハ！　んなことありえねえって！」

「ああ……メイビー・トゥモウロ……ガラ・イエ！」

電話を切った彼は、アイランドキッチンの向こう側にある書類に気づいた。

「なんだ？」

書類に書かれた内容を理解した彼の目に狼狽の色が浮かんだ。

〈離婚協議書〉
離婚協議人　男性　黄平寛（ファンピンクァン）（以下甲という）
　　　　　　女性　郭宸珊（以下乙という）
両者は意見が合わず、共に時を過ごすことが叶わなくなったために、離婚に同意した。双方の同意を経た後に、本離婚協議書（以下協議書）を次条下記の通り締結合意するものとする‥……

ダッドはすでにサインをすませていたが、マムの署名欄は空白だった。

「ファッ・ダ・ファック……どういうことだよ……マム？」

彼はキッチンにダイニング、ほかの部屋も駆け回ってみたが、郭宸珊を見つけることはできなかった。家には誰ひとりいなかったのだ。

最終的に、彼は寝室のベッドの上に郭宸珊のスマホを見つけた。

つかない。電源が切れてやがる。

「チクショウ！　スマホ忘れてったのかよ！　……ん？」

ふと何か腐ったような異臭が向かいの浴室から漏れ流れてくるのに気づいた彼は、心臓の音が一瞬で高鳴っていくのを感じた。

「マム……」

勇気を振り絞って扉を開けた彼は、目の前に広がる情景に驚き、浴室前に置かれた足ふきマットの上で腰を抜かしてしまった。シャツの襟をゆるめるようにして大きく息を吐かなければ、窒息してしまいそうだった。

緑色に腐敗した男性の死骸が湯舟に横たわり、その目には果物ナイフが突き立てられていた。口元はわずかに開き、頬には死斑が浮かんでいた。死骸の背中には包丁が刺さり、胸と腹の部分にはいくつもの切り傷があった。一目見ただけではどれが致命傷か判断できなかった。しかも、傷口の腐敗した肉には真っ白な蛆虫がわらわらとうごめいていた。

いったいどれほど時間が経ったのか、彼はようやく思い出したように警察に通報したが、その喉からはまったく声が出てこなかった。

「なるほど、そういうことか……」

顔を近づけて十枚にものぼる手紙を読み終わった夫は、疲れた目をほぐしながらメガネをかけ直した。

今日の午後、胡叡亦は総務課の文書管理係から三十センチ四方ほどの郵便物を受け取った。興奮を隠しきれずに、郵便物を担当する係員からハサミを借りた胡叡亦は、すぐさまそれを開封したのだった。

本当に来た、やっと！

手紙を出してから、ひと月が過ぎていた。ほとんど諦めかけていたが、まさかいまになって郵便物を受け取ることになるとは思っていなかった。

通知を受け取った瞬間、美奈子からの返信だという予感があったが、実際にその目で郵便物に書かれた「大阪府堺市」という日本語の住所を見た瞬間、やはり心から声が漏れ出たような気がした。

*

「なんて書いてあったの？　早く翻訳してよ」

夫は手紙に並ぶ整った日本語の文字をひとつずつ指さしながら話してくれた。

「胡さん、こんにちは。不躾な返信で失礼いたします。実際――」

「逐一訳さなくてもいいから！　さっき『そういうことか』って言ったでしょ。私たちが知らなかったことが書かれてたんでしょ？　ポイントだけ教えてよ！」

「君ってほんとにこらえ性がないよね」

「はやく！」

「ポイントは、美奈子はすでに三年前に亡くなってたってことだよ。返事を書いてくれたのは美奈子の娘さん。娘さんによると、美奈子は亡くなるまでずっと当時の友人だった劉巧舎のことを気にかけていて、台湾まで来て劉巧舎の家族を探して丁重に謝罪するつもりだったらしいんだ。だけど、自転車で交通事故に遭ってから身体が不自由になって、娘さんも自分の仕事が忙しくてそのままになってしまってたらしい」

「それから？　どうしてわざわざ謝りにくる必要があるの？」

「ああ、それがポイントだった」

「それを早く言って！」

「実は、当時の美奈子は無断で約束をすっぽかしたわけじゃなくて、そもそも北投（ペイトウ）には行かなかったんだ。劉巧舎のことを避けていたから」

「劉巧舎のことを避けていた？　なんで？」

「うん、古い価値観が人を殺したと言えばいいのかな……この事件の真相は美奈子の娘さんが遺品を整理していたときに発見したそうで、つまり死ぬまで美奈子はそれを他人に言わなかったんだ」

「古い価値観って？　いいかげんじらさないで！」

「劉巧舎に初潮が来たんだ。経血がスカートを濡らして、股の間から流れ落ちたらしい。一緒に街を歩いていた美奈子はその瞬間を目撃してしまって、その場から逃げ出しただけじゃなく、故意に劉巧舎と距離をとるようになってしまったんだ……」

ソファの背にもたれかかった胡叡亦がため息をついた。

「ああ、そういう気持ち分かるかも……無防備な状態で自分の恥ずかしいところを世間の面前にさらけ出して、その上友だちにまで驚いて逃げられちゃうなんて……ってことはつまり、劉巧舎は自殺だったってこと？」

「美奈子もそう思っていたみたいだね。けど真相は誰も知ることはできない」

「あの頃の人たちは生理を不浄なものだって考えてたんでしょ？　やっぱり血のせいかな？」

「うん。生理の間は廟や神社に出入りすることは禁じられていたし、傀儡劇（くぐつげき）の舞台に立つこともできなかったって聞いたことがある。むかし同級生の女の子がそのせいで父親から藤のツルでひどく打たれていたのを覚えてるよ」

「つまり」胡叡亦は手紙を摘まみ上げると、まるでそうすることで当時の美奈子の心情を感じられるというように、指の腹で美奈子の娘が書いた文字をなぞっていった。「美奈子の父親もそのことを知っていた？」

「そこまでは書いていないけど、美奈子の父親について書かれている箇所はあるよ」

「はやく言って」

「手紙ではずいぶんと曖昧に書いてあるから、たぶん憶測に過ぎないと思うけどね。とにかく、美奈子は自分の父親が劉巧舎の死体を目撃したかもしれないと思ってたみたいなんだ」

「え？　……ちょっと待ってよ。それって父親が劉巧舎を見殺しにしたってこと？」

「見殺しにしたとは言えないだろ。あるいは遠目に女の子が温泉に入っているのが見えただけで、遊んでるだけだと思ったのかもしれないじゃないか……」

「だったら、どうして手紙にわざわざそのことを書いてるの？　きっと何かに気がついたからでしょ！」

「どうやら美奈子はその夜、父親が北投からお酒を飲んで帰って来た時、その表情がどこかおかしかったことに気がついたみたいなんだ。後に事件が明らかになると、父親は二度と北投の温泉や湯屋には足を運ばず、大正町にある銭湯に行くようになったらしい」

「怖かったからじゃない？　だって人が死んだんだもん……」

「それがどうもそうじゃないらしいんだ。手紙にはこんなふうに書いてある。『おじいさんのご友人がいくらお誘いしても、おじいさんは北投に足を運ぶことはなかったのです』って。だから、美奈子は父親のことを疑いはじめたんだ」

「何だかずいぶん突飛な話……」

胡叡亦はふと老婆の言葉を思い出した。美奈子の父親は美奈子のhanituを連れ去ってしまった。それは美奈子が無意識のうちに自分を救ってくれたブヌン族の人たちに対して、父親に対する憎悪と信頼感の欠如を吐露してしまったせいだったのかもしれない。

だからこそ、美奈子はhanituを失ってしまったのだ。幼い魂は他人への信頼を失うことで徐々に懐死した。そこで痛みも悲しみも感じられなくなってしまい、また心から喜びを感じることもできなくなってしまったのだ。

まさに老婆が言っていたように、美奈子は歩く死体であって、人ではなかった。

「じゃ、この木箱はどういうこと？」

「美奈子が台湾を離れてからずっと大切に保管していたラジオだって。見たところ、相当な骨董品だな。一九三〇年代のものかもしれないぞ」

「そんなのダメ！　そんなに貴重なものなら返してあげなくちゃ」

「ああ、でもどうやら美奈子の遺言らしいんだ」

「遺言？」

「手紙によれば、美奈子はもし台湾の人が劉巧舎のことを尋ねてきたら、このラジオをその人に渡すように言伝てしていたらしいんだ。というのも、ずっと送れずにいたプレゼントだったらしい」

「プレゼントって……劉巧舎に送るはずだった？」

夫は頷いた。

胡叡亦はしばらく考え込んだ後、その考えを受け入れることにした。

「分かった。なら私の替わりに日本語で手紙を書いて、ちゃんとお礼を言っておいてくれる？」

「OK」

夫が手紙を書いている間、胡叡亦はパソコンの前に座って、突然浮かび上がって来た仮説を証明しようとしていた。

実際、声の伝達が携帯のようなものを中継することによって、遠くから届くように聞こえているのではないかと考えていた。ラジオを目にした瞬間にふと、もしかしてあの声はラジオ局のようにある種のアンテナか基地局が転換する電波を経由して、遠くの場所まで届くのではないかと考えたのだった。

この考えはまた別の見方を生み出した。この見方にしたがえば、なぜズーズーが突然発病し、また病状が好転したのかを説明することができた。

……どうしてラジオに気がつかなかったのかな？

胡叡亦は検索エンジンに「日本統治期　ラジオ」と入力し、エンターキーを押した。

画面にはすぐさま大量のネットの情報が飛び出して来た。その中から適当にひとつのページを選んで開き、しばらくスクロールしていくうちに探していた資料が見つかった。

〈一九二五年、台湾総督府は始政三十周年を記念して十日間のラジオ試験放送を行い、台北市の郵便局や公共ホール、市役所や新公園、台北病院や太平公学校、万華龍山寺などにラジオを設置した〉

〈一九二八年十一月、台北放送局（ＪＦＡＫ）が実験的に放送を開始〉

〈一九三二年四月、台南放送局（ＪＦＢＫ）が放送を開始〉

〈一九三五年五月、台中放送局（ＪＦＣＫ）が放送を開始〉

〈一九四二年八月、嘉義放送局（ＪＦＤＫ）が放送を開始〉

〈一九四四年五月、花蓮港放送局（ＪＦＥＫ）が放送を開始〉

この資料を見るだけでは、まだ声とラジオ局との関係性は十分に分からなかったが、その分布状況を詳細に見て行けば、台北州の台北と基隆が、ラジオを使用している家庭が最も多いことが分かった。そして、それはちょうど昭和九年の自動車事故と昭和十年の千代子の事件が起こった場所でもあった。また、新竹と台中両州においてラジオを使用している家庭は思った通り「郡部」に集中していて、それはまさに呉振鑑の友人の家の近くだった。

これこそが例の「奇声」が届いた真相なのだ！　胡叡亦は思った。

しかも、『ラジオ時代』と書かれた短文には次のようなことが書かれてあった。

〈……近頃の台北では人々は誰もがラジオに酔いしれている。目の届く場所にはアンテナが張り巡らされ、それはラジオを聞く家庭が多いことを意味している。まさにラジオの時代がやって来たのだ……今日までにラジオを聴取する人はすでに六千人を突破している……〉

現在スマホが街中に溢れていることに比べてみても、当時のラジオをめぐる盛況具合はきっとそれに引けを取らなかったのだろう。

そう言えば、例の中継車も……。

いわゆる中継車とはSatelite News Gatheringの略で、その名が示すようにこの「移動式発射ステーション」を経由して、現場の電波を衛星を通じてテレビ局に送るもので、そこで利用するのは無線の中継放送なのだ。携帯の使用が禁止されている精神科の病棟でも、中継車の強力な電波は届いていたはずだ。言葉を換えれば、「奇声」は中継車の中継放送を通じてズーズーの脳裏へと届き、その病気を誘発したのだろう。だからこそ、中継車が現場から離れてしまうと、ズーズーの病状は好転することになったのだ……。

「奇声」がいったい何であったのか、そして「奇声」がいったいどのように無線の関連施設を利用して音を伝えていたのか分からなかったが、こうした一連の奇妙な偶然が介在しているために、どのように調査しようとも「奇声」の背後にある真相をはっきりさせることはできないのだ。

しかし、それでも胡叡亦は思った。ラジオ局と同じような電波であるとするならば、必ず電波の発信源があるはずだった。では、「奇声」の発信源とはいったいどこにあったのだろうか？

＊

精神科の診察室の椅子に座る呉士盛は、煩わしげに医者の説明を聞いていた。

彼は靴の中にある足の指に全神経を集中させていた。まだ局部的に動きが不自由な部分もあったが、おそらく水泡が乾いた後に黒い瘡蓋（かさぶた）になってしまったことが関係しているのかもしれない。昨日は自分で瘡蓋をはがしてみた。すでに薄い皮膚が再生しはじめていて、ゆっくりと元の状態へと回復しているようだったが、まだ紫色をしていて時折冷たさと痛みを感じることがあった。面倒だったのは足の裏が汗をかきやすくなってしまい、保温と汗を吸収させるために常にソックスを履いていなくてはならなくなったことだった。

「……怪我と焦燥感、それに極度のストレスによって心理的な障害が生まれ、おそらく短期的に認知能力が失われ、幻聴や幻覚のようなものを感じたのかもしれません」

また幻覚かよ……。

どんなふうに反論しても、結局は医学が正しいってんだろ！

「……認知症の初期症状は大脳が退化することで、視覚的、あるいは聴覚的な幻想を生み出します。もしもあなたに特殊な信仰や生活経験があれば、『魔神仔（モシナ）』にさらわれてしまって、森の中から抜け出る事ができなくなったと思ったりすることになります。そして失踪している間、何も口にせずに……」

ここまで医者の言葉を耳にした呉士盛は、思わず心のなかで医者に反論してしまった。ああ、食ったよ。虫を山ほどな！

「……例えば夢遊病、幻覚、年齢による退化、痴呆、焦燥による短期的なヒステリー発作などです。私の見立てでは、器質性精神障害（Organic psychosis）でしょう。一般的には『解離性遁走(fugue)』や『徘徊癖（poriomania)』などとも呼ばれていますが、これは病気や怪我、精神状態が不安定になることで、こうした幻想を作り出してあなたを道に迷わせたり、失踪させたり……」

絶え間なくしゃべり続ける医者に対して苛立ちを重ねていった呉士盛は、思わず「うるせえ」と口にするところだった。

「ということで、頭部の検査結果も正常なようですし、定期的にお薬を飲んで、経過を見ていけばあとは問題ないでしょう」

やっと終わった。

看護師から薬のリストと診断書、それから健康保険カードを受け取ると、診察室を出た。何をどう言ったところで、俺の頭がぶっ壊れてたって言いたいだけなんだろう。

考えれば考えるほど、ムカムカとしてきた。

お前らがただ鈍感で見聞きできないだけだってのに、俺のことをイカレ扱いしやがって！

彼は悪戯っぽく、なんならお前らを山の中に放り込んで、何日かそこで過ごさせてやろうかと思った――あそこじゃパソコンもスマホも使えない。なにも使えないから、ただ自分の感覚を研ぎ澄ませるしかない。それでもなにも見えないって言えるのか。

自分がイカレてないことを証明するために、家に戻った呉士盛は実家から取って来たパーツを組み合わせて、父親の作った鉱石ラジオを基礎に「劉巧舎」の声を検出できる測定器具を作ってみることにした。

いわゆる鉱石ラジオとは鉱石検波器を利用するもので、真空管などよりもはっきりとした音を捉えることができたが、可変コイルと回路の部分は新しく設計し直す必要があった。一般的な鉱石ラジオは音が小さくて音を捉えられる範囲も狭く、その上現在のアマチュア無線とテレビ放送は、すべて高周波（HF）や超短波（VHF）、それに極超短波（UHF）の範囲に集中しているので、雑音が入りやすくなっていた。

そこで、高周波数増幅器を二級コイルとして、電力安定回路と振動回路、入力作動増幅器及び能動的混合器に再配置することで長波の帯域幅を増加させた。

この世にも奇妙な「劉巧舎ラジオ」を完成させた頃には、すでに日が暮れかかっていた。

だけど、どうやって声の出所を探せばいいんだ？

ラジオの電波をキャッチできる範囲は広くなかったので、声の出所を見つけ出さなければ音を拾うことはできなかった。声の出所はどこにある。考えた末に、彼はもうひとつ別にワイヤレスコンパスを作る必要があると思った。

出来あいの電子モーターを取り出すと、商務印書館が発行しているラジオの製造法に従って抵抗器と変圧器、蓄電池などのパーツを繋ぎ合わせ、最後に自らの手で極超短波に適応した環状のアンテナを作り出した。

こうすれば、環状アンテナが無線電波を受け取った際に電流を生じ、電流がモーターに流れれば環状アンテナが回転することになるはずだ。

環状アンテナが電波をキャッチできない角度にあるときには、電流はその流れを止めて、アンテナも回ることはなかった。

つまり、このワイヤレスコンパス指針は、コンパスの針が永久に北を指し示すように無線基地局の方向を向き続けるのだ。その指針が指し示す方向に歩いていけば、無線基地局のある場所にたどり着けるはずだった。

だけど、台北はこんなにでかいんだ。どれだけ歩きゃ見つかるんだ……。

疲れ切った呉士盛は床の上に寝転がった。

ふと、ある考えが閃いた。呉士盛はタクシーから長い間使っていなかった台北市の地図を取り出してきて、それを床の上に広げてみた。

「ここが俺の家……それから、ここが徐漢強の家……」

地図の上に二つのまるを付けてから家の外に飛び出していくと、コンパスの針の方向を測定して、再び地図の前に戻ってきた。それは自分の家につけた黒まるから北西の方向に一直線に伸びていた。

直線は新北投の温泉一帯まで伸びている。

これならいける！

そこで、すぐさま無線機とワイヤレスコンパスをもって徐漢強の住んでいた場所まで車を飛ばしたが、そこでも同じ結果が出た。

測量を終えると、彼は地図をハンドルの上に置いて、再び直線を引いた。

思った通り、二本の直線が一本に交わった。

声の出所は、やっぱり地熱谷だ！

心がぶるりと震えた。金儲け以外に、ここまで一つのことに熱中できたことはなかった。しかしこのときはあまりに熱くなりすぎていたので、いったい自分がなぜこれほどまでにラジオを使って劉巧舎の声を拾おうとしていたのか、考える暇がなかった。

ようやくたどり着いた頃には、地熱谷はすでに閉館していた。普段は観光客たちでごった返している地熱谷だったが、このときばかりは人っ子ひとりおらず、せいぜい近所の住人がタバコをふかしている姿が遠目に見える程度だった。

チクショウ……。

ええい、かまうもんか！

明日まで待つことができなかった呉士盛はラジオを手提げ袋に入れると、門の近くにあった石の台座に登って、何とかその高い門を跳び越えた。足の痛みのせいであやうく扉の裏にあるコンクリートの上に転びかけた。

地面に足がつくと、すぐにラジオを取り出してそのスイッチを入れた。つまみを調整すると、ラジオから雑音が流れ出した。

「ビビ……ビビ……ジ……ビビ……ジ……」

心の中で思わず叫んでいた。お願いだからうまくいってくれ！

「ビビ……ジ……わた……ビビ……ジ……」

呉士盛の口から声が漏れた。

いいぞ！　本当に人の声が聞こえる！

「ビビ……わたし……ビビ……でも……ジ……ジ……」

ラジオから聞こえるその声に長く耳を澄ませていると、呉士盛はなぜかそれがひどく聞きなれた声に思えてきた。

お前、なのか？

信じられなかった。

「ビビ……う……ジ……ん……ビビ……ジ……」

本当にお前なんだ……。

形容しがたい感動が胸を塞いでいた。泣き出したいような衝動でもあったし、うれしさが悲しみを抑えつけているような感覚でもあった。

コンクリートの地面に腹ばいになった彼は、夜の闇のなかに上がる地熱谷の煙を見つめていた。すると、突然奇妙な気配が湧き上がって来た。周囲の空気がまるで昨晩見た悪夢に舞い戻ってしまったような感じがした。

「助けて！」

最初、その声はラジオから流れたものだと思った。

しかし違っていた。ラジオから流れる雑音と比べて、その声はあまりに透き通っていたからだ。

この声……。

フェンスに沿って園内の奥へと進んでいくと、池を迂回して地熱谷の反対側までやって来た。

左手に洞窟があり、声はそこから漏れ聞こえていた。真っ黒な岩壁からは澄んだ岩清水が流れ落ちていた。地熱谷の熱気は冷たい岩壁に染み込み、徐々に霧へと変わってゆき、洞窟の入り口を覆い隠していた。

霧のなかに人影が見えた。

なんだ？

「義姉さん？」

人影はひどくぼやけていたために、それが郭宸珊なのかどうかすぐに判断がつかなかった。しかし、人影のあとにはまた別の人影が現れ、密度の異なる二つの影が周囲の霧と混じり合って殺意を放っていた。

「他に方法はなかったんだ。こうするしかないんだよ」

突然、女道士の抑揚のない沈んだ声が響いた。

呉士盛が強く息を吸うと、人影のひとつがこちら側に顔を向けた。

どうなってるんだ？

やがて、呉士盛にもはっきりとそれが見えた。

丈の長い黒い中国服を身にまとい、同じく黒い布を頭に巻いた例の女道士が、郭宸珊の首をしめていたのだ。郭宸珊は両ひざを地面について、その手足は拘束されているわけでもないのに硬直して身動きがとれないようだった。月明かりの下で髪の毛は稲穂のように垂れ、青ざめたその顔を覆い隠していた。呉士盛は思わず自分の目がおかしくなってしまったのではないかと思った。しかしよくよく見れば、その顔は幾種類もの昆虫の表情を重ね合わせたようになっていて、奇妙な緑色をしていた。

「あんた、こんなとこで何してるんだい？」

「俺は……」

「助けて、死にたくない……」

自分に助けを求める郭宸珊を見た呉士盛はそれをめずらしく、またひどく見慣れた光景に感じた。めずらしいと思ったのは、彼の中で郭宸珊は常に強い女性であって、決して誰かに助けを求めるような人間ではなかったからだ。見慣れた光景だと感じたのは、彼自身がかつて似たような状況に身を置いていたからだった。当時の自分は化け物である美奈子から追われていて、それまでに持ったことのなかったような生への欲求が湧き上がっていた。

「こいつは小鬼（シャオグイ）に呑まれちまった。他に方法はないんだよ」

「小鬼に呑まれた？」

女道士は冷笑を浮かべて言った。

「あたしは警告したんだ。あの棺桶を開けちゃいけないって……こいつはもう小鬼に取り憑かれちまってる。自分の旦那まで殺しちまったんだ」

「どういうことだよ、そりゃマジなのか？」

郭宸珊に問うてみたが、本人はただ咽（むせ）ぶように同じ言葉を繰り返すだけだった。

「俺はどうすりゃいい？」

「小鬼は病気じゃなくて、一種の信仰だよ。一旦頭の奥深くに入り込んじまったらもう取り除くことはできないのさ。あんたがあの日本の悪鬼の呪いを完全に取り除くことで己を救ったようにしない限りどうしようもないね」

「だから、どうすりゃいいんだって聞いてんだろ！」

苦しみのあまり顔を歪める郭宸珊を目にして、彼は思わず大声で叫んでいた。

だが、女道士はそれには答えず、ただ地熱谷を振り返った。絶えず旋回し、渦巻き、凝結する蒸気がやがてあの夜山小屋で見た美奈子の化け物のような形になっていった。

「これからまったく違った招魂の儀式を行うよ……いまはこの倀鬼（チャングイ）だけがあの日本の悪鬼を呼び寄せて、この女の体内に入り込んだ小鬼にけりをつけることができるからね」

女道士が布袋から黒く焼けた鉄鉢を取り出すのを見た呉士盛は、これから行われる儀式に本能的な恐怖を感じた。

「違う、あんた間違ってるよ……劉巧舎は倀鬼なんかじゃない。ただ恨みを呑んで亡くなっちまっただけなんだ……」

女道士は軽蔑の笑みを浮かべて言った。「すぐに分かるさ。呼び起こされたその姿がどれだけ恐ろしいかを見れば、すぐにね」

女道士は鉢に向かって数滴唾を吐きいれると、続けて一枚の古くて黄色い紙を放り込んで火を点けた。

火が一瞬爆発したように燃え上がり、呪符は火花と灰へと変わって、湿った空気中に吹き上がっていった……。

眼前で繰り広げられる奇妙な光景に魅了された呉士盛は思わず感嘆の声を上げたが、やがて現れた想像しがたいそれに思わず悪寒を覚え、全身の毛穴がきゅっと締まっていくのを感じた。

なんだこいつは?!

女道士はおよそ半尺ほどの小さな棺桶を取り出したが、その中には縮んで乾いた赤ん坊の死体が入っていた。死体の手足は折り重なっていて、小さな体軀は棺桶の中に押し込まれ、目は異常なほどに大きかった。いまだ驚きやまない呉士盛を尻目に、女道士はすでに次の儀式にうつっていた。真っ黒な細縄を取り出した女道士は、その両端についた長い針をそれぞれ郭宸珊と赤ん坊の死体の頭蓋骨へと差し込み、口の中でぶつぶつと呪文を唱えはじめた。

「符仔生(ファシエン)(邪法の術を行う法師)、降臨たまいたまえ……黄泉に至るまで……亡霊を呼び寄せたまえ……元神よ、おいでくださいませ!」

呪文を唱え終わると、女道士は小刀で赤ん坊の腹を裂きはじめた……。

乾いた腸に肝臓、肺に心臓などを取り出してから、郭宸珊の髪を切り取り、白米と一緒にそれを空っぽになった腹の中に詰め込んで、最後に赤い紐で棺桶をぐるぐる巻きにしていった。

呉士盛は呆気にとられて、女道士が棺桶を熱く煮えたぎった青い硫黄の池の中に放り込む様子を眺めていた。

自らの指先を嚙み切った女道士は、その血で別の黄色い紙の上に「劉氏巧舎」と書き込むと、再び呪符を燃やした。呪符は中空で炎となって、その顔に浮かぶ満足げな笑みを照らし出した。

郭宸珊は依然地面に跪いていたが、その身体はぶるぶると激しく震えはじめていた。両目はつり上がって唇は歪み、巻き上がった舌が口の外に垂れてひどく苦しげな様子だった。

「だめだ！」

呉士盛は衝動的に飛び出して、黒い細縄を払いのけた。

棺桶が池の底に沈んでいくのに気づいた女道士は、呉士盛が「牽亡縄（けんぼうじょう）」を解いたのを見て、思わず大声で「何するんだ！」と叫んだ。

「きっと他に方法があるはずだ。この人は俺のツレのねえさんなんだ！」

「このバカたれが！」女道士はいまにも発狂しそうな勢いで叫んだ。「お前は自分がいま何をやったのか分かっているのか！　あたしら全員死んじまうんだぞ！」

「でも、このままじゃ義姉さんが死んじまうじゃねえか」

「お前があたしたちを殺したんだ……劉巧舎が覚醒したら……ああ、あたしは知らないよ、知るもんかね……」

ヒステリーに陥った女道士は、全く理解できない言葉を神がかった様子でつぶやき続けた。

あるいは、錯覚であったのかもしれないが、呉士盛は突然背中に熱いマグマが流れ込んでくるような気がした。腰をかがめて見てみれば、その熱流は渦状の白い蒸気となって集まっていた。

あったかい……。

ふと郭湘瑩のことが頭をよぎった——そうだ。あいつが昔、俺の背中に掌（たなごころ）をあてていたときと同じ感じだ。あいつはいつもここは俺の心臓に一番近い場所だって言ってた。こうしていれば、男は心変わりしないんだって。いまになって考えてみれば、あいつが本当に言いたかったことは「私はあなたを信じてるから、あなたも自分のことを信じて」ということではなかったのかと思えてきた。

そんなことをぼんやりと考えていると、やがて本当に郭湘瑩が自分の耳元でささやいているように思えてきた。

すると郭宸珊の外見も徐々に元に戻ってゆき、震えもおさまっていった。

マグマのような熱流が頭の奥底にいた小鬼を溶かしてしまったのだろうか？

ぼんやりとではあるが、徐々に何かが分かったような気がした。慌てて駆けつけて郭宸珊を抱き上げると、その目から涙が溢れ出していた。

「ごめんなさい……本当にごめんなさい……」

「謝ることなんてねえよ」

郭湘瑩がそうしたように、郭宸珊の耳元で慰めるようにささやいてやった。

「ありがとう」

郭宸珊の口ごもった声を聞いて、その顔を流れる涙を感じ取った。

自分の胸のあたりから熱気がゆっくりと引いていくのが分かった。

呉士盛は目を開けた。

女道士の姿はすでになく、郭宸珊の姿もそこにはなかった。周囲には彼以外には誰もいなかった。

まさか、また幻覚を見ちまったのか？

ふと、父親が言っていた下女（ツァボカン）のことを思い出した。

もし仮にさっきの幻覚が郭宸珊が本当に助けを求めていたのだとすれば、自分は彼女を助けることができたのだろうか？

そんな疑問を抱きながら、園の入り口にあるラジオの前まで戻って来た。するとラジオからはまだ「ビビ……ジ……ビビ……ジ……」といった雑音が流れ続けていた。

郭湘瑩の声は完全に消えていた。

ラジオを抱えて扉に跳び上がった彼は、反対側に飛び下りる際にバランスを崩してコンクリートの地面の上に転げ落ちてしまった。

落ちたものを拾い集めると、車に戻って運転席に腰を下ろした。

ラジオは基地局から流れる音楽を拾っていたが、すでに自分のラジオが北投区にあるどの個人無線局から電波を拾っているのかを調べる気にはならなかった。

さっきの白い気団、あのときに見た鬼火みたいだったな……。

まさか、あの鬼火……郭湘瑩だったのか？

そう思った呉士盛は矢も楯もたまらず携帯を取り出して、あのときに撮った写真を探し出した。

あったぞ！

きれいだな。

写真を拡大して鬼火の形状やその模様を眺めていると、うっかり長押ししてしまった。すると、写真は自動的にLive Photoモードに切り替わって、シャッターを押す前後三秒間の映像を流しはじめた。

「……パシャ！……」

この小さな音がそばにあった鉱石ラジオにキャッチされ、人の耳では聞き取れないミリ秒の遅延を経て、深くシンプルなメッセージへと変わっていった――。

「ビビ……むすめ……にいるから……ジジ……」

雑音と爆発音が多く混じってはいたが、それは疑いもなく郭湘瑩の声だった。

本当にお前なんだ！

今度ばかりは悲しみを抑えることなく大声で泣き出した。

*

〈士盛：昨夜、あんたの夢を見たんだ。この一週間、ずっと駐車場で眠っていたんだけど、ほとんど眠れなかった。連絡が取れる人間とはもうみんな連絡を取った。だから何があったかは聞かないで。そのうちニュースで知ることになると思うから。このメールをあんたに送ったのは、ありがとうって伝えたかったから。何で私なんかに感謝されるのか分からないだろうけど。とにかく、感謝してる。昔のことは悪かったと思ってる。宸珊〉

呉士盛は携帯の画面をぼんやりと見つめては、メールに書かれている意味について何度も考えてみた。

今朝殺人事件についてのニュースが報道されていた。おそらく、郭宸珊は警察署に自首しに行ったのだろう。しかしどう考えてみても、自分の幻覚がどうやって郭宸珊の夢の中に入って行ったのか、そして違う場所にいた二人がなぜ地熱谷で出会ったのかについては理解できなかった。

あるいはもう一度烘爐地（ホンルウディ）に行けば何か分かるのかもしれなかったが、これ以上この問題を追及するつもりもなかった。今回の事態を経験して、この世の中にはシンプルに答えが出ないことがあるのだということに気づいたからだ。それを信じない人間は結局信じないだろうし、信じたいと思う人間はどうしたって信じるのだ。だから、自分は自分を信じていればそれでいい。それはあの夜、胡叡亦が彼からの電話を取ったように、科学の範囲を超えたある種のテレパシー的な出来事なのだ。

そんなことを考えながら、彼は家の中を整理していた。

お金はすべて酒とタバコと賭博に消えていたが、それでも徹底的に掃除してみると、部屋からは山のようなゴミが出てきた。五つの段ボール箱には新聞や雑誌のバックナンバーに鉄屑、空の缶や瓶に歯ブラシに綿棒、ビニール袋などが詰め込まれていった。

これらすべてを家の外に置き、お金に換えられる紙や缶、瓶の類は路地でゴミ拾いしているばあさんに任せることにした。残りのゴミはすべて資源回収車とゴミ収集車に投げ込んだ。

ゴミをあらかた片付けると、今度は部屋の中を整理しはじめた。洗剤をバケツいっぱい泡立てた彼は、それで力いっぱい床を擦ってゆき、それからもう一度這いつくばってきれいな水に浸した雑巾で床を擦り直していった。

床の他にも窓に窓枠、タンスに洋服掛け、鍋に洗面台、コンロ台、ガスの換気扇、それに外の庭までひとつひとつすべてきれいにしていった。

最後にすっかり枯れてしまっていた盆栽に水をやってから、それを門の外に出して日に当ててやった。

家全体が見違えるようになった。自分の傑作を得意げに眺めた呉士盛は、二階に上がってシャワーを浴びた。

今朝、まだ夜が明けきらぬうちに彼は家を出た。地下鉄の路線に沿うように一キロほどジョギングをすると、家に戻って服をすべて洗濯機に放り込んで、部屋の片づけをはじめたのだった。意外だったのは、これほどたくさんのことをしたにもかかわらず、時計の針はまだ八時半を指していることだった。つまり、タバコも酒も飲まずに時間を有効活用すれば、驚くほど効率的に生活できるということだった。

そんなことを考えていると、ふと娘と一緒にトルコアイスを食べているあの写真のことを思い出した。あのとき、彼ら三人は自転車に乗って淡水(ダンシュイ)の街をぐるりと一周したのだ。郭湘瑩は焼きイカを食べたいと言って、彼と娘は二人肩を並べて長椅子の上に座っていた。彼はその手にコーンを持って、婷婷(ティンティン)にアイスを食べさせようとしていた。それにかじりついた婷婷は冷たさのあまり天を仰いで騒いでいたが、そんな親子二人の様子をこっそり隠し撮りしようとしていた郭湘瑩に撮影されてしまったのだった。

ベッドの枠をはがすと、そこから例の写真と郭湘瑩が隠していた大切なアルバムが出てきた。

彼はタオルで身体を拭きながら、アルバムをめくっていった。

ありがとうな、こんなに大切なものをとっておいてくれて……。

まだそこに郭湘瑩の熱が残っているとでも言わんばかりに、呉士盛は胸の辺りをそっと撫でた。

アイロンをあてた制服に身を包むと、髪の毛をきちんとセットして、車のキーを握りしめて仕事に出かける準備をした。

自動車専用道に入った頃には、ちょうどラッシュ時を避けることができた。華中橋を過ぎてから、呉士盛は工事中の道路でアクセルを緩めて、軽くブレーキを踏みながらハンドルを注意深く右に切った。

車はゆっくりとジャンクションを下って、橋和路（チャオホールー）へと降りていった。

どんどん近づいてるぞ……。

突然緊張しはじめた。

気が付けば、アイドリングと変わらないほどまでにスピードを落としていた。

そして、彼はそれを見つけた。

パッとしない小さなその店には簡単な看板がかけられていて、「志婷（チーティン）牛肉麵」と書かれてあった。

車を路肩に寄せた呉士盛は、ブレーキをかけてウィンドーを下ろした。

時折車が行き過ぎ距離もあったが、子供を背負って店の入り口で空心菜（くうしんさい）を洗うその女性は、間違いなく自分の娘だった。

一瞬頭の中が真っ白になってしまった。

いま自分が娘の前に現れるべきときなのかどうか、自信が持てなかったのだ。

すでに家庭を持ち子供もいて、自分の店まで持って朝から忙しく働いている。

大人びた、美しい女性になっていた。

よかった。

本当によかった。

どれだけ見つめていたことか、ふと我に返った呉士盛は車のウィンドーを揺らした。

バックミラーを押さえた彼は、低く自分に語り掛けるようにつぶやいた。

「父さんもちゃんと仕事に行ってくるからな」

訳者あとがき

張渝歌（ちょう・ゆか）は一九八九年台中生まれ、現在台湾で最も注目されている若手推理作家兼シナリオライターの一人だ。台北市北投区にある国立陽明大学医学部を卒業した張渝歌は、診療所で医師をしながら創作活動を行っていたが、現在では医療活動を離れて創作活動に専念している。

前途有望な医師であった張渝歌が創作をはじめたのは、二十歳の頃に中国系アメリカ人作家で医師でもあるテス・ジェリッツェンの医療スリラー小説『命の収獲』を読んだことがきっかけだった。医学部に在籍しながら創作活動を続けていた張渝歌だったが、二〇一四年には長篇小説『只剩一抹光的城市（ひと筋の光だけが残された街）』が台湾文学館文学良書及び文化部テレビチャンネルシナリオ創作賞を受賞、その翌年には彼の代表作となる長篇推理小説『詭辯』を出版、オンライン書店で売り上げ第一位を獲得するなど、台湾で大きな話題を呼んだ。『詭辯』の出版後は、香港の映画プロデューサーである許月珍（ジョジョ・ホイ）から、映画やドラマのシナリオを書くことを勧められて今に至っている。

『ブラックノイズ　荒聞』は、二〇一八年に台北の大田出版から『荒聞』のタイトルで出版されたサスペンスホラー小説で、張渝歌の友人が実際に体験した怪奇現象を下敷きにしている。ある日、友人が自宅の日本家屋で眠っていると、ラジオから放送されたような奇妙な「ノイズ」を耳にした。その声は近くの路地裏で動物が虐殺されていることを淡々と伝えるもので、それを聞いた友人は金縛りの状態に陥ってしまった。後に難聴を患っていたはずの友人の祖母もこの「ノイズ」を耳にするようになったが、道教を信奉している家族が呪符を貼り付けたことで問題は解決したという。

台湾メディアのインタビューに応えた張渝歌は、『ブラックノイズ』創作の背景には、友人のこうした経験以外にも、土俗的シャーマニズムとキリスト教に関する要素を取り入れた韓国のホラー映画『哭声／コクソン』（二〇一六年）からインスピレーションを受けたと述べている。一般の外国人観光客には見えにくい部分であるが、度重なる植民地経験を持つ台湾は、道教や仏教、キリスト教といったグローバルな宗教だけでなく、本書にも登場する「尪姨（アンイー）」と呼ばれる女道士の存在など、山地原住民の信仰に平埔（へいほ）族（漢化された平地原住民）の信仰、さらには日本時代に持ち込まれた神道の名残など、様々な宗教文化が混然一体となった社会である。本省人と外省人双方の血を引く張渝歌は、こうした複雑な歴史的文脈とそれが生み出した一連の悲劇が、言語や文化、民族や信仰の異なる様々な「迷信」となって立ち現れるなかに『ブラックノイズ』の物語を落とし込んだわけだ。

日本植民地時代の歴史を背景に、飲んだくれの中年タクシー運転手呉士盛（ウーシーシェン）が妻を殺した奇妙な「ノイズ」の源流を探っていくという本作は、台湾メディアでは『リング』と『哭声／コクソン』を合わせたメルトダウン式のホラー推理小説と呼ばれて人気を博したが、その背景には上述したように台湾の土俗的信仰が隠されている。

たとえば、網の目のように広がる多彩な信仰の結節点として、作中ではしばしば魔神仔の存在が挙げられている。魔神仔とは台湾山地に出没する悪戯好きの妖怪の一種で、赤い帽子と赤い服（あるいは赤い髪、青黒い皮膚）をした背の低い子供か老人とされ、日本時代に記された資料によれば「小児の姿にして毬栗頭をなし能く小児を捕ふる怪物」（『台湾風俗誌』一九二一年）、または「赤い帽子を被った幼児の亡魂、子供を失神状態に陥らせたりする」（『民俗台湾』一九四四年第四巻第三号）と記されている。人を迷わせて子供をさらったりすると言われ、その人間の口にイナゴやカエル、牛の糞を詰め込んだりするが、本人はそれをご馳走だと思い込むらしく、本作において玉山西峰で遭難した呉士盛が見た幻影とも一致している。

魔神仔に関する伝説は、漢人や原住民を問わず台湾人の間に広く共有され、台湾本土の文化への関心が高まった二〇一〇年代以降はホラー映画『紅衣小女孩（赤い服の少女）』として度々映像化され、小説の分野でも鄭清文や甘耀明、何敬堯といった著名作家たちによって繰り返し描かれてきた。宗教やエスニシティを超えて台湾文化を象徴する妖怪ともなった魔神仔について描くことは、ある意味で台湾文化とは何か、台湾人とは何かといったアイデンティティの問題を問い返すことにもつながっているわけだ。こうした視点から再び『ブラックノイズ』を振り返ってみれば、「天然独」（一九八〇年代以降に生まれた台湾人で、台湾は事実上独立している、独立すべきだと考える世代）に属する張渝歌が、魔神仔伝説をその多様な信仰体系と歴史的背景からリメイクしようとした理由にも納得できる。

本作の登場人物たちの行動や思考原理には、様々な「迷信」や信仰が網の目のように編みこまれているために、同じく山地に住む悪霊であっても、平地で暮らす台湾人はそれを「魔神仔」と呼び、山地に暮らすブヌン族はそれを「小人（サルソー）」、植民者である日本人は悪霊の仕業を「神隠し」と呼ぶなど、各人の目に映る怪異は無限に分裂していく。単一的な宗教観や死生観の下に統合された日本のホラーと違い、台湾のホラーはこうした異なるエスニック・グループや宗教が生み出す重層的な「迷信」が恐怖の原動力となっているのだ。

『ブラックノイズ』は、多様な信仰が織りなすサスペンスホラー小説であると同時に、いまだ変化を続ける台湾アイデンティティを描いた作品でもある。この作品を機に、これまで紹介されることの少なかった台湾のホラー小説がすこしでも多く日本の読者に届けられるようになることを願う。

最後になったが、本書を翻訳するにあたって、文藝春秋の荒俣勝利氏には非常に丁寧な校正をしていただいた。中国語に台湾語、客家語（ハッカ）にブヌン語など、様々な言語が入り乱れる本作の訳文を校正する作業は決して楽ではなかったはずだ。ここに深くお礼を申し上げたい。

倉本知明

二〇二一年六月

張渝歌（ジャン・ユーグァ）

1989年、台湾・台中生まれ。国立陽明大学医学部を卒業後、医師として病院に勤務しながら創作活動を続けていたが、現在では作家・脚本家として創作活動に専念。

2014年、長篇小説『只剰一抹光的城市（ひと筋の光だけが残された街）』が台湾文学館文学良書及び文化部テレビチャンネルシナリオ創作賞を受賞。

2015年、長篇推理小説『詭辯』を出版、オンライン書店で売り上げ第一位を獲得。

2018年、『ブラックノイズ　荒聞』（原題『荒聞』）を刊行、ベストセラーとなる。

倉本知明

1982年、香川県生まれ。立命館大学大学院先端総合学術研究科修了、学術博士。

2010年から台湾・高雄在住。文藻外語大学准教授。

訳書に、伊格言『グラウンド・ゼロ――台湾第四原発事故』、蘇偉貞『沈黙の島』、王聡威『ここにいる』、呉明益『眠りの航路』、日本語の中国語訳に高村光太郎『智恵子抄』がある。

ブラックノイズ　荒聞（こうぶん）

二〇二一年八月二五日　第一刷発行

著　者　張渝歌（ちょうゆか）

訳　者　倉本知明（くらもとともあき）

発行者　大川繁樹

発行所　株式会社　文藝春秋

〒一〇二-八〇〇八

東京都千代田区紀尾井町三-二三

電話　〇三-三二六五-一二一一（代）

印刷所　光邦

製本所　新広社

Printed in Japan

ISBN978-4-16-391417-6